KB059116

5

라무네병

치토세군은

속에

히로무
[hiromu]
일러스트 / raemz

Chitose kun ha
ramune bin no
naka.5

Chitose ha
Ramune no Nak

이와나미 쿠라노스케

c o n t e n t s

|토세 사쿠
 내 톱 카스트에 군림하는 인싸.
: 야구부.

히이라기 유우코
 연 공주님 오라를 뿜어내는 인싸 미소녀.
|니스부 소속.

2치다 유아
 력형 후천적 인싸. 취주악부 소속.

ᅡ오미 하루
 집이 작고 기운이 넘치는 소녀. 농구부 소속.

ᅡ나세 유즈키
 우코와 함께 남자들의 인기를 차지하는 미소녀.
 구부 소속.

|시노 아스카
 과 행동을 예측할 수 없는 신기한 선배.
 을 좋아한다.

ᅡ사노 카이토
 육 계열 인싸.
 자 농구부 에이스.

|즈시노 카즈키
 지적인 훈남.
 구부의 사령탑.

야마자키 켄타
 히키코모리 오타쿠 소년.

2에무라 아토무
 실 츤데레 설이 있는 비뚤어진 남자.
 학교 시절에는 야구부.

ᅡ야세 나즈나
 동이 솔직한 갸루.
 토무와 자주 함께 다니곤 한다.

|와나미 쿠라노스케
 쿠네 반의 담임 교사. 적당 & 방임주의.

Chitose kun ha ramune bin no naka

치토세 군은
라무네 병 속에

일러스트 / raemz

히로무 [hiromu]

5

프롤로그 나의 특별함

　특히 별개로 취급한다는 건 왠지 정성껏 따돌리는 것 같은 느낌이었기에, 어렸을 때부터 내가 들어왔던 특별이라는 단어가 조금 껄끄러웠다.

　우리 모임에는 들어올 수 없다고, 똑같아질 수는 없다고, 그렇게 말하는 것 같으니까.

　그래서 모두 좋은 의미로 그런 말을 해준다는 걸 알면서도 그럴 때마다 나는 분명히 약간 토라져서, 토라져서 귀엽지 않은 마음을 누구에게도 털어놓을 수가 없어서.

　좋아하는 남자애도, 친한 친구라고 할 수 있는 여자애도, 지금까지는 전혀……

　그런데 말이지, 찾아내 버렸어.

　항상 잘난 척을 하고, 가끔은 말버릇이 안 좋고.
　껄렁거리면서 폼만 잡고.
　나쁜 남자인 척하면서도 여자애 상대로는 금방 실실대고.

　항상 자신만만하고, 가끔은 혼내주고.
　방긋방긋 웃으면서도 강한 척하고.
　나쁜 남자인 척하면서 결국은 남자애들에게도 실실대고.

……나를 처음으로 특별 취급하지 않았던 사람.

나도 참 단순하다고 생각했지만, 겨우 그것만으로도 쉽사리 사랑에 빠졌다.

왠지 투명하고 희미했던 나날은 웃음이 나올 정도로 반짝반짝 색이 더해졌다.

껄끄러웠던 특별함이 정말 좋아하는 특별함으로 바뀌었다.

있지. 만약에.

당신의 눈이 나만 바라봐 준다면.

당신의 옆자리가 나만 앉을 수 있는 특등석이 된다면.

모두의 특별함이 아니라도 상관없어.

아니, 모두에게 특별 취급받는다고 해도 상관없으니까.

───나는 당신에게 단 하나의 특별함이고 싶어.

1장 여름방학의 일력(日曆)

외톨이라 아무래도 따분한 밤의 한구석을 뜯어먹는 빵처럼 찢어서 입에 넣어보니 달달한 밀크 캐러멜 맛이 났다.

어렸을 때, 붉은색, 흰색, 푸른색 기둥이 천천히 돌아가는 근처 이발소에서 머리를 스포츠로 깎은 다음, 상이라도 되는 것처럼 받았던 자그마한 주황색 상자가 생각났다.

자잘한 사각형 열두 개.

날마다 하나씩, 확인하는 듯이 천천히 포장지를 벗겨내고, 몇 번 살짝 깨문 다음 한동안 혀 위에서 굴린다. 그럴 때마다 귓가에 상자를 들어서 흔들어보고는 부스럭부스럭, 묵직한 소리가 나면 정말 기뻐졌고, 딸깍딸깍, 예쁜 소리가 나면 약간 쓸쓸해졌다.

7월 말, 1학기 종업식 전날. 중화냉면과 냉모밀 사이에서 한참 고민하다가 어느 쪽을 고르더라도 후회할 것 같아서 결국 소면을 삶아버린 오늘은 어찌할 수도 없이 그런 밤이었다.

계속 켜놓고 있었던 FM 라디오에서 8월의 해바라기 밭처럼 천진난만한 여자 진행자의 목소리가 나오고 있었다. 간단한 곡 소개를 마치고 그 목소리가 서서히 멀어지자 분위기가 완전히 바뀌어서 한 발짝 뒤에서 부드럽게 끌어안아 주는 것 같은 재즈가 흘러나왔다. 티볼리 오디오 스피커에서 빠져나와 왠지 멀게 느껴지고, 비가 갠 골목 같은 느낌인 알토 색소폰 음색이 축축하게 춤추고 있었다.

뭔가 할 생각이 들지 않는 그런 시간에 나는 적당히 지낼 곳을 찾기 위해 시험 삼아 방의 불을 껐다. 그리고 쓸쓸함보다 편안함에 가까운 심정으로 소파에 털썩, 드러누워 보았다.

이런 시간은 싫지 않았다.

별생각 없이 눈을 감자 봄부터 이어진 3개월이 비눗방울처럼 떠올랐다가 사라졌다. 둥실둥실 떠오른 무지개색 풍선에는 누군가의 하얀 와이셔츠와 익숙하지 않은 도시 거리, 땀내 나는 운동장 같은 게 비치고 있었다.

내일 오후가 되면 스위치를 찰칵, 켠 것처럼 긴 여름방학이 시작된다.

학교를 가는 매일과 휴일, 어느 쪽이 내게 캐러멜인 건지 생각해 보았다.

지금 그 상자를 흔들면 딸깍딸깍, 예쁜 소리가 날 것 같네. 그렇게 생각하며 살짝 웃었다.

*

———띠링띠링, 띠링띠링띠링.

나도 모르는 사이에 졸았던 모양이다.

눈을 살짝 떠보니 머리 옆에 두었던 스마트폰이 왠지 소심하게 떨고 있었다.

평소에는 띠리리리리리, 시끄러운 착신음도 이런 밤에는 왠지 부드럽게 느껴졌다.

화면에는 히이라기 유우코의 이름이 떠 있었다.

시간은 22시.

아직 고등학생이 잘 시간은 아니지만, 유우코가 이런 식으로 갑자기 전화를 건 적은 거의 없었다. 약속한 데이트 시간이 지났는데도 내가 나가지 않았다는 자업자득 같은 경우를 제외하면 미리 내 상황을 확인하고 전화를 거는 경우가 대부분이었다.

"흐아~, 무슨 일이야?"

『어라? 사쿠, 잤어? 미안해, 깨워서.』

"어째서 들킨 거지."

『어째서냐니, 얼빠져 보이니까. 평소에는 좀 더 여유롭고 거들먹거리는 느낌으로, 여어라든가, 오라든가, 여보세요~라는 느낌으로 전화를 받잖아?』

"나하고 같이 수치심까지 깨우지 말아주실래요?"

『봐, 목소리도 갈라졌고. 물이라도 마시고 와.』

"……네."

진짜, 유우코의 이런 부분은 진짜로 당해낼 수가 없다.

나는 라디오를 끄고 통화를 스피커로 전환했다.

세면장에서 참방참방 세수를 하고, 부엌에서 컵에 수돗

물을 따라서 꿀꺽꿀꺽 마셨다.

그제야 머리가 시원해져서 숨을 살짝 내쉬자.

『아~.』

왠지 모르겠지만 스피커에서 비난하는 것 같은 목소리가 날아들었다.

『안 되지, 수돗물을 그냥 마시면.』

"도시라면 모를까, 후쿠이에서 그런 걸 신경 쓰는 녀석이 있어?"

『우리 집은 정수기 물만 마시는데?』

"그렇게 세련된 건 없어. 애초에 일설에 의하면 후쿠이현 오오노시 수돗물은 일본에서 제일 맛있다는데."

『아니, 사쿠네 집은 완전히 후쿠이시잖아.』

"이웃 같은 거나 마찬가지라고……, 아니, 잠깐만 기다려봐."

나는 그레고리 데이팩에서 터콰이즈 블루색 블루투스 이어폰을 꺼냈다.

마이크가 달려 있어서 오랫동안 통화할 때는 이쪽이 더 편하다.

"미안, 이어폰으로 바꿨어."

그렇게 말하자 유우코가 의아하다는 듯이 대답했다.

『어라? 저번에 이어폰 망가진 이후로 안 사고 있다고 하지 않았나?』

"아, 저번에 생일 때 받았."

『흐으~~~~~~~~~~~~~~~~~~~~~~~~~~~~~~~~
~~~~~~~~~~~~~~~~~~~~음?』

내 말이 끝나기도 전에 매우 불만스러운 듯한 목소리가
귀에 날아들었다.

쓸데없는 말을 해버렸다는 동요 때문에 나도 모르게 더
쓸데없는 말까지 해버렸다.

"저기, 니, 니시노 선배가."

『딱! 히! 안 물어봤거든!』

"그렇죠, 죄송합니다!"

아니, 아무리 생각해도 설명과 변명을 요구한 것 같다는
기분이 들었는데요?

그렇게 또 생각 없이 해버릴 뻔한 말은 집어삼키고 순순
히 사과했다.

그런 걸 대놓고 캐물을 수 있는 관계가 아니라는 것을 이
해하고 있기에 유우코도 일부러 물어보지 않았을 것이다.
본심이 다 드러나긴 했지만.

스마트폰 너머에서 볼을 부풀리고 있는 모습을 쉽사리
상상할 수 있다.

나도 모르게 웃음을 터뜨릴 뻔했지만, 더 이상 토라지게
만들면 안 될 테니 바로 화제를 바꾸기로 했다.

"그건 그렇고, 뭔가 볼일이 있었던 거 아니야?"

『맞아! 맞아!』

유우코는 내 말을 듣고 곧바로 원래 모습으로 돌아왔다.

일부러 그러는 건지, 아니면 원래 그런 건지, 이런 식으로 농담의 선을 결코 넘지 않는 게 누구에게나 호감을 사는 이유 중 하나 아닐까.

『사쿠는 결국 그거 참가할 거야? 8월에 있는 여름공!』

"아, 신청 마감 내일이었던가?"

『응!』

후지 고등학교 명물 중 하나로 유명한 여름공, 즉, 여름 공부 학습.

8월 초순에 나흘 동안 바다 근처 호텔에서 진행되는 이 연례 행사는 간단히 말하자면 규모가 좀 큰 스터디 모임 같은 것이다.

대상은 1학년을 제외한 모든 학생이고, 신청만 하면 누구나 참가할 수 있다. 해마다 수험을 앞둔 3학년 인원이 많이 참가하는 경향이 있지만, 2학년도 꽤 참가하는 모양이었다.

그 이유는 합숙이라고 해도 기본적으로는 자습을 하기 때문이다.

기간 동안에 참가자들은 시설 안에 있는 세미나 룸이나 미팅 룸, 또는 자기 방 같은 곳을 이용해서 각자 마음대로 공부를 한다.

그것만 놓고 보면 친구들과 패밀리 레스토랑이나 도서관에 가는 것과 별 차이가 없을 것 같기도 하지만, 가장 큰 메리트는 주요 교과 선생님들이 인솔해준다는 점일 것이다. 이해가 안 되는 내용이나 모르는 문제가 있으면 개별적으로 질문할 수 있기에 이번 기회를 이용해서 여름방학 숙제를 해치워버리려 하는 사람도 많다고 들었다.

그리고 학생들의 자주성을 중시하는 후지 고등학교라고 해야 하나, 까놓고 말해서 자습을 하지 않아도 혼나지 않는다.

실제로 사흘째는 바다에서 신나게 놀거나 그날 밤에는 선생님들까지 함께 바비큐 파티를 하는 게 암묵적인 관례가 되었다고 한다.

다시 말해 공부를 하면서 여름방학의 추억도 만들 수 있는 일석이조의 이벤트라는 뜻이다.

참고로 학교에서 참가를 추천하기 때문에 대회나 콘테스트 같은 게 겹치지 않는 한, 클럽 활동을 쉬는 것도 인정해 준다. 모처럼 여름방학인데 연습한 기억만으로 채우고 싶지 않은 운동부 녀석들이 많이들 참가한다는 소문이 있다.

"그런데 유우코는 어떻게 할 거야?"

그렇게 되묻자 들뜬 목소리가 돌아왔다.

『나는 참가할 거야! 왠지 재미있을 것 같고, 웃찌에게 공부를 가르쳐달라고 할 거거든~.』

"그거 좋겠네. 분명 어지간한 학원보다 알아듣기 쉽게 가르쳐 줄 거야."

『응! 그런데 사쿠는?』

"어떻게 할까……."

『어~? 같이 가자~.』

솔직히 말하자면 나는 딱히 참가하고 싶은 마음이 없었다.

클럽 활동을 하지 않는 이상 어차피 시간을 때울 방법은 공부밖에 없고, 유우코 같은 친구들과는 적당히 연락해서 놀면 된다. 카즈키나 카이토는 내버려 두더라도 멋대로 우리 집에 모이기도 하니까.

은근히 거절하려 하자 유우코가 왠지 쑥스러워하는 것 같기도 하고, 응석을 부리는 것 같기도 하고, 그러면서도 내 반응을 떠보려는 듯한 목소리로 살며시 속삭였다.

『사쿠는 나랑 웃찌 수영복 안 보고 싶어?』
"───아니, 그건 보고 싶지."

나는 망설임 없이 곧바로 대답했다.

『그럼, 갈 거야?』
"가야지, 반드시."

그리고 1초 만에 의견을 바꾸었다.

잠시 침묵이 흐르다가, 무심코 둘이서 웃음을 터뜨려 버렸다.
『잠깐, 사쿠, 방금 그거 기분 나빠~!』

"자기가 꼬셔놓고 너무한 거 아니야?!"

『그럼 여름공까지 옷찌하고 귀여운 수영복을 골라둘게.』

"섹시한 것도 괜찮은데."

『……사쿠는 어느 쪽이 더 좋은데?』

"진짜로 물어보면 대답하기 곤란하니까 그러지 마."

그런 다음 우리는 학교 식당의 냉라면을 한동안 먹을 수 없어서 아쉽다는 것 같은 잡담을 좀 하고 난 다음, 둘 다 예의 바르게 잘 자라는 인사를 하고 전화를 끊었다.

유우코와 함께 지내다 보면 항상 이런 식으로 주도권을 잡히게 되네. 그런 생각에 쓴웃음을 지었다.

좀 전에 한 이야기는 농담의 연장선상에 있는 거나 마찬가지지만, 이야기를 하다 보니 참가해보는 것도 나쁘지 않다고 생각한 건 사실이다.

이러쿵저러쿵해도 이번 여름방학이 끝나면 짧은 고등학교 생활도 어느새 절반 이상이 지나가게 된다.

내년은 아마도 진로 선택이나 수험 공부, 그 이후에 반드시 찾아오게 될 이별처럼 올해보다 훨씬 많은 것들을 짊어지게 될 것이다.

친구들과 지금처럼 변함없이 지낼 수 있는 시간은 사실 느긋하게 여유를 부릴 정도로 남지 않은 건지도 모르겠다.

완전히 잠이 깼는데도 어딘가에 아직 비눗방울이 둥실둥실 떠다니는 것 같았다.

부정적인 마음으로 멈춰 서 있었던 7개월에서 겨우 벗어나 긍정적으로 달려온 4개월을 넘어서서, 완전히 여름의 입구에 도착한 지금. 매우 싸구려 같은 생각을 했다.

　　———이런 나날은 분명 돌아오지 않겠지.

　그러니 둘러대지 말고, 눈을 돌리지 말고, 마치 성급한 졸업 앨범처럼, 마치 그날의 밀크 캐러멜처럼, 하나씩, 확인하듯이 지내자.

　예를 들자면 혼자 있는 한밤중, 여름방학의 평범한 하루, 익숙해진 친구들과의 잡담. 그리고……, 누군가의 마음, 자신의 마음.

　철망이 달린 창문에서 미지근한 여름 바람이 하늘하늘 놀러 왔다가 변덕스럽게 다시 확 나가버렸다. 왠지 시원해 보이는 달빛이 어두운 방 안으로 스며들고 있었다.

　좀 더 이야기를 할 걸 그랬나.

　그런 생각을 해버릴 것 같아서 그 대신 운동화를 신고 밖으로 나갔다.

　어슬렁어슬렁, 금방 잠이 올 것 같지 않은 밤이었으니까.

＊

　"———자, 이제 기립! 인사, 안녕히 계세요!!"

　다음 날, 1학기 마지막 HR 때 쿠라쌤, 즉, 이와나미 쿠라노스케 선생님의 정말로 어이가 없을 정도로 음담패설 같고 하찮은 '여름방학의 마음가짐'이라는 것을 오랫동안 들은 다음, 그제야 나는 그렇게 말했다.

반쯤 억지로 이야기를 끊은 것 같은 인사였지만, 주위 사람들은 '잘했다'라며 감사로 가득 찬 시선을 보냈다.

"쳇."

이봐, 학생에게 혀를 차지 말라고, 글러먹은 양반 같으니.

쿠라쌤은 투덜거리면서 고개를 살짝 숙인 다음 입을 열었다.

"이봐~, 여름공에 참가할 녀석들은 제출하고 나서 집에 가라~."

그 말을 신호로 반 친구들은 제각각 집에 갈 준비를 시작했고, 몇 명은 교단에 서 있던 쿠라쌤에게 다가갔다.

나도 책상 안에 준비해두었던 신청서를 꺼내 그 사람들을 따라갔다.

"자, 이것도 잘 부탁해요."

"흥, 교사의 감사한 말씀을 귀찮아하는 녀석이 참가하는 건 사절인데."

"그건 누군가가 여름방학에 사귀기 시작해서 선을 넘는 고등학생 남녀에 대한 원한을 구구절절하게 늘어놓았기 때문일 텐데."

"공부 합숙은 무슨. 어차피 너희 목적은 수영복 여자애하고 밤에 해변에서 야외 섹."

"———당신은 교육자로서의 선을 태연하게 넘지 좀 말라고."

진짜, 이 아저씨는 변함이 없네.

이러쿵저러쿵 허무해지는 이야기를 몇 번 주고받은 끝에 신청서를 떠넘기고 내 자리로 돌아오자 왠지 모르겠지만 항상 보던 녀석들이 나를 기다리고 있었다.

제일 먼저 아사노 카이토가 큰 목소리로 말했다.

"야~, 사쿠, 뒤풀이 가자고! 뒤풀이!"

"무슨 뒤풀이인데."

내가 쓴웃음을 지으며 대답하자 미즈시노 카즈키가 능청스럽게 뒤를 이었다.

"그야 뭐, 1학기 뒤풀이겠지."

"너희는 클럽 활동 안 해?"

"우리(축구부)도 어차피 내일부터는 질리도록 연습할 거니까 오늘 정도는 쉬자는 곳이 많은 것 같던데. 그리고 이대로 인사하고 해산하면 아쉬워할 사람도 있지 않을까?"

그렇게 말하며 대각선 뒤쪽을 힐끔 보았다.

그 시선을 눈치챈 나나세 유즈키는 휴우, 섹시한 한숨을 쉬며 흘러내린 까만 머리카락을 쓸어올렸다.

"왜 미즈시노가 이쪽을 봤는지 모르겠지만 나중에 혼내주도록 하고, 나는 여름방학에도 만나고 싶은 사람이 있다면 내가 먼저 불러낼 거야."

카즈키가 입가를 슬쩍 치켜올렸다.

"호오? 그럼 나도 기대하며 기다려볼까."

"데이트 장소는 도진보 절벽(자살 명소)으로 잡으면 될까?"

두 사람의 살벌한 이야기를 제쳐두고 아오미 하루가 내 팔을 꽉 잡아당겼다.

"여자 농구부도 오늘은 쉬어! 그러니까 갈 거지? 치토세."

"……그, 그래."

갑자기 얼굴을 들이대길래 놀라서 반사적으로 물러나려 하자 작은 손에 담긴 힘이 마치 놓치지 않겠다는 듯이 강해졌다.

"어라~? 치♡토♡세♡군♡으은♡ 혹시 하루가 팔을 잡아줘서 가슴이 두근거려버린 거야?"

"설마, 미처 못 다듬어서 삐친 머리카락이 눈에 찔릴 것 같았거든."

"뭐라고! 이 자식이!!"

이러쿵저러쿵해도 서로 의식해버린 모양이다.

그날 이후로 하루와 이런 이야기를 주고받았던 적은 거의 없었으니 일단 평소 모습으로 돌아와서 안심했다.

"유우코하고 유아도?"

여전히 팔을 잡힌 채로 그렇게 말하자 우치다 유아가 먼저 천천히 입을 열었다.

"응, 오늘은 도시락을 싸 오지 않았으니까."

유우코가 뒤이어 말했다.

"물론이지~!! 밥 먹고 다 같이 노래방 가자!"

""""""""찬성~!!"""""""""

"노, 노래방……."

마지막에 그렇게 힘없이 중얼거린 사람은 당연하게도 야마자키 켄타 군이었다. 혹시나 몰라서 말해둔다.

*

8번 라멘과 비교하며 고민한 결과, 우리는 타코큐에 와 있었다.

전자는 어차피 여름방학에도 가겠지만, 학교 근처에 있다는 이유로 먹으러 온 적이 많았던 이 가게에 모일 기회는 오늘이 아니면 당분간 없었기 때문이다.

테이블 위에는 각자 멋대로 주문한 오코노미야키와 톤페이야키, 카라아게, 교자, 감자튀김 같은 것들이 빽빽하게 놓여 있었다.

항상 똑같은 것만 주문해서 몰랐는데, 새삼 메뉴를 찬찬히 살펴보니 거의 정식집 수준으로 메뉴가 다양하다는 게 놀라웠다.

"자, 마지막 야키소바 나왔다."

기운찬 목소리와 함께 매우 짧은 은색 단발이 트레이드마크인 아줌마가 커다란 접시를 투욱, 내려놓았다.

"어라, 이거……?"

나는 무심코 그렇게 말했다.

운동부 녀석들에게 단골손님인 야키소바 학생 점보는 혼자서 다 먹는 게 기본적인 규칙이다. 오늘은 모두 함께 나누어 먹으려고 일반 사이즈를 주문했는데, 아무리 봐도 친숙한 점보 사이즈였다.

"너희들, 오늘로 수업 끝났지? 어차피 한동안 얼굴도 못 볼 테니까 지금 많이 먹어둬."

"그렇게 퍼주다가는 조만간 망할 텐데. 안 그래도 작아얏?!"

그렇게 농담을 하다가 동그란 은빛 쟁반으로 뒤통수를 맞았다.

꽈아앙. 맥빠지는 소리가 울렸다.

"내가 여기서 장사를 몇 년을 했는데. 코흘리개 꼬맹이 한두 명한테 덤을 준다고 가게가 기울 정도는 아니야."

"그런 소릴 하다가 물리적으로 이미 기울, 농담이에요! 죄송합니다! 감사히 먹겠습니다!!"

한 방 더 맞기 전에 급하게 사과하자 아줌마는 코웃음 치며 카운터 안쪽으로 돌아갔다.

나는 나를 둘러싸고 울려 퍼지는 웃음소리를 끊어놓기 위해 어흠, 어흠, 일부러 헛기침을 했다.

우롱차 잔을 들었다.

"그럼, 뭔가 이런저런 일이 많았던 1학기도 겨우 무사히 마쳤으니……, 야, 켄타, 건배 제창."

"어어? 제가요?!"

갑자기 지명당한 켄타가 알아보기 쉽게 허둥댔다.

"이런저런 일의 돌격대장이잖아. 마지막으로 확실하게 마무리해."

내가 그렇게 말하자 유우코가 뒤를 이었다.

"맞아, 켄타찌~! 훌륭하게 성장한 모습을 보지 않으면 안심하고 여름방학을 맞이할 수가 없어~."

유아도 방긋 웃었다.

"힘내, 야마자키 군."

두 사람의 목소리가 등을 떠밀어 주었는지, 켄타는 결심한 듯이 콜라를 들고 일어섰다.

"그, 그러니까……. 정말 뭐라고 해야 하나, 솔직히 말해서 제가 모두와 이렇게 지내는 게 여전히 믿기지 않지만, 제게 이번 1학기는."

""""""""건배~!!""""""""

짤랑, 짤랑, 시원한 소리를 울리며 테이블 위에서 싸구려 잔이 부딪혔다.

"너, 너무해……."

"슬슬 익숙해지라고. 자, 건배."

멍하니 서서 입을 뻐끔거리고 있던 켄타에게 모두가 깔깔 웃으며 잔을 내밀었다.

＊

"어어? 유즈키네도?!"

음식을 꽤 많이 먹었을 때, 유우코가 놀란 듯이 말했다.

지금 화제는 올해 여름공에 대한 것이었다.

유우코, 유아, 내가 참가하기로 했다고 이야기하자 카즈키, 카이토, 켄타도 은근슬쩍 신청했다는 사실을 알게 되었고, 나나세와 하루도 마찬가지였던 모양이다.

"응, 애초에 미사키가 인솔해서 참가하는 거라 그사이에는 클럽 활동을 못하거든. 여자 농구부 2학년은 모두 참가해."

하루가 쓴웃음을 지었다.

"아니, 참가비가 있으니까 소리 내어 말하진 않았는데, 그날 분명히 '너희 모두 와라'라고 한 거나 마찬가지지. 아침에는 모래사장에서 달리기를 할 거라고도 했고."

그 말에 나나세도 맞장구를 쳤다.

"진짜 그렇다니까! 우리 운동부 여자애들에게 귀중한 여름의 추억을 대체 뭘로 생각하는 건지."

"같이 여행 가서 아침부터 모래투성이, 땀투성이가 된 소녀는 어떠셔? 형씨. 게다가 배가 고프니 아침 뷔페에서 밥도 잔뜩 먹을 텐데."

내게 말을 걸었기에 솔직하게 대답했다.

"그냥 듬직하지."

""그렇겠죠~.""

호들갑을 떨며 하늘을 올려다보는 나나세와 하루를 보고 모두가 웃음을 터뜨렸다.

한참 웃은 다음, 유우코가 '그래도, 그래도'라고 말했다.

"여기 있는 모두가 간다니, 정말 기대돼! 바비큐랑 바다랑, 불꽃놀이랑, 그리고 담력 시험 같은 거?!"

"아, 명목은 공부 합숙이긴 한데."

그렇게 말하며 볼을 긁은 사람은 유아였다.

"나도 알고 있긴 한데, 웃찌하고 같이 자는 건 처음이니까. 같이 수영복도 사고, 당일 밤에는 걸즈 토크 같은 거……, 해 보고 싶어서."

저번에 둘이서 저녁밥을 해주러 왔을 때 그런 이야기를 했었다는 게 떠올랐다.

그때는 '좋아하는 사람 이야기라든가'라면서 좀 더 직접적인 표현으로 말했지만.

"아, 너희도 수영복 사러 가는구나?"

감자튀김을 먹고 나서 손가락 끝을 핥으며 나나세가 그렇게 말하자 유우코가 대답했다.

"그 말은 혹시?"

"뭐, 이번 기회를 놓치면 바다에 언제 갈 수 있을지 모르니까. 무엇보다 내 파트너가 이 나이가 되어서도 아직 학교 수."

"말하지 마아아아아아아아아아아!!"

입술에 김을 묻힌 하루가 급하게 이야기에 끼어들었다.

"어이쿠, 실례. 뒤늦게 찾아온 사춘기 한복판이었지."

"좋았어~, 알았다고, 전쟁이다, 밖으로 나와! 나나! 이 자식아아!"

"그래, 그래, 어린애한테 질 생각은 없거든요오? 우미."

"진정해."

여전한 두 사람을 유아가 타일렀다.

"혹시 생각이 있으면 유즈키랑 하루도 같이 갈래?"

하루가 기운차게 손을 들었다.

"갈래! 유즈키는 그런 거 고를 때 엄청 잔소리 많거든. 유우코하고 웃찌에게 배우고 싶어."

그런 이야기를 편안한 마음으로 지켜보고 있자니 옆에 앉은 커다란 덩치가 부들부들, 살짝 떨리고 있었다.

"……수, 수, 수영보오오오오오오오오오오오오오오오오오오옥!!!!!!!!!!"

""카이토, 시끄러워.""

나와 카즈키가 곧바로 태클을 걸었다.

"아니, 그래도, 유우코, 웃찌, 유즈키의 수영복이잖아! 여기(5반)는 천국인가?!"

"어째서 내♡ 이♡ 름♡이 없는 거야?"

"하루는 뭐, 저기, 그러니까, 힘내."

"좋았어, 후려 갈겨주마♡"

카즈키가 어이없다는 듯이 중얼거리며 끼어들었다.

"정말 시끌벅적하네. 그러고 보니 사쿠, 올해는 불꽃놀이 어떻게 할 거야?"

"아, 벌써 그런 시기구나."

후쿠이현에도 여름의 단골손님인 불꽃놀이 행사가 몇 개 있다.

가장 지명도가 높고 사람도 많이 모이는 행사는 도진보 절벽 근처에서 하는 '미쿠니 불꽃놀이'지만, 후쿠이시에 학교가 있는 우리와 친숙한 건 아스와가와 강가에서 하는 '후쿠이 피닉스 불꽃놀이'다.

8월 초에 사흘 동안 개최되는 '후쿠이 피닉스 축제'의 첫날을 장식하는 이벤트이고, 해마다 약 1만 발 가량의 불꽃을 쏘아 올린다.

일부러 회장까지 가지 않더라도 시내 곳곳에서 볼 수 있기에 집 옥상이나 베란다에서 즐기는 사람도 많다.

중학생 정도 되는 남자면 언젠가 여자친구가 생겼을 때를 대비해서 '누구도 방해하지 않고 단둘이 불꽃놀이를 볼 수 있는 비밀의 베스트 스팟 탐험' 같은 걸 한 번쯤은 해본 적이 있지 않을까?

작년 여름은 도저히 그럴 기분이 아니었지만.

"정 뭐하면 다 같이 갈까?"

올해 여름은 아무런 망설임도 없이 그렇게 말했다.

카즈키가 내게 묻자 테이블 건너편에서 계속 귀를 기울이고 있던 유우코가 제일 먼저 몸을 앞으로 내밀었다.

"찬성, 찬성, 찬성~!!!!!! 나, 유카타 입을 거야!"

그 기세에 무심코 쓴웃음을 지으며 대답했다.

"그럼 나도 유우코가 준 걸 입을까."

"물론이지~! 집까지 가서 입혀줄게!!"

"호오? 유카타라고는 해도 유우코가 입히는 방법을 알다니, 좀 뜻밖이네."

"저기, 그건 그러니까……, 웃찌가……, 내 것도."

"그럴 줄 알았지. '제일 먼저 볼 사람은 나야'라고 하지 않았어?"

"웃찌라면 괜찮다고!!"

유아가 입가에 손을 대고 쿡쿡 웃었다.

"그래, 그래, 그럼 둘이서 입혀주자."

"응!"

"그것도 나름대로 내가 창피할 것 같은데?"

그러자 조용히 듣고 있던 나나세가 왠지 도발적으로 입가를 치켜올리며 유우코를 보았다.

"뭐, 애초에 치토세는 혼자서 입을 수 있지만 말이야."

"그래?!"

"축제 데이트 때 확인했으니까 안심해도 되거든? 정처분?"

"열받아~. 네, 그 싸움 받아들일게요~!"

시끌시끌, 활기찬 시간이 흘러간다.

한없이 종업식 오후 같은 한때였다.

내일부터 여름방학이라는 생각에 들뜨면서도, 아쉬운 마음에 집에 가고 싶지 않아 하는 가슴속. 거기에 최대한 많은 선물을 가득 채워두기 위해 평소보다 더 떠들어댔다.

사진 찍자, 라고 유우코가 말했다.

그거 좋네, 라며 모두가 웃었다.

유아가 재빨리 테이블 위를 정리했고, 나나세는 은근슬쩍 앞머리를 다듬고, 하나 남은 카라아게를 하루가 입속에 쏙 넣었다.

억지로 어깨동무를 하려 하는 카이토의 팔을 카즈키가 짜증 난다는 듯이 쳐내고, 켄타는 자리를 옮기는 게 나을지, 앉는 게 나을지, 안절부절못하고 있다.

창문 너머로 보이는 푸른 하늘에는 아이들이 아스팔트 도로에 분필로 그린 낙서 같은 적란운이 뭉게뭉게 떠 있었다.

역시 후쿠이에는 공룡이 있구나. 구름 하나를 보며 느긋하게 그런 생각을 했다.

한구석에 놓여 있던 낡은 선풍기가 덜컹덜컹 소리를 내면서도 기특하게 고개를 저었고, 빠진 사람이 없게끔 한 사람 한 사람을 차례대로 지켜보고 있었다.

유우코에게 스마트폰을 받은 아줌마가 '간다'라며 우리

에게 렌즈를 들이댔다.

"자, 치즈~."

""""이예이~!!""""

찰칵, 고등학교 2학년의 지금이 잘려나가 색이 바래지 않게끔 보존되어 간다.

———예를 들자면 언젠가 머나먼 여름.

딸랑거리며 울리는 풍령 소리를 들었을 때, 문득 이 순간을 한없이 그리워하며 떠올릴 것 같다. 그런 생각이 들었다.

*

결국 타코큐를 나선 다음, 곧바로 모두 함께 역 앞에 있는 노래방으로 가서 평일 무제한 요금제로 시간이 아슬아슬할 때까지 계속 노래를 불러버렸다.

처음에는 각자 애창곡을 선보이거나 다양한 조합의 듀엣으로 신나게 불러대다가, 점점 소재가 떨어지자 적당한 예전 노래 메들리를 잔뜩 넣어서 마이크를 돌려댔다.

참고로 자기 차례에 노래를 부르지 못하면 벌칙.

드링크바에서 적당히 섞어 만든 수수께끼의 음료수를 원샷하는 정석적인 벌칙부터 꽤 억지스러운 벌칙도 많았다.

처음에는 켄타가 계속 져서 안심했는데, 애니송 메들리로 바뀐 뒤에는 그 녀석의 독무대였다. 왠지 모르겠지만 모니터에 뜨지 않은 캐릭터의 대사 같은 것까지 완벽하게 마스터한 수준이었다.

덕분에 모두가 한 번씩은 벌칙을 받았을 것이다.

가게를 나선 뒤에도 역 앞을 잠시 어슬렁거리다가 하늘이 붉게 물들기 시작하자 우리는 해산했다.

자전거파 녀석들은 마치 졸업식 예행 연습이라도 하는 것처럼, 몇 번이나 돌아보고 바이바이라며 손을 흔들었다. 녀석들의 뒷모습을 바라본 다음 나와 유우코, 유아도 집으로 출발했다.

왠지 두 사람은 평소보다 걸음걸이가 느렸다.

평소에 유우코는 부모님이 차로 데리러 와주는 경우가 많았지만, 오늘은 유아네 집까지 같이 걸어가고 싶다고 했다.

그 마음이 왠지 이해가 되는 것 같아서 나도 보폭을 살짝 좁혔다.

역전 상점가가 희미한 보라색으로 물들었고, 그 한가운데를 한 차량만 편성된 노면전철이 덜컹덜컹 달리고 있었다. 평소에는 한산한 거리도 이런 식으로 화장하니 나름대로 나쁘지 않다는 생각이 드는 게 신기했다.

유우코가 기지개를 켰다.

"즐거웠지~, 정말 피곤해."

유아가 쿡쿡 웃으며 대답했다.

"난, 그렇게 노래를 많이 부른 게 이번이 처음이야. 취주악부 연습보다 피곤한 것 같아."

유우코가 문득 말을 꺼냈다.

"그러고 보니까, 웃찌는 여름방학에 어떻게 할 거야?"

"음~, 딱히 특별한 일정은 없는데. 아마 평소하고 똑같겠지. 클럽 활동을 하고, 공부하고, 밥도 하고."

"여름공에 가는데 공부를 또 해?!"

"유우코, 여름공에 참가한다고 다른 날 공부가 면제되는 건 아니거든? 그리고 수험 같은 걸 생각하면 조금이라도 일찍 움직이는 게 좋으니까."

"게다가 수험?! 고등학교 2학년 여름방학에 그런 생각을 하는 건 웃찌뿐일 거야!"

"그, 그렇지는 않을 텐데……."

유아는 곤란하다는 듯이 볼을 긁었다.

유우코는 아랑곳하지 않고 유아의 손을 잡았다.

"그럼, 잔뜩 놀자!"

"그럼이라는 말을 이상하게 쓰는 것 같긴 하지만……, 응!"

그런 이야기에 귀를 기울이며 나는 약간의 낯간지러움을 느끼고 있었다.

두 사람이 이렇게 사이좋게 지내게 되다니, 그 무렵에는 상상하지도 못했다.

"그런데 그렇구나~. 사쿠도, 웃찌도, 유즈키도, 하루도, 켄타찌도, 내가 모르는 사이에 다들 조금씩 나아가고 있구나."

유우코가 먼 산을 바라보며 중얼거렸다.

"나도."

그리고 툭, 그렇게 앞으로 나가서 돌아보며.

"━━━이번 여름, 한 발짝 내디뎌 보기로 결심했어."

활짝 웃었다.

뭘? 그렇게 물어보진 않았다.

왠지 그 마음이 이해가 되는 것 같았기 때문이다.

옆에서 부드러운 미소를 짓고 있는 유아도 아마 마찬가지일 것이다.

그러니 오늘만큼은 나란히, 천천히 걸어가자.

해가 지기 전까지는 아직 시간이 좀 있다.

*

그렇게 맞이한 여름방학 첫날.

사실은 낮까지 푹 잔 다음, 적당히 청소나 빨래나 야구 도구 손질 같은 걸 하며 느긋하게 지낼 생각이었다.

……아침부터 걸려온 전화에서 맥이 빠지는 라디오 체조 노래가 들리지만 않았다면 말이다.

욕실에서 잠이 덜 깬 머리와 땀에 젖은 몸에 말 그대로 찬물을 끼얹은 다음, 검은색 파타고니아 반바지에 주머니가 달린 흰색 티셔츠를 입고 나서 테바 스포츠 샌들을 신고 집을 나섰다. 나는 지금, 후쿠이역 옆에 서식하고 있는 후쿠이티탄의 긴 목이 위아래로 움직이는 모습을 멍하니 바라보고 있다.

스마트폰을 확인하니 시간은 8시 35분.

평소에는 학교에 갔을 시간이니 딱히 일찍 일어난 건 아니지만, 몸은 아직 절반 정도 침대 안에 있는 것 같은 기분이었다.

일어나야 한다는 생각이 있는 평일에는 보통 스마트폰 알람이 울리기 전에 깨어난다. 하지만 일어나지 않아도 된다고 생각하며 마음이 느슨해지는 휴일에는 계속 자게 되는데, 이유가 뭘까.

말로 하면 당연한 것 같기도 하지만 문득 냉정하게 생각해보니 꽤 신기하다.

그런 생각을 하고 있자니 뒤에서 누군가가 어깨를 툭, 두드렸다.

술술 풀어나간 숙제의 답을 맞추듯 천천히 돌아보니.

"자, 모험을 떠나자."

니시노 아스카, 아스 누나가 장난기 어린 미소를 짓고 있었다.

우연히 나와 마찬가지로 푸른색 파타고니아 반바지에 흰색 프린트 티셔츠, 심플한 검은색 버킷 모자를 쓰고, 발에는 차코 스포츠 샌들을 신었다. 등에는 피엘 라벤 사각 칸켄백을 메고 있었다.

평소와는 인상이 전혀 다른 활동적인 옷차림과 그에 비해 거의 그을리지 않은 목덜미, 그리고 대담하게 드러낸 허벅지가 매우 눈부셨다.

내가 조용히 있으니 아스 누나가 쑥스러운 듯이 발가락을 꽉 구부렸다. 그 발톱에는 희미한 분홍색 매니큐어가 꼼꼼하게 칠해져 있었다.

"뭐, 뭐라고 반응 좀 해줘어."

"커플룩 같아서 창피하지 않아?"

"너무해! 예전에 사쿠 오빠가 이렇게 입으라고 해놓고!!"

"여동생에게 코스프레를 시키는 위험한 오빠처럼 말하지 말아줄래?"

토라져서 입술을 삐죽대는 모습에 나는 무심코 웃음을 떠뜨려 버렸다.

"농담이야. 평소하고 다른 모습이라 솔직히 가슴이 두근 거렸어."

"……정말?"

"'레온'에 나오는 마틸다처럼 매력적이야. 나중에 검은색 초커를 사주지."

"그건 좀 아니지 않아?"

아스 누나가 우습다는 듯이 어깨를 흔들었다.

깔깔대며 천진난만하게 웃는 표정에는 어딘가에 소녀였던 나날의 모습이 남아있었다.

그러고 보니, 하고 생각했다.

그 시절에는 오히려 여름방학이라 이렇게 일찍 일어났던가?

늦잠을 자면 아깝다면서, 마치 주머니에 찔러넣어 둔 보물지도를 모조리 덧칠해나가는 것처럼.

잠시 후 즐겁게 걷기 시작한 그림자가 오늘은 왠지 한층 더 작아 보였다.

＊

후쿠이역에서 전철을 타고 20분 정도.

우리는 '이치조다니'라고 적혀 있는 간판이 덩그러니 서 있는 승강장에 내렸다.

주위를 둘러보니 어이가 없을 정도로 그림으로 그린 듯

한 시골 역이었다.

개찰구 같은 건 당연하다는 듯이 보이지 않았고, 구색 맞추기 정도인 작은 대합실이 하나 있을 뿐.

주위에는 사람이 한 명도 없었다.

눈에 들어오는 것은 푸른색으로 나부끼는 밭과 작달막한 산, 투박한 송전탑, 군데군데 있는 낡은 민가.

한없이 펼쳐진 하늘에서는 여름 햇살이 보란 듯이 잔뜩 쏟아져 내리고 있다.

숨을 크게 들이마셔 보니 푹푹 찌는 열기와 함께 흙과 풀의 냄새가 났다.

"그건 그렇고, 왜 또."

나는 무심코 그렇게 중얼거렸다.

아침에 전화로 들은 건 '데이트하자'라는 말과 집합 장소뿐.

그야 역 앞에서 쇼핑을 하는 타입은 아니겠지만, 설마 이렇게 한적한 곳으로 데리고 올 줄은 상상도 못 했다.

아스 누나는 왠지 두근거리는 표정으로 입을 열었다.

"말했잖아, 오랜만에 둘이서 모험을 해보고 싶었어."

"'스탠 바이 미'처럼?"

고전 영화 제목을 말하자.

"굳이 말하자면 '흑과 차의 환상'이려나."

나도 읽은 적이 있는 소설 제목을 대답했다.

예전 동급생인 중년 남녀 네 명이 야쿠시마를 토대로 만든 것 같은 Y섬을 돌아다니며 이런저런 이야기를 하는 게 전부인 내용이 묘하게 인상적이었던 게 기억난다.

"우리는 이제 소년소녀가 아니니까."

놀리는 듯한 말투였다. 나도 거기에 맞춰서 대답했다.

"그렇다고 해서 중년도 아니잖아. 굳이 따지면 같은 온다 리쿠 작품이라도 주인공이 고등학생인 '밤의 피크닉'일 것 같은데, 일부러 안 댄 거야?"

"……그건 아직 안 읽었단 말이야."

"의외로 조잡한 이유였어!"

쑥스럽다는 듯이 고개를 돌리는 모습을 보니 견디지 못하고 얼굴을 실룩대버렸다.

소설만 놓고 보면 이 사람이 내가 모르는 작품을 읽은 적은 많지만, 그 반대는 아마 처음일 것이다.

사실 충분히 있을 수 있는 일인데도, 아스 누나의 몰랐던 일면을 또 하나 접한 것 같다는 생각에 조금 기뻐졌다.

"뭐, 다음에 빌려줄게."

"……됐어, 읽고 싶은 책은 사서 보는 주의니까."

"분해?"

"안 그렇거든요."

툴툴대며 먼저 앞서나가는 뒷모습을 따라가며 왠지 매우 즐거워진 나는 방긋 웃었다.

*

이치조다니라 불리는 이 근처는 전국시대에 에치젠노쿠니를 다스리던 아사쿠라 가문의 본거지가 있었던 것으로 알려진 지역이다. 당시 성 아랫마을의 흔적이 매우 양호한 상태로 발굴되었다고 해서 나라의 중요 문화재로 지정되기도 했다.

근처에 유적 자료관 같은 것도 있지만, 뭐, 여름방학에 데이트를 하러 갈 곳은 아니겠지.

딱히 이렇다 할 목적지가 없었던 우리는 우선 이치조 폭포 쪽으로 가보기로 했다. 이쪽도 일단은 후쿠이가 자랑하는 아담한 관광 명소 중 하나로, 사사키 코지로가 츠바메가에시를 만들어낸 곳으로 전해지는 모양이다.

스마트폰으로 길을 찾아보니 이곳에서 걸어서 약 1시간 반.

걸어가며 이야기하는 것 그 자체가 목적이니 딱 좋은 거리다.

역을 나서서 잠시 걷자 바로 현 도로 18호가 나왔다. 이제 길을 따라 가기만 하면 되니 마지막으로 한번 지도를 확인하고 나서 스마트폰을 집어넣었다.

"이곳은 말이지, 자연의 집 근처거든."

내가 그렇게 말하자 옆에서 걸어가던 아스 누나가 신기하다는 듯한 표정으로 이쪽을 보았다.

"숙박 학습하는 곳?"

"맞아, 아스 누나도 초등학교 때 갔어?"

"응, 정겹네."

후쿠이시 소년 자연의 집은 작은 산 중턱에 있는 공공 사회 교육시설이다. 체육관과 작은 광장, 야외 취사장과 작업장 같은 곳이 있어서 시내의 초등학생은 대부분 이곳에서 1박 2일 숙박 학습을 하게 된다.

뭐, 학습이라고는 해도 모두 함께 촛불이나 삼목 판자 만들기, 밥 짓기, 담력 시험과 캠프 파이어 같은 걸 하면서 지내는 즐거운 이벤트 같은 것이었다.

별생각 없이 계속 이야기를 해나갔다.

"그때는 터무니없는 산속 비경에 와버렸다고 생각했는데, 시가지에서 전철 타고 겨우 20분밖에 안 걸리는 곳이었구나."

"무슨 심정인지는 알겠어. 당시에는 학교 도서실에서 빌린 셜록 홈즈 시리즈나 소년 탐정단 시리즈를 읽곤 했으니까 살인 사건 같은 게 일어날 것 같아서 좀 무서웠지."

어린 아스 누나가 낡은 양장본을 끌어안고 겁을 먹은 모습을 상상하니 그 시간을 곁에서 지내보고 싶었다는 생각이 문득 들었다.

걷다 보니 아스와가와에 놓인 철교가 보였고, 그 앞에서 길이 두 갈래로 나뉘어 있었다.

어느 쪽으로 가더라도 별 차이는 없을 텐데, 아스 누나가 내 어깨를 쿡쿡 찔렀다.

"저기, 이걸로 정할래?"

그렇게 말하며 장난기 어린 미소를 지은 아스 누나의 손에는 어디서 어느새 주워 온 건지 꽤 튼튼해 보이는 나뭇가지가 들려 있었다.

"남자애 마음을 설레게 하는 걸 들고 있네."

"그치? 너도 이런 거 좋아했어?"

"길가에 굴러다니던 걸 보면 반드시 줍는 파였죠."

"그러고 보니 여름방학 때 놀러 다닐 때도 그랬지. 칼처럼 휘두르면서, 뭐였지? 이름 같은 걸 지어주고……."

"어이쿠, 아가씨, 그쯤 해두시지."

흑역사를 파내려 하자 나는 억지로 이야기를 가로막았다.

남자애에게는 누구나 그런 시기가 있는 법이라고.

후쿠이에 태어난 이상, 쿠즈류(九頭龍)가와에는 머리(頭)가 아홉(九) 달린 전설의 용(龍)이 봉인되어 있다느니……, 뭐 그런 망상을 해버리는 건 어쩔 수 없다고 본다. 맹세코 진짜로.

아스 누나가 나뭇가지를 땅바닥에 세운 다음, 살며시 손을 놓았다.

달그락, 쓰러진 가지가 가리킨 곳은 길에서 벗어나지 않고 똑바로 나아가는 방향이었다.

그냥 내버려 두는 것도 아쉬운 마음이 들었던 나는 나뭇가지를 주웠다.

다시 걸어가기 시작하자 아스 누나가 말했다.

"숙박 학습이라고 하니까."

좀 전에 했던 이야기를 계속 이어나가려는 모양이다.

"너는 그곳 목욕탕이 어땠는지 기억나?"

의도를 파악할 수 없는 질문이었지만, 일단 솔직하게 대답했다.

"딱히 생각나는 건 없는데……."

그렇겠지, 하고 아스 누나가 웃으면서 이야기를 계속 이어나갔다.

"나는 있어. 내가 목욕하러 들어갔을 때 말인데."

"설마 누가 훔쳐봤어?!"

"제일 먼저 생각나는 게 그거야?"

"아니, 남자애들 중에서 꼭 한 명은 이야기를 꺼내는 약방의 감초 같은 소재니까."

"……혹시 너도?"

그렇게 빤히 바라보는 시선에는 항상 그랬듯이 농담으로 대처한다.

"나는 직접 나설 배짱이 없지만 다른 녀석들이 신경 쓰이는 그 애 알몸을 보는 걸 절대로 용납 못 하니까 선생님에게 고자질하는 계열이지."

"올바른 행동이긴 한데 이유가 너무하네."

"참고로 처음에는 주의를 주지 않고 어느 정도 내버려두다가 변명하지 못할 때쯤에 붙잡는 게 포인트야. 여자애들은 히어로처럼 떠받들어줄 테고."

"게다가 수법도 최악이었어."

아스 누나는 어이가 없다는 듯 고개를 젓고 나서 놀리는 느낌으로 나를 들여다보았다.

"그럼 만약에 남자애들이 나를 훔쳐본다고 하면 사쿠 오빠는 어떻게 할 거야?"

"그 녀석을 오븐으로 바짝 구워서 소금하고 후추를 뿌린 다음에 후쿠이랩터의 먹이로 줄 건데?"

"후후, 우리 아버지 같은 말이네."

"……그건 좀 싫은데."

별것 아닌 잡담에 둘이서 서로 얼굴을 마주 보며 쿡쿡 웃었다.

"그래서, 목욕하러 들어갔을 때 말인데."

그대로 잠시 걸은 뒤에 아스 누나가 다시 입을 열었다.

"나까지 포함해서 학교 친구들하고 같이 자는 게 처음이 었던 애들도 많아서 다들 정말 들떴어. '어떤 파자마 가지 고 왔어?'라고 하면서 말이지. 그런데……."

갑자기 목소리 톤이 바뀌었다.

"들어가니까 의자하고 통이 쌓여 있더라고."

다시 이야기를 가로막을 생각은 없었지만, 맞장구를 치 려는 생각으로 대답했다.

"뭐, 목욕탕이니까?"

"물론 그렇지. 하지만 보통은 공중 목욕탕이나 온천에

가더라도 그곳에는 이미 다른 손님들이 있고, 몸을 씻거나 하잖아? 그날은 우리가 처음이었으니까……."

삼각형이었어, 아스 누나가 그렇게 말했다.

"의자도, 통도, 각각 구석에 반듯하게 삼각형으로 쌓여 있었거든. 뒤쪽에 있는 커다란 창문으로는 저녁놀이 일직선으로 스며들었고."

그 풍경을 잠깐 상상해 보았다.

뿌연 거울도, 오래된 타일도, 출렁이는 욕탕의 물도, 새빨갛게 물든 목욕탕. 두 삼각형과 그것을 바라보는 알몸 소녀들……은 너무 구체적으로 생각하지 않을 거지만.

아무튼 그림으로 그린 듯한 환상적인 광경이었을지도 모르겠다.

"그래서 우리가 어떻게 했을 것 같아?"

"젠가라도 했어?"

아스 누나는 쿡쿡 웃고 나서 고개를 저었다.

"아무것도 못 했어. 다들 한동안 그 삼각형 앞에서 멍하니 서 있다가, 잠시 후에 누가 먼저인지도 모르게 몸을 씻기 시작했어. 의자도 통도 안 쓰고. 왠지 정말 신비한 시간이어서 고등학생이 된 지금도 잊을 수가 없네."

그걸로 이야기가 끝난 모양이었다.

아스 누나는 내 반응을 살피지도 않고 '이 근처에서는 반

딧불을 볼 수 있어'라고 느긋하게 중얼거리고 있다.

"삼각형은 신비롭지."

내가 문득 그렇게 말하자 약간 놀란 듯한 눈이 이쪽을 보았다.

"피라미드나 후지산, 육망성 같은 것도 그렇지. 왠지 두려워진다고 해야 하나, 다가가기 힘든 느낌이 있지 않아? ……그, 여자애의 팬티 같은 건 더더욱!"

"부끄러움을 숨기려는 농담치고는 마지막 그건 별로 같은데?"

다 들통났다.

생각난 걸 소리 내어 말해본 것까지는 좋았는데, 왠지 거드름 같은 말을 한 것 같아서 중간부터는 부끄러워졌다.

흐음, 아스 누나가 숨을 짧게 내쉬었다.

"그러고 보니 그런 분위기가 느껴졌는지도 모르겠어. 그래서 너는 그때 우리가 겁먹어버렸다는 거야?"

"아니, 딱히 수수께끼도 아니니까 답을 맞추려 한 건 아니야. 그냥 잡담이지. 그런데 풍경을 상상해보니 그런 느낌이라서."

"……풍경을, 상상…….."

"자율규제는 했거든?!"

어흠, 헛기침을 했다. 이젠 나도 어디까지가 농담인지 진짜로 알 수가 없어진 상태였다.

"분명 아스 누나네가 본 삼각형은 청춘과 닮았을 거야."

잠시 침묵이 흘렀고.

"음, 어떻게 해석하면 되는 거야?"

아스 누나가 왠지 망설이며 그렇게 말했다.

"예전 손님이 그랬는지, 스탭분이 그랬는지는 모르겠지만, 그건 누군가가 만든 거잖아. 특이한 부분도 있을 거고, 약간 삐뚤어지기도 했겠지. 누군가가 무너뜨려 버리면, 다시 쌓아 올리더라도 완전히 똑같은 그 광경은 두 번 다시 볼 수 없어."

그렇게 말한 다음, 들고 있던 나뭇가지로 땅바닥을 따악, 내리쳤다.

"———그래서 소녀들은 언제까지나 끝내고 싶지 않은 시간을 깔끔하게 쌓인 삼각형과 겹쳐 본 거지."

따악, 따악, 따악, 조용한 가운데 소리가 울렸다.

좀 전에 소설 이야기를 해서 그런가?

아니면 너와 다시 여름방학에 돌아다니게 되어서 들뜬 걸까.

또 거들먹거리는 말을 해버린 걸 둘러대면서 마무리를 지으려고 했을 때.

"———그건 정말, 멋진 해석이네."

아스 누나가 활짝 웃었다.

그랬지. 나도 그렇게 생각하며 미소를 지었다.

고등학교에서 만난 두 사람이 지내온 시간은 항상 이런 식이었다.

여름날의 신기루처럼 덧없고, 길에 뿌린 물처럼 얌전하고, 말 하나하나를 매우 꼼꼼하게 자아내는 이 사람을 묶어둘 수 있게끔 나도 내 마음속에 있는 말을 몇 번이나 더 듣어 보았었지.

딸랑, 데굴, 딸랑, 조용한 가운데 소리가 춤췄다.

그냥 이야기하기만 해도 좋다.

그런 생각이 드는 첫사랑(사람)이었다.

*

나, **니시노 아스카**는 옆에서 걸어가는 남자애의 옆얼굴을 몰래 훔쳐보았다.

보통 그런 이야기를 하면 '그래서?'라든가, '결론이 뭐야?'라든가, '결국 무슨 이야기를 하고 싶었던 거야?'라는 대답이 나올 만도 한데, 사쿠 군은 그러지 않는다.

너와 이렇게 나누는 별것 아닌 이야기와 그 시간이 나는 정말 좋았다.

머나먼 여름의 논두렁길이 튜브처럼 둥실 떠오른다.

그때도 둘이서 이런저런 상상을 하면서 돌아다녔지.

"그러고 보니 살인 사건은 말이야."

마음에 쏙 든 건지 여전히 나뭇가지를 들고 있던 사쿠 군이 말했다.

한순간 무슨 소리인가 했는데, 좀 전에 내가 말했던 단어라는 게 떠올랐다.

"숙박 학습 때 보조해주는 형이나 누나 같은 사람들이 세 명 정도 있었잖아. 각각 별명이 있었고."

"아, 있었던 것 같아."

꽤 애매한 기억에 따르면 가슴에 명찰 같은 걸 달고 있었다.

"그중 한 명이 '칼리메로'라고 자기소개를 했거든."

"칼리메로라니……, 그 알 껍질을 뒤집어쓴 까만 병아리?"

애니메이션인지 뭔지에 나오는 유명한 캐릭터였을 텐데.

사쿠 군은 왠지 모르겠지만 약간 곤란하다는 듯이 미소를 지으며 계속 말했다.

"본인은 그걸 흉내 낼 생각이었던 것 같아. 알 껍질 흉내인지 챙을 뾰족뾰족하게 자른 싸구려 흰색 실크햇을 쓰고 있었으니까. 그런데 옷은 검은색이 아니라 온몸 다 노란색이었어. 그리고 왠지 모르겠지만 파티 같은 걸 할 때 장식하는 쇼킹 핑크색 띠를 목에 두르고 있었어."

검은 옷이 없어서 그 대신 전부 노란색으로 입었다는 건 그 반대면 모르겠지만 이해가 안 되니, 아이들 앞에서는 노란 병아리가 더 밝고 좋겠다고 생각한 건지도 모르겠다. 장식 띠도 비슷한 이유로 둘렀을 테고.

"꽤 화려한 옷차림인데. 초등학생들에게는 인기 좋을 것 같네."

"실제로 그랬지. 남자애들이나 여자애들이나 모두 잘 따랐으니까."

그런데, 라고 말한 내 목소리가 약간 낮아졌다.

"나는 그게 정말 무서웠거든."

"무서웠어……?"

예상하지 못했던 말이었기에 나도 모르게 되물었다.

애초에 히어로 같았던 사쿠 오빠가 무서워하는 게 있었다는 게 너무 뜻밖이라 귀엽다. 같이 이불을 덮고 착하다, 착해, 괜찮아라고 말해주면서 잘 때까지 아스 누나 모드로 등을 쓸어주고 싶어지는데……, 어흠, 일단 그 마음은 덮어주도록 하자.

사실 아침부터 계속 들떠 있던 마음을 달래고 있자니 사쿠 군이 고개를 끄덕였다.

"칼리메로라는 캐릭터를 몰랐거든."

뭐, 본적은 있지만 이름을 모르는 사람도 꽤 있을 테니 그것 자체는 딱히 이상할 게 없다.

그런데 어째서 그게 무섭다는 감정으로 이어지는 걸까.

나는 조용히 계속 말하게 두었다.

"그런 전제가 없다면 칼리메로라는 이름은 왠지 기분 나쁜 느낌 아니야?"

칼리메로, 나는 입속으로 그렇게 중얼거려 보았다.

사쿠 군이 그렇게 해준 것처럼, 캐릭터를 모르는 나 자신이 되어 상상해 보았다.

칼리메로, 칼리메로, 칼리메로.

……그러고 보니 그렇네.

무기질적이고 의미 없는 글자의 나열은 심각한 것 같기도 하고, 우스운 것 같기도 하고, 왠지 광기 어린 이름 같기도 했다.

왠지 온도가 스윽 내려간 것 같아서 급하게 고개를 저었다.

"원본을 모르면 외모는 완전히 위험한 사람이니까. 아이들을 위해서 연기해준 거겠지만, 하는 말이나 행동 같은 것도 묘하게 엇나가고 호들갑스럽기도 했거든."

즐거운 숙박 학습에 갑자기 찾아온 정체를 모를 기묘한 남자.

그가 마치 팬터마임을 하는 것처럼 손짓 발짓을 하며 말을 걸어온다.

『안녕, 애들아, 나는 칼리메로라고 불러줘.』
『있지, 정말 즐거운 놀이를 가르쳐줄게.』
『자, 남자애들도 여자애들도, 다들 이쪽으로 와.』

그렇게 생각해보니 조금, 아니, 꽤 무서울지도 모르겠다.
사쿠 군이 숨을 짧게 내쉬었다.
"그렇게 기분 나쁜 남자에게 반 친구들이 차례차례 빨려
들어가니까, 나한텐 산속에 나타난 살인 피에로로만 보였
다고. 다들 눈치채지 못한 사이에 세뇌당해서 어두컴컴한
숲속으로 끌려가 버릴 거야, 하면서."
캠프 파이어가 아이들의 그림자를 이리저리 흔들어대
는 밤.
뾰족뾰족한 실크햇을 쓴 노란 피에로가 씨익 웃고 있다.

칼리메로, 놀자.
칼리메로, 다음에는 뭘 가르쳐줄 거야?
칼리메로, 더 즐거운 곳으로 데려가 줘.

칼리메로, 칼리메로, 칼리메로, 칼리메로, 칼리메로——.

등골이 오싹해진 나는 무심코 사쿠 군의 등을 때렸다.

"잠깐!"

짜악, 꽤 멋진 소리가 들렸다.

"진지하게 상상해보니 진짜로 무서워져 버렸어."

"그렇지? 아스 누나라면 그렇게 될 줄 알았거든."

사쿠 군의 얼굴에는 의기양양한 기색이 드러나 있었다.

"지금은 우스갯소리로 하는 이야기지만 말이야. 최대한 멀리 따돌렸는데 정신을 차리고 보니 바로 뒤에서 말을 걸었을 때는 비유가 아니라 진짜로 심장이 튀어나오는 줄 알았어."

딱히 별다른 이유가 있는 건 아니다.

분명 사쿠 군이 혼자 떨어져 있는 것처럼 보여서 신경 써줬을 것이다.

그건 그렇고, 하는 생각에 입을 열었다.

"모른다는 건 무섭구나. 아이들을 즐겁게 해주려고 열심히 노력하는 오빠가 공포의 살인 피에로로 변해버릴 정도로."

사쿠 군은 쑥스러운 듯이 볼을 긁었다. 나는 계속 말했다.

"'귀신인 줄 알고 보니 마른 참억새더라'. 그런 거겠지?"

"유명한 속담으로 마무리하니 왠지 분하네."

"뭐, 오히려 알고 있기 때문에 무서워지는 것도 있지만 말이지."

"그래?"

나는 티셔츠 옷자락을 꼬옥 쥐었다.

"——예를 들자면 첫사랑 뒤에 찾아오는 두 번째 사랑."

그렇게 말하면서도 네 얼굴은 볼 수가 없었어.

치사하지, 방금 그런 건.

하지만 이제 내게 남겨진 시간은 그렇게 길지 않아.

쿡쿡, 짤막한 웃음소리가 들린 다음에 사쿠 군이 입을 열었다.

"예를 들자면 해마다 찾아오는 인플루엔자 주사처럼?"

뭐야 그게, 웃기지도 않네.

조금 과장스럽게 고개를 홱 돌렸다.

있지, 눈치챘어?

내가 이런 식으로 마치 소설처럼 이야기할 수 있는 곳은 네 곁(이곳)뿐이거든?

네가 너무 진지하게 내 말을 들어주니까.

네가 너무 열심히 내 말에 대답해 주니까.

그게 귀엽고, 기쁘고, 사랑스럽고, 가끔은 깜짝 놀라기도 하고, 그래서 좀 더 계속, 네 목소리에 귀를 기울이고 싶어지는 거야.

그냥 이야기하기만 해도 좋다.

그런 생각이 드는 첫사랑(사람)이었다.

바로 옆에 흐르는 개울이 참방참방 부드러운 소리를 내

고 있다.

목덜미에 땀이 한 줄기 흘러내렸다.

자외선 차단제를 확실하게 바르고 왔는데도 피부가 따끔거렸다.

타박, 타박, 걸어가는 샌들 바닥 쪽이 녹아버릴 것 같아.

아, 그렇구나, 갑작스럽게 실감했다.

———내게는 이번이 사쿠 오빠하고 지낼 수 있는 마지막 여름방학이구나.

"아스 누나?"

약간 불안해하며 이름을 부르는 너에게 있는 힘껏 메롱, 혀를 내밀었다.

*

이곳저곳 둘러보며 느긋하게 걷다 보니 **나와 아스 누나**는 두 시간 정도 걸려서야 이치조 폭포 주차장에 도착했다.

시간은 벌써 정오 직전이다.

여름에는 사람들로 꽤 붐비는 곳이지만 아직 7월 말 평일이라 그런지 다른 사람은 보이지 않았다.

"더워."

이미 흠뻑 젖은 티셔츠로 땀을 닦으며 말했다.

"저기, 우린 왜 이런 짓을 하고 있는 거야?"

"마침 나도 신경 쓰이던 건데, 부디 자기 가슴에 물어봐 주시면 안 될까요?"

평소에는 시원스러워 보이는 아스 누나도 버킷 모자로 얼굴을 부치고 있었다. 이마를 보니 땀이 살짝 배어 있었다.

맴맴, 주위를 둘러싸는 매미 소리는 더위를 한층 더 강하게 만드는 것 같았다.

그것을 헤쳐나가며 한동안 걷자, 잠시 후 사사키 코지로의 동상이 보였다.

겨우 도착했다는 달성감과 이제 어찌 되든 상관없다는 해방감으로 나는 그 앞에 섰고, 아스 누나를 보며 씨익 웃었다.

들고 있던 나뭇가지를 두 손으로 들어 올린 다음.

"비검, 츠바메가에시!!"

그대로 비스듬하게 내려친 뒤, 곧바로 다시 위쪽으로 올려쳤다.

"……"

"…………"

"…………………"

"……………………………………………."

"저기, 태클이라도 좀 걸어주지?!"

"저기, 혹시 계속 나뭇가지를 들고 있던 게 그걸 위해서였어?"

"냉정한 지적은 하지 말고!"

"머, 멋있었어, 사쿠 오빠……?"

"그만해, 마음이 아파."

"코지로, 패배하였도다."

"지금 당장 목을 쳐주세요."

그런 이야기를 주고받으며 둘이서 깔깔 웃었다.

나는 그제야 들고 있던 나뭇가지를 적당한 풀숲으로 돌려보냈다.

주위는 전부 풀로 뒤덮여 있었고, 그 한가운데를 가로지르듯 맑은 개울과 자잘한 자갈길이 뻗어 있었다.

지붕에 푸르게 이끼가 낀 정자를 지나치자 쏴아~, 하며 끈을 잡아당긴 것 같은 소리가 들리기 시작했다. 곧바로 높이가 10미터 정도 되는 폭포가 눈에 들어왔다.

박력은 조금 부족하지만 왠지 조용한 분위기.

초등학생도 폭포 밑으로 들어가서 놀 수 있을 정도로 수심이 얕은 이곳은 여름방학을 맞이한 아이들에게는 딱 좋은 놀이터다.

며칠만 지나면 깍깍대며 시끌벅적한 목소리가 메아리칠 것이다.

"음~, 기분 좋다."

옆에서 걸어가던 아스 누나가 두 손을 들어 올리며 기지개를 켰다.

나도 덩달아 크게 심호흡을 했다.

촉촉하고 신선한 공기 입자 하나하나가 흘린 땀 대신 스며드는 것 같았다.

"아스 누나, 여기 있으면 확실히 피부가 좋아질 거야."

"지금도 비단결 같은 피부인데요?"

"아니, 올해로 벌써 열여덟 살이니까 슬슬 장래를 대비해서."

"아~, 나이 이야기 금지!!"

아스 누나가 발끈하며 내 손을 잡았다.

곧바로 자기 얼굴에 대고 '봐!'라고 자신 있게 말했다.

이제 막 뭉친 눈덩이처럼 부드럽고, 오후의 산들바람처럼 매끄러운 피부가 닿았다.

그게 너무 기분 좋아서 거의 무의식적으로 손가락 끝을 스윽, 움직였다.

"으응."

아스 누나가 간지러운 듯이 목소리를 냈다.

서로 발끝이 닿을 정도로 가까운 거리에서 마주 보는 두 사람.

촉촉한 눈으로 올려다보는 여자애의 볼을 남자애가 살며시 쓰다듬는다.

남자애는 입술을 살짝 적신 다음 입을 열었고.

"이거 어떻게 하냐고."

일단 손은 그대로 댄 채 맥이 빠진다는 듯이 말했다.

이 상황에서 키스 말고 할 게 있어?

어렴풋이 눈치채고 있었는지 아스 누나는 얼굴을 새빨갛게 물들인 채 눈만 피했다.

"저, 저 때문인가요?"

"적어도 계기를 만든 건 선배죠."

"그래도 네가 무심코 쓰다듬으니까 분위기가 이상해졌잖아."

"으윽, 그럼 둘 다 잘못했다는 걸로 치고———."

꽈악, 이번에는 내가 손을 잡았다.

"어? 뭐야? 뭐야?"

"뻔하지, 번뇌를 떨쳐내는 거야."

"그거 혹시."

"렛츠, 폭포행!"

꺅꺅 소리를 질러대는 아스 누나를 끌고 첨벙첨벙 개울 안으로 들어가서.

""기분 좋다~~~!!""

무심코 둘이서 소리쳤다.

시원한 물이 달아오른 발치에 싸늘하게 달라붙었다.

냉장고를 열었을 때처럼 시원한 바람이 불었다.

두 사람을 감싸 안은 폭포의 희미한 물거품은 마치 천연

미스트 샤워 같았다.

"정말! 우리는 이런 것만 해!"

아스 누나가 참방참방 물을 끼얹었다.

"언젠가 말했잖아? 더워지면 강에 뛰어들어서 물놀이를 해야지!"

나도 질 수 없었기에 맞서 싸웠다.

"나중에 네 땀내 나는 체육복 빌려줘!"

"진짜로 땀에 흠뻑 젖은 티셔츠라도 상관없다면 벗어서 서로 교환할까?"

"아니~, 나는 갈아입을 옷을 가지고 왔거든."

"치사하잖아?!"

아스 누나는 이미 민트 그린색 속옷이 비쳐 보였지만, 오늘만큼은 흑심을 버리고 계절에 맞지 않는 새싹이라고 생각하자.

왜냐하면 어쩔 수 없이 실감해버렸으니까.

──내게는 이번이, 너와 지낼 수 있는 마지막 여름방학이구나.

정말로 떨쳐낼 수 있다면 좋겠는데. 그렇게 생각하고 살짝 웃은 다음, 뚫린 수영장 바닥에서 쏟아져 내리는 듯한 폭포수를 머리에 뒤집어썼다.

*

　그렇게 한동안 신나게 논 우리는 지쳐서 정자에 드러누
웠다.

　둘 다 가방에서 스포츠 타월을 꺼냈다. 갈아입을 옷까지
는 생각하지 못했지만, 그나마 이것만큼은 가지고 와서 다
행이다.

　티셔츠는 그렇다 치더라도 다행히 둘 다 반바지가 물이
잘 빠지고 금방 말라서 수영복으로도 입을 수 있는 타입이
니 이런 날씨라면 내버려 두더라도 금방 마를 것이다.

　"아스 누나, 감기 걸릴지도 모르니까 안쪽으로 가서 티
셔츠만이라도 갈아입고 와. 여기에서는 각도 때문에 안 보
이니까."

　주차장까지 가면 화장실이 있긴 하지만, 절묘하게 멀다.

　어차피 폭포까지는 외길이니 만에 하나 다른 사람이 오
면 잠시 기다려달라고 해도 된다. 위쪽에는 길이 있는 것
같지만, 애초에 사람이 한 명도 없는 데다 이렇게까지 나
무가 울창하니 사각 정도는 있을 것이다.

　아마 어떻게 할지 망설이고 있었던 것 같다.

　아스 누나가 조심조심 말했다.

　"……절대로 훔쳐보지 않을 거야?"

　"훔쳐보려는 녀석이 있으면 선생님에게 고자질할게."

"정말, 바보."

아스 누나는 망을 볼 필요가 없을 정도로 금방 옷을 갈아입고 돌아왔다.

시원한 표정으로 민무늬 흰색 옷 위에 시원해 보이는 민트 그린색 커트 앤드 소운을 걸치고 있다. 왠지 본 적이 있는 색인 것 같지만 깊게 생각하면 안 된다.

돌아온 아스 누나가 벤치에 앉아서 샌들을 벗었다.

허벅지 뒤쪽도 닦으려는 모양이다.

곧바로 왼쪽 다리를 들자 쭉 뻗은 발끝이 이쪽을 향했다. 새하얀 발바닥은 마치 조개껍질 안쪽처럼 매끈해서 아름다웠고, 살짝 젖은 부분이 스며든 햇빛을 머금고 희미한 무지개색으로 반짝반짝 일렁이는 것 같았다.

부드러운 반바지가 살짝 뒤집어지려 하자 나는 등을 돌리고 눈을 가리려는 듯이 티셔츠를 벗었다.

"흐악?!"

살짝 비명이 들렸기에 돌아보니 아스 누나가 손으로 두 눈을 가리고 있었다.

그러고 보니 나나세조차 처음에는 비슷한 반응을 보였다는 게 생각났다.

애초에 그 녀석 같은 경우에는 금방 익숙해져서 빤히 봤던가?

야구부였을 무렵에는 운동장에서 언더 셔츠를 갈아입는

게 일상다반사였으니까 아무래도 이런 걸 배려하지 않게 되는 것 같다.

"아래쪽이면 모를까, 수영 수업이나 체육 시간을 앞두고 본 적은 있을 거 아니야. 남자들은 아무렇지도 않게 이곳저곳에서 옷을 갈아입기도 하고."

"그야 그렇긴 한데, 중학교까지나 그랬지. 저기, 그렇게 울퉁불퉁하지 않아."

"손가락 틈새로 훔쳐본다고 고자질해도 돼?"

"──억?!"

나는 웃음을 억누르며 몸을 타월로 닦은 다음, 티셔츠를 살짝 짜고 나서 어쩔 수 없이 그걸 다시 입었다. 사실 햇볕이 잘 드는 곳에서 말리고 싶었지만 어쩔 수 없지.

"자, 이제 괜찮아."

그렇게 말하자 아스 누나가 조심조심 이쪽을 보았다.

"미, 미안해. 그래도 선배인데 꼴사납게 떠들어버려서."

"익숙한 것도 좀 그러니까 괜찮아."

"……그런 거, 치사해."

올려다보는 눈을 보며 그런 것도 치사하거든, 하고 쓴웃음을 지었다.

"그런 것보다."

나는 벤치에 앉아서 다리를 쭉 뻗었다.

"……배하고 등이 달라붙을 것 같아."

생각해보니 아스 누나의 전화를 받고 깬 이후로 급하게

준비해서 나왔기에 아침부터 먹은 게 없었다.

곧바로 뜨거운 햇살 아래를 두 시간 동안 걷고 나서 물놀이.

연료가 다 떨어질 수밖에 없었다.

중간에 슈퍼나 편의점 같은 곳은 한 군데도 보이지 않았으니 역 근처에 있던 관광객용 매점까지 돌아가야 점심밥을 먹을 수 있을 것 같다.

그런 생각을 하며 축 늘어져 있자니 아스 누나가 방긋 웃으면서 라이트 그레이색 사각형 칸켄백을 가슴 앞으로 들어 올렸다.

"네가 그렇게 말할 줄 알고."

부스럭거리며 안을 뒤적이다가 은빛 꾸러미를 꺼냈다.

"만들어 왔지, 주먹밥!"

"제 색시가 되어주시겠어요?"

아스 누나가 쿡쿡 웃으며 주먹밥과 물수건을 건네주었다.

"내용물은?"

"매실장아찌! 그리고 그것만으로는 부족할지도 모르니까 염장 다시마하고 연어도."

"매실장아찌 좋지. 도쿄에서도 먹었고."

"응, 추억의 맛이야."

곧바로 나란히 벤치에 앉은 다음, 내가 말했다.

"알루미늄 호일 좋네. 왠지 정겨워서 랩으로 싼 것보다 좋아."

"사쿠 오빠네 할머니가 항상 그렇게 해줬으니까."

"할머니는 은박지라고 불렀던가?"

"단무지 찐 것도 싸 왔으니까 먹어."

"최고잖아."

어렸을 때부터 당연하다는 듯이 먹어서 몰랐는데, '단무지 찐 것'은 후쿠이 향토요리인 모양이었다.

말 그대로 단무지를 간장과 멘츠유, 술, 미림, 고추, 육수 같은 것들과 함께 넣어서 찐 것이다.

나는 물수건으로 손을 닦으며 '호칭 얘기 하니까 말이야'라고 이야기를 이어나갔다.

"주먹밥이라는 말은 오랜만에 들었어."

"나도 예전에는 삼각김밥이라고 했는데. 그것도 사쿠 오빠네 할머니의 영향이려나?"

"아, 그랬던 것 같아."

그리고 말이지, 라며 아스 누나가 이쪽을 보고.

"그날, 나하고 사쿠 오빠의 인연을 이어주었으니까(무스부), 주먹밥(오무스비)이지."

한없이 천진난만하게 웃었다.

나는 왠지 네 얼굴을 똑바로 보는 게 힘들어서 포장지를 찍찍 벗겨내고 새하얀 주먹밥을 베어물었다.

달달하고 짭짤하고 찡하니 신맛이 났다.

"있지, 사쿠 오빠?"

이유도 없이 울음을 터뜨려버릴 것 같은 목소리로 네가
말했다.

"주먹밥도 삼각형이네."

그런 다음 나와 아스 누나는 시간을 들여서 느긋하게 맛
을 곱씹는 듯이 주먹밥을 먹었다.

*

여름방학 이틀째, 연습을 마친 오후 5시.

나, **아오미 하루**는 아까부터 계속 부실 밖에서 스마트폰
화면과 눈싸움을 하고 있었다.

화면에는 그 녀석 이름이 떠 있다.

몇 번이나 그 부분을 만지려고 조심조심 손가락을 뻗었
다가 급하게 오므리고……

진짜, 얼마 전까지는 별것 아닌 걸로도 라인이나 전화를
했었는데, 내가 생각해도 뭘 그렇게 겁내는 건지.

딱히 치토세와의 관계가 바뀐 것도 아니고.

그냥 같이 연습을 하고, 그 녀석의 시합을 보고, 내 시합
을 봐달라고 하고, 그래서 조금 뜨거워진 기세로———, 윽.

거기까지 생각한 다음, 끄아악~, 소리를 내며 머리를 감싸 쥐었다.

아니, 아니, 너, 무슨 소릴 하는 거야?

엄청 바뀌었잖아?!

정면으로 고백한 데다 키스까지 했잖아.

내가! 시원스럽고 기운 넘치는 스포츠 계열 아이의 아이콘인 하루가!!

그날 나는 진짜 무슨 짓을 한 거야?

아무리 연애 성적이 낮다고 해도 뭔가 그, 중요한 과정이라든가 그런 것들을 이것저것 뛰어넘어버린 거 아니야???

아~~~~~~, 진짜!!

아니, 요즘 나는 계속 이런 상태다.

일방적으로 마음을 전했을 뿐, '사귀어줘'라든가, '대답을 해줘'라는 말을 하지 않은 게 그나마 다행이다.

그제 종업식 때 겨우 **그럴싸한** 이야기를 할 수 있었지만, 그 짧은 순간에 얼마나 근성을 쥐어 짜냈는지.

……이런 상황에서 용기가 아니라 근성이라는 단어를 선택하는 것도 좀 그렇지 않아?

다시 화면을 보았다.

괜찮아, 일단 어떻게 이야기를 꺼낼지는 생각해 두었으니까.

"에잇, 답답하기는!!"

뒤에서 여자애 같은 냄새가 화악 풍기고는, 쭈욱 뻗어온 손이 '치토세'에 닿았다.

"으아아아아아아앗?!"

돌아보니 유즈키가 싱글거리며 이쪽을 보고 있었다.

"내가 대신 이야기해줄까?"

"너, 너, 진짜!"

화면이 통화 상태로 바뀌었다.

내가 먼저 걸어놓고 끊을 수는 없었기에 각오를 다지고 입을 열었다.

"아, 윽, 치토세."

아, 윽은 뭐야.

'여'라고 마음 편히 이야기를 시작할 예정은 어디 갔지?

『아, 안녕.』

치토세도 그런 말밖에 하지 않았다.

나도 모르게 유즈키를 보니 입가에 손을 뻐끔거리며 '이, 야, 기, 해'라고 목소리를 내지 않고 지시했다.

나는 숨을 크게 내쉬고 천천히 들이마신 다음 말했다.

"———오늘 너희 집에 가도 돼?!"

『……어? 왜?』

뭐? 왜냐니, 왜냐는 건 왜인데.

그걸 물어본다고?

아니, 그냥 가고 싶어서 그런 건데.

아니, 잠깐만 기다려 봐.

나 방금 시작부터 뭐라고 한 거지?

그 저기, 괜찮은 느낌으로 잡담을 하다가 은근슬쩍 그런 분위기를 만드는 작전 아니었어?

이러니까 왜냐고 물어보지.

……좋았어, 일단 진정하고 다시 시작해보자.

이유야, 이유. 어째서 치토세네 집에 가고 싶은 건지.

"음……, 바다(우미)의 날이니까?"

『그래서 그게 왜.』

응, 나도 그걸 물어보고 싶어. 왜일까.

유즈키는 이미 완전히 어이가 없는지 미간에 손을 댄 채 고개를 숙이고 있다.

"그러니까, 저기, 다시 말해서 나도 네가 해준 밥을 먹으러 간다는 거야!"

『뭐, 오는 건 상관없는데 유.』

―――뚜욱.

치토세가 뭔가 계속 말하려 했지만, 더 이상 이야기하다간 나도 무슨 말을 할지 모를 것 같아서 전화를 끊었다.

일단 허락은 받은 거지?

"세, 세이프."

"삼자 연속 삼구 삼진 게임 셋을 잘못 말한 거 아니야?"

유즈키가 그렇게 말하며 능청스럽게 한숨을 쉬었다.

"여, 역시 좀 너무 심했나?"

"설마 그걸 너무 심했다는 말로 둘러댈 셈이야?"

그렇지. 나는 그렇게 말하며 머리를 마구 긁어댔다.

방금 그건 진짜 아니긴 했다.

"그러니까 이제부터 치토세네 집에 갈 건데, 유즈키도 갈 거지?"

"아니……."

파트너가 왠지 부드러운 미소를 지었다.

"안 갈래. 애초에 혼자서 갈 생각이었잖아?"

"뭐, 그렇긴 한데."

아니, 그 녀석네 집에 가보고 싶다는 생각이 머릿속에 가득 차서 다른 누군가를 부른다는 생각 자체가 애초에 없었다.

"공교롭게도 그렇게까지 눈치가 없는 것도 아니고, 절박한 것도 아니라서."

그래도 뭐, 유즈키가 그렇게 말하니까.

"그, 그럼, 다녀올게!"

타닥, 기운차게 뛰어가려고 하자.

"──야, 잠깐만 기다려."

있는 힘껏 내 에나멜 백을 잡아당겼다.

으엑, 어깨끈이 파고들어서 돌아보니 유즈키가 허리에 손을 대고 '이 녀석, 진심인가'라는 느낌이 드는 눈초리로 나를 보았다.

"설마 싶긴 한데, 그대로 갈 셈이야?"

"어? 그런데. 집에 들렀다 가면 멀리 돌아가게 되니까."

아, 또 한숨 크게 쉬었다.

"너 말이야, 지금 반한 남자가 혼자 사는 집에 가려는 거거든?"

"어? 뭔가 선물로 전병이라도 들고 가는 게 나은 느낌인가?"

"전병까지 태클을 걸 여유는 없거든?"

유즈키는 그렇게 말하면서 내 엉덩이를 찰싹, 때렸다.

엄청 아픈데, 지금은 대들면 안 될 것 같은 느낌이라 계속 말하길 기다렸다.

"클럽 활동 마치고! 땀을 잔뜩 흘린 이런 몸으로! 정말로 괜찮겠냐고!"

"괜찮고 뭐고, 치토세는 그런 거 신경 안 쓰잖아."

"호오?"

유즈키의 눈이 왠지 수상쩍게 빛났다.

"괜찮은 거지? 단둘이 있는 상황에서 그럴 마음을 먹은 치토세가 덮치고, 이곳저곳 냄새를 맡거나 구석구석까지 핥."

"———완전히 이해했으니까 더 이상 말하지 마아아아아아아아아아아아아아아아아!!!!!!"

있는 힘껏 소리치며 유즈키의 입을 막았다.

이런 곳에서 무슨 소릴 하는 거야.

그러고도 학교 남자 전체가 꿈꾸는 미소녀야?

그래도……, 땡큐.

덕분에 좀 냉정해졌어.

툭툭, 탭을 하길래 손에서 힘을 빼줬다.

"알았으면 집에 들러서 샤워 정도는 하고 가."

"아니, 됐어."

"너 말이야, 이런 건 마음가짐 같은 거야. 딱히 실제로 그런 걸 대비하라는 게 아니라."

"———그게 아니라, **역시 유즈키도 같이 가줬으면 좋겠어.**"

내가 그렇게 말하자 파트너는 한순간 깜짝 놀란 다음, 왠지 납득된다는 듯이 웃었다.

"선물을 들고 갈 거면 적어도 케이크로 해, 우미."

"그래도 내가 케이크를 사가면 오히려 정색하지 않을까?"

"……편의점에 들러서 과자라도 사갈까."

"뭐, 그러자고, 나나."

딱히 그런 걸 몰랐던 건 아니다.

아니, 그냥 안다.

시합을 뛰면서 신이 났을 때는 음담패설도 팍팍 나오고.

무섭냐고 하면 좀 무섭긴 하지만, 싫은 거냐고 물어본다면 그렇게 싫진 않다.

물론 진짜로 그 녀석이 덤벼들 거라고 자만하는 건 아니지만 말이야.

대체 뭘까.

계속 들떠있다가는 눈 깜짝할 새에 손이 닿지 않게 된다.

그것만큼은 알고 있고, 싫은 거다.

계속 함께 달려가고 싶다.
그런 생각이 드는 단짝(사람)이니까.

*

유즈키와 함께 이것저것 산 나는 치토세 방 앞에 서 있었다.

갈색 외벽에 4층인 빌라는 꽤 오래된 느낌이었지만, 강가라서 경치가 정말 좋을 것 같았다.

혼자 살게 된 경위는 유즈키에게 들었다.

그때는 '네가 멋대로 퍼뜨리고 다녀도 되는 이야기가 아니잖아!'라고 나도 모르게 시비를 걸었지만, 본인이 전혀 아랑곳하지 않는 느낌이라 괜찮은 것 같다.

뭐, 왠지 이해가 된다.

그 녀석은 그런 구석이 있으니까.

그건 그렇고, 막상 여기까지 오니 초인종을 누르는 것조차도 긴장된다.

친구네 집이라면 '안녕하세요~'라는 느낌으로 성큼성큼 들어갔을 텐데. 하지만 이 너머에 있는 건 치토세 한 명이고, 자거나, 깨거나, 밥을 먹거나, 목욕을 하거나, 그리고 뭐야……, 아무튼 이것저것 하는 그 녀석의 공간이니까.

"눌러줄까?"

유즈키가 정말 별것 아니라는 듯이 말했다.

아~, 아~, 도발이라는 걸 아는데도 열받네요, 이거.

스토커 피해를 당했을 때 치토세에게 의논하지 그러냐고 제안했던 건 나다.

내게만은 약한 모습을 보이지 않는 이 아이가 만약 모든 것을 맡길 수 있는 상대가 있다고 한다면, 그 녀석밖에 떠오르는 사람이 없었으니까.

그래도 아무렇지도 않게 집에 가서 밥을 얻어먹는 관계가 되었다는 이야기는 미처 듣질 못했다고.

"아니, 내가 할게."

나는 동그란 버튼을 꾸욱 눌렀다.

띵~, 동~, 하는 맥빠지는 소리. 금방 철컥, 문이 열렸다.

반바지에 티셔츠 차림인 치토세를 보고 손을 살짝 들었다.

"안녕!"

좋아, 이번에는 평범하게 말했다.

"안녕. 뭐야, 나나세도 같이 왔구나."

옆에서 유즈키가 '안녕'이라고 하며 마찬가지로 손을 들었다.

"실례할게용~."

이것저것 생각하다가는 또 굳어버릴 것 같았기에 치토세를 밀쳐내며 현관에 발을 내디뎠다.

복도 같은 건 없었고, 문을 열면 바로 거실이 나오는 모양이었다.

왠지 엄청 맛있을 것 같은 냄새가 나는데, 혹시 진짜로 밥을 차려두고 기다려준 건가?

방을 둘러본 다음, 문득 오른쪽에 있던 부엌으로 시선이 빨려 들어갔다.

뒤에서 들어오려던 유즈키가 내 등에 부딪혔다.

"아얏, 잠깐, 하루."

따져도 소용없어, 왜냐면 그곳에————.

"저, 저기, 안녕. 하루, 유즈키."

그곳에 앞치마를 두른 웃찌가 왠지 껄끄럽다는 듯이 서 있으니까.

""어째서?!""

무심코 유즈키와 한목소리로 말했다.

"진짜, 말하려고 했는데 하루가 먼저 끊었잖아."

치토세가 어이없어하는 목소리가 귀를 스쳐 갔다.

왠지 이런저런 생각이 머릿속을 날아다녔기에 나는 어깨를 축 늘어뜨렸다.

                   *

———하루와 나나세가 집에 오기 두 시간 전.

나는 유아와 함께 '겐키'에 와 있었다.

겐키는 본사가 후쿠이에 있는 드러그스토어다.

드러그스토어라고 해도 가게에 따라서는 엄청 넓고 신선 식품 같은 것까지 취급하는 곳도 있다. 슈퍼에서 사는 것보다 싸게 먹히는 경우도 많다.

"왠지 미안하네, 항상."

옆에서 카트를 밀고 가는 유아에게 말했다.

오늘은 여름답게 하늘색 플리츠 스커트에 하얀 민소매 커트 앤드 소운을 입은 심플한 옷차림이다. 비스듬하게 걸친 파우치 어깨끈이, 뭔지는 말하지 않겠지만 그걸 매우 강조하고 있어서 눈을 둘 곳을 몰라 곤란하다.

"아니, 내가 좋아서 하는 거니까. 사쿠 군은 내 것까지 무거운 짐을 들어주니까 쌤쌤이야."

우리는 정기적으로 둘이서 일용품이나 식재료를 사러 나온다.

이러쿵저러쿵하면서 이러는 게 습관이 된 지 벌써 1년 정도 되었을까.

계기가 있긴 했지만, 가장 큰 이유는 서로에게 도움이 되기 때문이다.

부모님이 바쁘게 일하시는 분들이기에 유아는 요리를

비롯한 집안일을 대부분 혼자 도맡아 하고 있다. 나는 혼자 살고 있으니 장을 꼭 봐야만 한다.

그러니 같이 나오는 게 도움이 되는 상황도 많은 것이다.

예를 들어 세일하는 대용량 팩 같은 경우 아무리 저렴하더라도 혼자 다 쓰지 못할 때가 있지만, 유아가 있으면 필요한 만큼 나누고 그만큼 돈을 준다.

그렇게 하면 그쪽은 한 명당 하나씩 살 수 있는 제품을 더 많이 챙길 수 있기도 하다. 장을 잔뜩 볼 때는 유아가 미처 들지 못하는 짐도 대신 들어준다.

물론 그건 나를 위해 마련해준 명분일 것이다.

익숙하지 않은 자취 생활인 데다 야구를 그만두고 틀어박혀 있던 시기.

도저히 제대로 밥을 해 먹을 생각이 들지 않았기에 인스턴트 식품이나 냉동 식품, 패스트푸드 같은 것들만 먹었다.

어느 날 그 사실을 알게 된 유아가 시간이 날 때 우리 집에 와서 밥을 해주거나, 만들어 먹기 편한 메뉴를 가르쳐주게 된 것이다.

오늘처럼 장을 보러 나갈 때는 보통 곧바로 우리 집에 들러서 냉장고에 오래 먹을 수 있는 반찬을 여러 종류 만들어주고 간다.

미안하기도 하고 나 자신이 한심하기도 해서 정말 고개를 들 수가 없는 상황이지만, 정작 유아가 이런 태도이니

순순히 응석을 부리고 있는 것이다.

"사쿠 군, 치약 아직 있어?"

"아, 거의 다 떨어졌던 것 같은데."

"그럼 넣어둘게. 그리고 참기름이 얼마 안 남았던 것 같은데, 미리 사둬도 될까?"

"물론이지."

사는 양이 많은 유아가 위쪽 바구니, 내 것은 아래쪽 바구니, 상품을 척척 넣어간다.

"만들어둘 반찬은 평소처럼 우리 집 메뉴랑 똑같은 건데, 오늘 저녁은 먹고 싶은 거 있어?"

"뭐든 괜찮아."

"그게 제일 곤란한데……."

우리 집도 부모님이 주말이나 공휴일에도 일하는 타입이라 이렇게 누군가와 함께 장을 본 기억이 별로 없다.

그래서일까.

"유아, 커피라도 한잔하고 갈까?"

"음~, 그러고 싶긴 한데, 고기 같은 것도 있으니까."

"그럼 테이크아웃하거나 캔커피로 해야겠네."

"응!"

이런 시간은 혼자 나오면 귀찮기만 하지만, 둘이 나오게 되니 항상 기다리게 되었다.

*

"─── 그렇게 된 거죠."

나는 하루와 나나세에게 이렇게 된 경위를 설명했다.

""그게 뭐야, 부인이야?""

묘하게 호흡이 잘 맞는 태클이 날아들었다.

뭐, 솔직히 입장이 반대였다면 나도 똑같은 말을 했을 것이다.

유아가 곤란하다는 듯이 볼을 긁었다.

"저기, 미안해. 왠지 방해해버린 것 같아서."

나나세가 크게 한숨을 쉬고 말을 이었다.

"아니, 그건 아무리 생각해도 우리가 할 말 아닌가?"

하루가 이어서 말했다.

"케이크를 사 올 걸 그랬네……."

좀 전에 사다 준 것들 이야기인가.

편의점에서 파는 과자가 잔뜩 들어있었고, 그것도 나름대로 하루답다고 생각했지만 여자애로서는 복잡한 심정인지도 모르겠다.

"저기, 하루. 같은 반 귀여운 여자애가 밥을 해주는 남자애 집에 의기양양하게 밥을 얻어먹으러 오는 여자를 어떻게 생각해?"

"내가 남자였다면 분명 '아, 이쪽 안 고르기를 잘했네'라고 생각하겠지."

"웃찌가 요리하는 거라도 도울까? 아무리 봐도 실력이

좋아 보이지만."

"굳이 상처를 벌려서 소금이랑 고춧가루까지 뿌릴 셈이야?"

"오케이, 싸우지 않으면 지지도 않지. 우리는 여기에 오지 않았어. 알겠지? 우미."

"그렇게 하자, 나나."

"저, 저기……."

유아가 조심조심 이야기에 끼어들었다.

"사쿠 군이 해준 밥이 아니라 좀 그렇겠지만. 혹시 생각이 있으면 같이 먹는 게 어때?"

그 말에.

""물론 잘 먹겠습니다.""

연습을 마친 여자 농구부 두 명은 쉽사리 백기를 들었다.

통, 통, 통, 통.

도각도각, 도각도각.

샤악, 샤악, 샤악.

계속 요리를 하는 유아를 나나세는 방해가 되지 않게끔 보고 있었다.

가끔 뭔가 물어보는 모양이었다.

그건 그렇고.

익숙한 두 사람은 그렇다 치고, 하루가 이 방에 있으니 왠지 진정이 안 된다.

물론 그런 일이 있었으니까, 라는 이유도 있다.

하지만 그 이상으로 이 녀석하고는 항상 밖에서 같이 움직이는 인상이 강하기 때문이다.

자전거를 둘이서 타거나, 캐치볼을 하거나, 농구를 하거나…….

그럴 때는 아무런 생각도 하지 않고 이야기를 나누는데, 실내에서, 그것도 내 방에서 이렇게 소파에 나란히 앉아있으니 갑자기 이야기 소재가 없어져 버렸다.

보아하니 그건 하루도 마찬가지인 모양이었고, 좀 전부터 미묘하게 엇나가는 이야기가 되고 있었다.

"치, 치토세는 책 같은 것도 읽는구나."

"거의 가족이 사준 거지만, 나름대로."

"그렇구나. 너, 가끔 이해가 안 되는 소리를 하니까!"

"혹시 칭찬해주려는 거야?"

"TV나 컴퓨터 같은 건 없어?"

"TV는 별로 흥미 없어. 컴퓨터는 요즘 좀 있으면 좋을 것 같아."

"해킹 같은 거라도 하게?"

"일단은 태클 안 걸어줄게. 역시 스마트폰으로는 영화 같은 걸 보기 힘드니까. 그리고 너무 한가해서 글이라도 써볼까 하거든."

"일기 같은 걸 진지하게 쓰는 타입이구나."

"응, 됐어, 그런 걸로 하자."

그렇게 이야기하다 보니 문득 내 앞에 누군가가 서 있었다.

고개를 들자 허리에 손을 댄 나나세가 방긋 웃으면서 '있지?'라고 말했다.

"너희가 거기서 어색해하고 있으면 정신이 사납거든?"

대체 뭘 그렇게 집중하고 있는 건지는 설명하지 않았지만, 대충 짐작이 되었다.

나나세는 엄지손가락을 펴고 현관을 가리켰다.

"만들어 둘 반찬까지 끝내려면 30분 정도 걸릴 것 같아. 그, 러, 니, 까, 런닝이든 캐치볼이든 휘두르기든, 뭐든 상관없으니까 어디론가 좀 가주실래요?"

""⋯⋯네.""

여긴 내 집인데, 너무하네.

*

그렇게 되어서 우리는 글러브와 나무 배트, 공을 가지고 밖으로 나왔다.

아스 누나는 보기만 해도 즐겁다고 했지만, 하루 같은 경우에는 자신도 움직이지 않으면 마음이 가라앉지 않을 것이다.

항상 배트를 휘두르는 빌라 앞 강가에서 글러브와 공을 건넸다.

나는 배트를 들고 하루에게서 10미터 정도 떨어졌다.

야구에서 마운드(투수)로부터 홈 베이스(포수)까지의 거리 중 절반 정도다.

시계를 보니 벌써 18시가 지났지만 여름 하늘은 아직 밝았고, 기온도 여전히 떨어질 것 같지 않았다.

"하루, 투수가 되었다고 생각하고 이쪽을 노리면서 던져줄래?"

배트를 움직여서 대충 스트라이크 존을 알려주며 말했다.

"그러면 내가 살짝 바운드시켜서 칠 테니까, 항상 하던 요령으로 잡아줘. 그다음에는 계속 반복하는 거야."

사실 캐치볼을 할 수 있으면 좋겠지만, 공교롭게도 내 글러브는 하나밖에 없다.

"이런 곳에서 공을 쳐도 괜찮아? 1층 유리창이 깨지거나 그러진 않아?"

잔디밭이라고 하기에는 흙이 너무 많이 보이는 발치를 다지며 대답했다.

"하루의 포물선 공을 그 정도로 못 다루면 순순히 은퇴할게."

내가 그렇게 말하자 하루가 잠시 멍하니 있다가 참지 못하겠다는 듯이 씨익 웃었다.

"형씨, 저번에 했던 게 은퇴 시합 아니었어?"

"후지 고등학교의 은퇴 시합이었지."

그렇게 말하며 배트를 잡았다.

하루도 글러브를 꼈다.

"그냥 팀으로 돌아가지."

휘익, 공이 한가운데로 파고들었다.

예상했던 것보다 훨씬 빠른 공이라 놀라면서도, 따악, 배트를 맞췄다.

두 번 바운드된 공을 하루가 글러브로 능숙하게 잡아 냈다.

"그런 생각을 안 한 건 아니야. 아니, 솔직히 꽤 고민했지. 하지만 한번 도망쳐 나온 곳이니까. 이제 와서 뻔뻔하게 팀 메이트 행세를 하는 건 내 마음이 용납할 수가 없거든."

그러고 보니 그 이후로 후지 고등학교 야구부는 아쉽게 도 2회전에서 패배했다.

나도 보러 갔지만, 모두가 마지막까지 진심으로 이기려 발버둥 쳤기에 정말로 멋진 시합이었다고 생각한다.

내년에는 확실히 좀 더 잘 싸울 수 있는 팀이 될 것이다.

"다들 그냥 받아줄 텐데."

"그건 나도 알아. 그래도, 만약에 다시 한번 야구하고 진 심으로 마주한다면 아무것도 없는 상태가 좋을 것 같거든."

"아무것도……?"

"순수하게 던지는 게 즐겁고, 치는 게 기분 좋은 식으로 말이야. 그런 마음만을 품고 경기를 뛰는 것부터 다시 시 작하고 싶어."

"그렇게 뜨거운 걸 잔뜩 쏟아 부어놓고 끝나고 나니 현자 타임이라는 거야?"

"야, 갑자기 음담패설 하지 마."

하루가 깔깔대며 웃었다.

"뭐, 이해가 안 되는 건 아닌데. 그러다 그만둬버리는 건 아니지?"

"일단 고등학교를 다니는 동안은 배트를 계속 휘두를 거야. 마침 한가하고 체력이 남아돌 것 같은 야구 바보도 찾아냈으니까."

"응, 네가 그렇게 결심했다면 나는 아무 말도 하지 않을 거야. 조용히 지켜볼게."

지켜본다라.

앞으로도 곁에 있어줄 생각이구나, 하루는.

휘익, 따악.

휘익, 타악.

규칙적인 리듬이 새겨지기 시작했다.

처음에는 공을 쥐는 방법도 몰랐는데, 대단하네.

분명 이 녀석은 점점 더 대단한 농구 선수로 성장해 나가겠지.

방심하고 있다가는 눈 깜짝할 새에 손이 닿지 않게 될 것 같다.

곁에서 당당하게 가슴을 펴고 있을 수 있게끔, 나도 다음 단계를 시작해야지.

계속 함께 달려가고 싶다.

그런 생각이 드는 단짝(사람)이니까.

*

솔직히 고백하자면, 나, **나나세 유즈키**는 초조해하고 있었다.

하루가 버거운 상대라는 건 처음부터 알고 있었다.

니시노 선배와 치토세 사이에 뭔가 강한 연결고리가 있다는 것도 대충 마찬가지다.

유우코가 특별한 상대라는 건 굳이 말할 필요도 없다.

그래도, 그래도.

물론 누가 잘못한 건 아니지만, 마음속으로만은 몰래 말하게 해줬으면 좋겠다.

이런 이야기는 못 들었다고!!!!!!

눈앞에서는 웃찌가 차례차례 요리를 해나가고 있다.

이 집에서는 왠지 치토세에게 얻어먹는 경우가 많았지만, 나도 나름대로 요리를 할 줄 안다.

아니, 어지간히 괴멸적으로 서투르지 않은 한, 요리는 분량만 맞추면 실패하는 게 더 힘들다.

다시 말해 중요한 건 얼마나 맛있는지, 또는 먹어줬으면 하는 상대의 취향에 맞는 레시피를 쌓아둘 수 있는지라고 생각했다.

하지만 웃찌의 요리는 전혀 달랐다.

애초에 레시피 같은 걸 보지도 않았고, 계량컵이나 스푼 같은 것조차 쓰지 않았다. 직접 간을 보며 조미료의 양을 조절하는 것 같았다.

반찬 몇 가지를 동시에 만들고, 잠깐이라도 시간이 나면 쓰지 않게 된 도구를 씻어나갔다. 수고를 최소한으로 하기 위해서인지, 썰어둔 채소를 넣기만 했던 그릇은 그냥 물로 대충 헹구기만 하면서 다시 쓰거나, 도마에 잘 묻지 않는 식재료부터 쓰는 등, 정말 솜씨가 대단했다.

할 수 있는 건 도울 생각이었지만 이래선 오히려 방해만 된다.

"웃찌는 요리를 자주 해?"

나는 데님 재질 앞치마를 걸치고 있는 그녀의 뒤에서 말을 걸었다.

"자주라기보단, 기본적으로는 날마다 하지. 도시락이랑 저녁밥은 내 담당이니까."

그렇겠지.

아무리 봐도 날마다 생활하며 닦아온 듯한 솜씨다.

아~, 멋지다.

……치사하네.

그렇게 화풀이에 가까운 말을 집어삼킨 다음, 그 대신 질문을 계속했다.

"말린 매실? 어디에 써?"

"풋콩이 싸길래 소금 넣고 삶은 다음에 멸치랑 같이 영양밥을 하려고. 거기에 잘게 썬 말린 매실을 넣으면 식감이 변해서 맛있거든."

"호오? 그릴로 굽고 있는 건?"

"다케다 유부 표면에 된장을 살짝 바른 거. 사실 무즙하고 간장이나 양념에 먹는 게 정석이긴 한데, 오늘은 메인 요리가 똑같은 조미료하고 양념으로 먹는 돼지고기 샤브샤브 샐러드니까 겹칠 것 같아서."

참고로 두부 튀김으로 착각해버릴 정도로 큼직한 크기가 특징인 다케다 유부는 '타니구치야'라는 레스토랑의 유명한 상품이며 후쿠이 특산물 중 하나라고 할 수 있다. 뭐니 뭐니 해도 이 레스토랑의 간판 메뉴는 '유부 밥상'이다. 다른 가게의 햄버그나 돈까스처럼 유부를 메인 반찬으로 내세울 정도니 얼마나 자신 있는지는 짐작이 된다.

우리 어머니도 정기적으로 사 오긴 했는데, 그런 식으로 먹어본 적은 없었다.

"다른 메뉴도 물어봐도 돼?"

"다른 건 그냥 달걀말이. 사쿠 군은 달달하게 한 걸 좋아해. 무즙하고 간장, 왠지는 모르겠지만 시치미를 뿌려 먹는 걸 좋아하니까 결국 겹쳐버리지만 말이야. 뭐, 무를 많이 넣을 테니 딱 좋을 것 같아서."

"된장국은?"

"오늘은 더웠으니까 메뉴도 시원한 계열이 좋을 것 같아서 토마토하고 생강, 배추, 대파를 넣은 돈지루(일본식 돼지고기 된장국)야. 이것도 메인 요리하고 돼지고기가 겹쳐서 미안하긴 하지만, 돼지고기 샤브샤브 샐러드만 먹으면 부족할 것 같아서."

"된장국에 토마토?!"

"그라제, 내도 처음에는 그란 걸 어찌 먹는다요라고 생각했는디. 한번 먹어보니께 딱 어울려부러가꼬 푹 빠져부렀당께(※그치, 나도 처음에는 그런 걸 어떻게 먹냐고 생각했는데. 한 번 먹어보니까 엄청 잘 어울려서 푹 빠져버렸거든)."

"웃찌가 그렇게 말하믄 믿을라니께, 조용하게다가 내 것만 많이 담가주믄 안 된당가(※웃찌가 그렇게 말하면 믿을 테니까 몰래 내 것만 많이 담아주면 안 될까)?"

"그려, 그려(※그래, 그래)."

그렇게 후쿠이 사투리를 주고받으며 생각했다.

국에 반찬 세 종류라니, 이게 진짜로 여고생이 생각한 메뉴인가?

뭐라고 해야 하나, 발상부터가 다르다.

나는 '이거!'라고 생각한 결정적인 메뉴만 만드는 게 대부분이고, 남은 재료의 행방 같은 걸 생각해본 적도 없다. 아마 초보들은 다들 그럴 것이다.

레시피를 충실하게 재현하지 않으면 겁이 나니까, 그러기 위해서만 범용성이 뛰어난 조미료를 사곤 한다.

하지만 웃찌는 제철 채소나 싸게 나온 고기, 다 떨어진 식재료나 오늘의 기분, 그리고 먹는 사람의 취향까지 고려하며 즉석에서 메뉴를 짜는 느낌이다.

치토세 녀석, 이런 요리에 익숙해졌단 말이야?

능력 있는 여자라는 걸 어필하기 위해 별생각 없이 '까르보나라 해줄게'라는 말을 꺼내지 않길 정말 잘했다. 아니, 모르는 사람이 보면 난이도가 좀 높아 보이잖아?

하지만 치토세는 분명히 까르보나라보다는 미트소스나 나폴리탄, 페페론치노 같은 걸 좋아할 것 같고, 웃찌라면 즉석에서 전통식 파스타 정도는 아무렇지도 않게 해줄 것 같다.

그렇게 생각하니 에그 베네딕트는 잘못된 선택이었을지도 모르겠다는 마음이 들어서 갑자기 슬퍼졌다.

최대한 농담처럼 생각하려 했는데, 슬프다는 단어를 떠올려버리고 나니 진짜로 슬픔이 찾아왔다.

어쩌면 내가 맛있다고 하면서 먹던 그 녀석의 요리도…….

언젠가 니시노 선배와 치토세를 보았을 때가 떠올랐다.

───내 특별함은 상대방의 특별함이 아닐지도 몰라.

그때, 나는 아직 그 감정에 이름을 붙이지 않았다.

하지만, 지금은.

웃찌의 부드러운 미소가, 저녁밥을 준비하는 따스한 소리가, 맛있을 것 같은 냄새가, 마음을 꽈악 조이기 시작했다.

왜냐하면 이건 전부, 내가 사랑에 빠지기 훨씬 전부터 치토세가 봐왔고, 들었고, 기대하면서 몸을 맡기고, 분명히 지금도 행복하게 생각하고 있을 시간이니까.

역시 나가라고 하길 잘했네.

웃찌에게 진지하게 요리를 배우는 모습을 나나세 유즈키의 자존심 같은 면에서 보이고 싶지 않았던 게 첫 번째 이유.

하지만 아마 이건 이미 들켰을 것이다.

그 녀석이 묘하게 말을 잘 들었으니까.

그리고, 계속 머뭇거리고 있는 하루를 도와주려는 게 두 번째 이유.

마지막 이유는…….

현관에서 앞치마를 걸친 그녀의 모습을 본 순간, 이런 마음이 들 거라는 사실을 알았기 때문이다.

유우코와 웃찌도 치토세네 집에 드나든다는 사실은 알고 있었는데.

역시 뭔가 자만심에 빠져 있었던 거겠지.

5월부터 두 달 정도, 이런저런 일들이 있었다.

그래서 애인은 아니지만 그냥 여자 사람 친구와는 다르다고, 서로 마음에 한 발짝씩 내디딘 것처럼 이 집 문을 열 수 있는 건, 그냥 좋아하는 남자애의 방이라는 것뿐만이 아니라 소중한 추억을 살며시 내려놓을 수 있는 건, 나뿐만이라고. 그런 생각을 했다.

하지만 이제 이해할 수밖에 없다.

웃찌와 치토세 사이에도 역시 특별함이 있고, 그것은 나 같은 것보다 훨씬 오랜 시간을 들여서 이 방에도, 두 사람의 기억 속에도, 쌓여 있다는 것을.

……못 참겠네, 이런 거.

유우코도, 웃찌도, 니시노 선배도, 다들 싫어할 수 있다면 좋을 텐데.

그 녀석에게는 어울리지 않는다고, 심술궂게 웃어넘길 수 있다면 좋을 텐데.

사실 이미 눈치채고 있다.

———그저 일방적으로 구원받기만 한 나는, 치토세에게 보답해줄 수 있는 게 아무것도 없다.

정말 좋아한다고 솔직하게 외칠 수 있는 고상함도, 한발 물러서서 지탱해주는 자상함도, 동경하며 쫓아가고 싶어지는 아름다움도, 등을 걷어 차주는 강함도, 정말 아무것도.

내가 가지고 있는 것 정도는 그 사람도 이미 가지고 있다.

그러니까 적어도, 적어도———.

누구보다 서로 이해하고 싶다.

그런 생각이 드는 남자애(사람)니까.

＊

적당히 시간을 봐서 **우리**가 집으로 돌아가자 마침 나나세와 유아가 테이블 준비를 하고 있던 참이었다.

이제 와서 놀랍진 않지만, 여전히 접시가 이것저것 놓여 있다.

거실 안에는 보란 듯이 맛있어 보이는 냄새가 가득 차 있었고, 나도 모르게 배에서 꼬르륵 소리가 났다. 겹쳐서 들린 다른 소리는 옆에 있는 꼬맹이에게서 난 소리일 것이다.

"말도 안 돼, 엄청 맛있을 것 같아! 이걸 전부 웃찌가 한 거야?!"

땀을 흘리고 난 덕분인지 완전히 평소 모습을 되찾은 하루가 그렇게 말하자 유아는 앞치마 끈을 풀면서 쑥스러운 듯이 그렇게 대답했다.

"왠지 수수한 반찬이라 미안해."

"아니, 아니, 무슨 소릴 하는 거야?! 우리 둘만 왔으면 카츠동이나 8번을 먹고 집에 갈 참이었는데, 안 그래? 유즈키."

"······그렇지."

하하, 나나세가 그렇게 서투른 억지 웃음을 지었다.

그게 마음에 좀 걸리긴 했지만 이런 상황에서 '왜 그래?' 라고 물어봐 주길 바라진 않을 것이다.

나는 티볼리 오디오의 전원을 켜고 블루투스로 연결한 스마트폰 음악을 무작위로 틀었다.

스피커에서는 카리유시 58의 '끝, 시작'이 흘러나오기 시작했다.

모두가 앉자, 유아가 '그럼' 하며 손을 마주 모았다.

"""""잘 먹겠습니다~.""""""

나는 우선 돈지루를 후루룩, 마셨다.

이건 저번에도 해준 적이 있다.

돈지루는 국 중에서 꽤 부담되는 메뉴라고 생각했는데, 토마토의 신맛과 생강의 풍미가 절묘하게 시원해서 이렇게 더운 날에는 딱 맞았다.

곧바로 영양밥을 입에 넣었다.

부드러운 육수 향기가 잔뜩 퍼졌고, 통통한 멸치와 풋콩의 소금기를 잘 살려 주었다. 위에는 잘게 썬 이파리가 얹혀 있어서 말린 매실 부분과 함께 먹으니 맛이 괜찮았기에 이것만 먹어도 한없이 먹을 수 있을 것 같았다.

"엄청 맛있어."

솔직하게 말하자 건너편에 앉아있던 유아가 안심한 듯이 미소를 지었다.

"정말? 입에 맞는다니 다행이네. 아직 더 있어."

그 옆에서는 나나세가 약간 복잡한 듯한 표정을 짓고 있었다.

"아니, 웃찌~. 이거, 그냥 돈 받고 팔아도 될 것 같은데. 근처에 이런 식당이 있으면 자주 다닐 거야."

하루가 이어서 말했다.

"이 유부, 장난 아니야! 완전히 술안주네."

"무슨 주정뱅이냐."

나는 그렇게 태클을 걸면서 앞접시에 달걀말이를 두 조각 덜어서 무즙과 간장을 뿌렸다.

그 모습을 본 유아가 어이없다는 듯이 중얼거렸다.

"정말, 한입 정도는 아무것도 뿌리지 말고 먹어줬으면 하는데."

"지금까지 몇 번이나 먹었으니까 봐줘. 괜찮아, 유아의 달걀말이는 언제 먹어도 변함없이 맛있으니까."

오른손으로 시치미 병을 들고 손등을 살짝 쥔 왼손으로 툭툭, 두드렸다.

유아가 쿡쿡 웃었다.

"사쿠 군이 그러는 거, 몇 번을 봐도 웃겨."

"나나세도 그렇게 말하던데."

내가 그렇게 말하자 나나세는 왠지 정신이 번쩍 든 것처럼 고개를 살짝 젓고는 묘하게 밝은 목소리로 말했다.

"그치~! 진짜로 이상하다니깐."

"응, 이상해!"

왠지 뭘 얼버무리는 것 같기도 하지만, 이유는 모르겠다.

그 이후로 우리는 여름방학 일정 같은 소재로 이야기를 나누면서 배가 잔뜩 부를 때까지 유아가 해준 밥을 즐겼다.

*

저녁 식사를 마치고 숨을 돌리자 하루가 '설거지는 내가 할게'라는 말을 꺼냈다.

평소에는 내 담당이지만, 왠지 의욕이 넘쳐 보였기에 순순히 맡기기로 했다.

하루는 곧바로 테이블 위에 있던 접시를 겹쳐서 싱크대로 옮기려 했다. 거기서 유아가 '하루, 그러면 위에 올린 접시 바닥에도 묻으니까 최대한 하나씩 옮기는 게 결과적으로는 설거지할 때 편해'라고 말하자 부끄러워했다.

예전에 나도 똑같은 지적을 받았던가, 그런 생각에 정겨워졌다.

기름기가 많은 요리를 먹은 뒤에는 쓸데없는 수고가 늘어난단 말이지.

그런 생각을 하고 있자니 거실에 다른 한 사람의 모습이 보이지 않는다는 걸 눈치챘다.

나는 냉장고에서 시원한 사이다 페트병을 두 개 들고 베란다로 나가서.

"마실래?"

멍하니 강을 내려다보고 있던 나나세에게 한쪽을 내밀었다.

"……땡큐."

푸슉, 둘이서 동시에 뚜껑을 열었다.

어느새 바깥은 완전히 여름의 밤이었다.

에어컨을 틀어둔 방에서 나오기만 했는데도 이마에 땀이 배어 나온다.

참방참방, 부드러운 물소리와 함께 후르르르르륵, 후르르르르륵, 벌레 소리가 울렸다.

가끔씩 부채로 부친 것 같은 바람이 불어와 나나세의 검은 머리카락이 애절하게 나부꼈다.

우울해 보이는 옆얼굴을 향해 최대한 가벼운 말투로 말을 걸었다.

"너답지 않은데?"

나나세는 천천히 이쪽을 보고 깜짝 놀란 표정을 지었다.

"설거지."

내가 무슨 말을 하려는 건지 짐작한 모양이다.

급하게 방 안을 돌아보고 '이런'이라고 짤막한 말을 중얼거렸다.

"딱히 뭐라고 하는 건 아니야. 어차피 처음에는 내가 할 생각이었고."

"나도 알아. 그건 그렇고, 설마 이런 상황에서 하루에게 뒤처지다니."

　자기가 하겠다는 말조차 꺼내지 않고, 이야기를 나누면서 어느새 접시를 옮기고, 어느새 설거지를 마치는 게 평소의 나나세다.

　식사 중에도 왠지 멍하니 있었고, 오늘은 아무래도 분위기가 이상하다.

　"혹시 무슨 일이 있는 거면 이야기를 들어줄게."

　내가 그렇게 말하자 나나세는 밤하늘을 올려다보며 '응'이라고 쓸쓸하게 입가를 치켜올렸다.

　"───저는 이제 곧 달의 도시로 돌아가야만 해요."

　"진지한 표정으로 재주 좋게 농담하지 말라고, 깜짝 놀랐잖아."

　"그러니까 아직 발표되지 않은 메종 마르지엘라 신작 백을 가져다주세요."

　"어라? 헤어질 때 편지하고 불로불사의 약을 두고 가는 장면 아니었어?"

　"단, 도저히 힘들 경우에는 자상하게 키스해주는 것도 괜찮고."

　"남자에게 억지를 부리는 건 똑같네, 유즈키(카구야) 공주."

　진짜, 걱정해서 손해 봤네.

　머리를 벅벅 긁고 있자니 나나세가 슬쩍 다가왔다.

　있지, 라고 말하며 내 얼굴을 들여다보았다.

　"저와 사귀어 주세요, 라고 해도 될까?"

"······혹시 그게 진심으로 하는 말이라면, 진심으로 고민하고 진심으로 답을 내놓아야지."

"호오? 고민해주는구나?"

"그런 건······, 당연하잖아."

그렇게 말하며 마음속 안쪽이 욱신욱신 삐걱거렸다.

그 아픔을 들키지 않게끔 사이다를 꿀꺽꿀꺽 마시고 있자니.

"오늘은 그것만으로도 좋아."

나나세가 덧없어 보일 만큼 살짝 웃었다.

"미안해, 그런 표정 짓게 해서."

"탄산 때문에 목이 막혀서 그래."

얇은 종이에 손가락 끝이 베인 것처럼, 말을 받아들인 곳이 천천히 붉게 부었다.

이건 분명히 상냥한 예행연습 같은 거겠지.

왜냐하면 눈앞에 있는 사람은 나나세 유즈키니까.

역시 닮은 우리는 이렇게 서로의 마음에 한쪽 다리만 걸쳐둔 채로, 비닐봉지 손잡이를 하나씩 든 것처럼 슬픔과 괴로움, 나약함과 강한 척을 조금씩 함께 떠안아 가는 건지도 모르겠다.

물론 거기에 기쁨과 즐거움도 함께 쌓여나가기를 기원하면서———.

누구보다 서로 이해하고 싶다.

그런 생각이 드는 여자애(사람)니까.

*

며칠 뒤 저녁, 나는 혼자 100만 볼트에 와 있었다.

여기는 '백, 만, 볼트으♪'라는 광고로 친숙한 대형 가전 제품 매장이다. 창업은 후쿠이에서 했고, 다른 현에도 체인점을 전개하는 모양이다.

저번에 하루와 이야기해서 그런 건 아니지만, 어차피 한가했기에 컴퓨터라도 볼까 해서 나온 것이다.

그래서 곧바로 코너를 돌아보았는데, 전혀 모르겠다.

노트북은 싼 게 3만 엔 정도부터 비싼 건 20만 엔이 넘는 것까지 있다. 솔직히, 생긴 것 말고는 뭐가 다른지 전혀 모르겠다.

이거 켄타에게라도 배워야 하겠는데. 그 녀석은 이런 걸잘 알 것 같으니까.

곧바로 포기하고 라멘이라도 먹을까 생각하던 참에.

"어라~? 사~쿠우~!!"

귀에 익은 목소리가 나를 불렀다.

돌아보니 예상대로 유우코가 손을 마구 흔들고 있었다.

곧바로 기뻐하며 달려오길래 내가 말했다.

"이런 곳에서 만나다니, 신기하네."

오늘은 갈색 오프숄더 블라우스에 데님 와이드 팬츠를

입은 편안한 옷차림이다. 머리카락은 깔끔하게 세 갈래로 땋았다.

"응, 엄마하고 쇼핑 나왔거든."

유우코가 그렇게 말하며 돌아보았다.

시선을 따라가 보니 아름다운 여자가 방긋방긋 웃으며 이쪽으로 걸어오고 있었다.

프론트 슬릿이 들어간 오프 화이트 롱 스커트에 심플한 흰색 블라우스, 연한 하늘색 가디건을 살짝 걸치고 있다. 나나세보다 약간 긴 미디엄보브컷이 살랑살랑 흔들리고 있었다.

여러 번 집에 바래다 주었는데도 이렇게 직접 만난 건 처음이지만, 일부러 확인하지 않아도 그 사람이 유우코의 어머니라는 걸 알 수 있었다.

뭐라고 해야 하나, 자매처럼 똑 닮았다.

20대라고 해도 믿어버릴 정도로 젊어 보인다.

보통은 친구 어머니라고 하면 '친구 어머니'라는 생각만 들지만, 왠지 붕 뜬 분위기를 풍기고 있어서 그냥 지나가다가 보면 무심코 빤히 봐버릴 것 같다.

그건 그렇고. 동급생, 그것도 여자애 어머니와 인사하는 건 매우 껄끄럽다.

딱히 애인으로 소개하는 것도 아닌데, 뭐랄까 낯간지럽다.

유우코 옆에 선 어머니가 다시 살짝 미소를 지으며 우아하게 고개를 숙였다.

우아한 향수 향기가 살짝 풍겼다.

나는 무심코 자세를 바로잡고 최대한 공손하게 고개를 숙인 다음.

"안녕하세요. 유우코 양의 반 친구인 치토."

"──저기, 저기, 이 남자애가 치토세 군?!"

자기소개를 하려던 참에 있는 힘껏 가로막혔다.

"기뻐! 유우코에게 이야기만 들었는데, 한번 보고 싶었거든!!"

"저, 저기?"

"아, 나? 히이라기 유우코의 어머니, 코토네예요. 거문고(오코토)의 코토에 음색(네이로)의 네. 참고로 유우코네 어머니보다는 코토네 씨라고 불러줬으면 하는 복잡한 나이야~."

"아, 네……, 코토네 씨."

외모를 보고 상상했던 것과는 전혀 다른 분위기. 팍팍 거리를 좁혀들었기에 나는 무심코 한 발짝 물러섰다.

유우코가 창피하다는 듯이 코토네 씨의 팔을 잡아당겼다.

"잠깐, 엄마, 저쪽에서 기다리라니까."

"어~, 갑자기 반항기니~?"

"정말!"

처음에는 놀랐지만, 냉정하게 생각해보니 이렇게 천진난만한 느낌은 똑같다. 그런 생각에 쓴웃음을 지었다.

우리 가족 중에도 비슷한 사람이 있어서 조금 정겹다.

말리는 유우코 따위는 아랑곳하지 않는다는 듯 코토네 씨가 계속 말했다.

"좋았어, 같이 스타벅스 가자. 치토세 군도 이런 데서 어슬렁거리고 있으니까, 한가한 거겠지?"

"엄마, 말투!"

"아, 알겠어. 이제 곧 저녁이니까 남자애는 든든한 게 좋겠구나. 그럼 8번 가자, 8번."

"저기, 멋대로 이야기 진도를 나가지 말라고!!"

이야기에 끼어들 여지도 없이 나는 질질 끌려가게 되었다.

*

코토네 씨와 유우코는 자동차, 나는 내 마운틴 바이크를 타고 근처 8번으로 이동했다.

올 때 다시 100만 볼트까지 태워다 줄 테니 타라고 했지만, 그러다가 갑자기 '역시 해산물 기분이야. 도진보로 가자!'라고 할 수도 있으니 사양했다.

가게로 들어가자 먼저 도착해 있던 코토네 씨가 '이쪽이야, 이쪽~'이라며 손을 흔들고 있었다.

4인용 테이블에 두 사람이 서로 마주 보고 앉아있었기에 나는 유우코 옆에 앉았다.

왠지 더더욱 여자친구가 부모님을 소개해주는 것 같은

구도가 되어가는데.

그렇다고 해서 둘 다 반대쪽에 앉아있으면 그것도 그것대로 딸에게 나쁜 짓을 했다고 불러낸 것 같은 상황이 되겠지만.

"……왜, 왠지 미안해, 사쿠. 우리 엄마가 이런 구석이 있어서."

"응, 모녀가 맞구나 생각했어."

"잠깐, 그게 무슨 뜻이야?!"

그런 이야기를 하고 있자니 코토네 씨가 메뉴판을 건네주었다.

"자, 뭐든 먹으렴. 물론 내가 사는 거니까."

"아니, 그렇게까지 하실 이유가……."

내가 그렇게 말하자 씨익, 의미심장한 듯한 미소가 드리워졌다.

"귀여운 딸을 위해서 점수를 따두고 싶으니까."

뭔가 대답하려 하기도 전에 옆에 있던 유우코가 몸을 앞으로 내밀었다.

"아니, 방금 엄청 점수가 떨어졌잖아! 처음 만난 친구 어머니가 갑자기 밥을 먹자면서 끌고 가다니, 완전 정색할 수도 있거든?!"

"어~, 유우코하고 사귀는 거면 치토세 군도 익숙하지 않아?"

"아직 안 사귀니까!!"

"정말, 진정하렴. 친구로서 사귄다는 뜻이야."

"──으으윽."

풀썩 앉아서 발끈하며 메뉴판을 노려보기 시작한 딸을 곁눈질하며 코토네 씨가 계속 말했다.

"그럼, 폐를 끼쳐서 사과한다는 의미라고 생각해줘."

"다행이네요, 자각하고 계시긴 했던 모양이에요."

"아, 그 비꼬는 듯한 대답, 이야기로 들었던 이미지 그대로야!"

"……야, 유우코?"

"엄마!!"

                              *

왠지 조심스러워하는 게 바보 같아졌기에 나는 당면 두 덩어리에 파를 추가한 것과 교자를 주문했다. 유우코는 된장 듬뿍 채소 라멘, 코토네 씨는 면 없는 간장맛 채소 라멘과 볶음밥을 주문했다. 면 없는 채소 라멘은 그냥 다이어트 메뉴인가 싶었는데, 그런 조합도 있구나. 그렇게 이상한 부분에서 감탄했다.

주문을 마치자 유우코가 화장실에 갔다.

아무리 그래도 처음 만난 어머니하고 단둘이 두지는 말았으면 했는데, 자리에서 일어설 때 껄끄러운 듯이 몇 번이나 미안하다고 하니 불평하기도 힘들다.

"미안해, 치토세 군."

마치 내 마음을 들여다본 듯이 코토네 씨가 입을 열었다.

"괜찮아요, 밥값도 굳었고."

"혼자 산다면서? 역시 이것저것 힘드니?"

"아뇨, 돈은 충분하고도 남을 정도로 보내주시고, 익숙해지니 마음도 꽤 편해요. 애초에 단란한 가족 같은 느낌도 아니었고요."

"남자애는 드라이하구나~. 유우코였으면 분명 첫날에 집을 그리워했을 거야."

"그러다가 대학교 때문에 다른 현으로 가서 돌아오지 않을 수도 있죠."

"어~, 그건 내가 안 돼! 쓸쓸해!!"

호들갑스러운 반응에 나도 모르게 웃음을 터뜨려버렸다.

우리 가족은 다들 혼자서도 괜찮은 사람들뿐이라 각자 떨어져 살면서도 그리 자주 연락을 주고받지는 않는다.

그래서 이런 부모 자식 관계는 좀 신선해서 나쁘지 않다고 생각했다.

"저 애는 말이지, 내가 스무 살 때 낳았어."

갑자기 코토네 씨가 그렇게 중얼거렸다.

어떻게 대답해야 할지 당황하고 있자니 코토네 씨가 그걸 눈치챈 건지 급하게 손을 저었다.

"아니, 아니, 딱히 어두운 이야기는 아니거든?! 평범하게 연애 결혼도 했고. 지금은 모르겠지만, 당시에는 나처럼 고등학교를 졸업하고 바로 취직하는 패턴도 드물지 않았으니까. 곧바로 열아홉 살 때 지금 남편하고 결혼했고, 그다음 해에 유우코가 태어났지."

그렇구나, 젊어 보일만도 하네.

스무살 때 낳았다면…….

"자, 자, 거기, 계산하지 마~!!"

그럴 줄 알았다.

이런 템포까지 유우코하고 닮았다.

나는 쓸데없이 끼어들지 않고 조용히 계속 말하게 두었다.

"그래서 말이지."

코토네 씨가 그렇게 말하며 이야기를 이어나갔다.

"치토세 군은 상상하기 힘들지 모르겠지만, 스무 살은 정말 어린 나이거든. 성인이라고 해도 머릿속은 고등학생하고 별로 다를 게 없어!"

왠지 머나먼 세계 이야기를 듣고 있는 것 같은 기분이 들었지만, 생각해보니 겨우 3년 뒤다.

내 경우에 대입해 보자면 코토네 씨는 내후년에 결혼하게 된다.

그건 아무래도 현실미가 없다고 해야 하나, 대단하다는 생각만 어렴풋하게 들었다.

"그래서 유우코는 솔직히 처음에는 내 자식이라기보다

는 나이 차이가 많이 나는 여동생으로만 보였어. 정말 너무 귀여웠거든. 물론 어머니로서 필요한 지식은 이것저것 공부했고, 솔직하고 착한 아이로 키우고 싶어서 열심히 노력했지."

"그렇게 자랐어요, 틀림없이."

내가 그렇게 말하자 코토네 씨는 '고마워'라며 약간 쑥스러운 듯이 눈을 내리깔았다.

"저 애, 치토세 군에게 폐를 끼치진 않니? 억지로 데이트를 하자고 하거나."

"폐라는 생각은 안 하지만, 그런 방면에도 육아 성과가 제대로 나타난 것 같긴 하네요."

"대단해~! 어떻게 그렇게 비꼬는 대답을 팍팍 할 수 있는 거야?!"

"댁네 따님에게 신세를 지고 있어서요."

"아~, 좋아! 좀 더, 좀 더."

"이제 슬슬 브레이크 밟고 진지한 이야기로 돌아가시죠?"

코토네 씨는 약간 어른스러운 표정으로 웃었다.

"계속해도 되겠어? 약간 내 이야기라고 해야 하나, 딸 이야기가 될 텐데."

물론이죠, 라고 나는 말했다.

"스무 살은 정말 어린 나이라고 했었지."

코토네 씨가 고개를 살짝 끄덕였다.

"다시 말해서, 그건 아이가 아이를 키우는 거나 마찬가지 잖아? 그래서 사실은 계속 불안했던 게 한 가지 있었거든."

그녀는 약간 떨어져 있는 화장실 쪽을 힐끔 보았다.

먼저 들어간 사람이 있는지 유우코는 아직 자기 차례를 기다리고 있는 것 같았다.

"부모가 이런 말을 하는 건 좀 그렇지만, 저 애는 외모가 괜찮잖니? 게다가 성격이 저러니까 여자애들 특유의 조금 음침한 느낌하고도 거리가 있었던 것 같고. 친구들하고 싸 웠다는 이야기는 여태껏 들어본 적이 없을 정도거든."

그래서, 라고 코토네 씨는 말했다.

"―――나까지 포함해서, 모두가 저 아이를 너무 특별하 게 대했어."

나는 천천히 그 말의 의미를 곱씹으며 입을 열었다.

"그렇게 인생이 잘 풀린다면 딱히 문제가 안 될 것 같은 데요……?"

유우코는 딱히 모두에게 인기가 있다고 해서 거만하게 굴거나, 그런 입장을 악용하는 사람이 아니다.

하지만 눈앞에 있는 사람은 고개를 살짝 저었다.

"그렇게 생각할 수 있는 건 너도 마찬가지로 특별한 쪽 에 있는 사람이기 때문이야."

"저는 꽤 어렸을 때부터 까이고 미움받아서 만신창이인

데요?"

"그건 분명히 저 애보다 똑똑하고, 강하고, 좀 더 자상했기 때문이겠지."

"너무 오버하시는 것 같은데……."

코토네 씨는 이야기를 이어나갔다.

"그래서 예를 들자면 말이지, 몇 명이서 놀다가, 저 애가 '이거 하고 싶어!'라면서 평소처럼 이야기를 꺼낸다면 말이야. 그럴 때는 누군가는 자기가 하고 싶은 걸 슬쩍 감추는 게 아닌가 해서……."

절대 그렇지 않다고 할 순 없을 것 같다.

아니, 분명 그런 적도 있겠지.

물론 본인은 솔직하게 자기 마음을 전했을 뿐, 딱히 악의가 있는 건 아니다.

하지만 저렇게 화려하고 매력적인 사람은 그냥 솔직하게 살기만 해도 주위 사람들에게 다소나마 영향을 끼치게 되어 버린다.

생각해보면, 남녀를 불문하고 거리낌 없이 대해준다는 장점 때문에 착각한 남자애가 고백해서 차인다는 게 전형적인 사례일지도 모른다.

"너무 차갑게 말하는 것 같기도 하지만, 유우코 때문에 다른 애가 조금 참아야 하거나 조금 슬퍼하는 것 정도는 상관없어. 그런 건 살다 보면 흔한 일이니까."

딱히 차가운 말이라는 생각은 들지 않았다.

악의를 품고 괴롭히는 거라면 문제가 되겠지만, 자각하지 않고 하는 행동까지 배려해서 누구도 상처 입지 않게끔 지내라고 교육하는 부모가 있다면 그 사람이 훨씬 더 무섭다.

코토네 씨는 입술을 깨물면서 물을 약간 마셨다.

"내가 걱정했던 건 그걸 저 애가 자각해버렸을 때 어떻게 되어버릴까 하는 거였어. 세상 물정을 모른다고 해도 될 정도로 솔직하게 자라버렸으니까."

나는 조용히 잔에 입을 가져다 댔다.

"그런데 말이지, 치토세 군과 만난 뒤부터 유우코는 약간 바뀌었어. 자기뿐만 아니라 모두, 까지는 아니지만 소중한 사람의 마음 정도는 생각하게 되었지."

──그러니까 고마워, 라고 친구네 어머니는 말했다.

"사실 오늘은 이 말을 하고 싶었어. 억지로 데리고 와서 미안해."

"유우코가 뭘 어떻게 미화한 건지는 모르겠지만, 고마워하실 정도로 제가 뭘 한 건 아니에요."

"그래? 이것저것 들었는데, 유아 이야기도, 켄타 군 이야기도."

"……역시 아무것도 한 게 없네요."

내가 그렇게 말하자 코토네 씨가 쿡쿡 웃으며 어깨를 흔들었다.

　매우 낯익은 그 미소에 가슴이 약간 답답해졌다.

　"그렇게 말해주는 치토세 군이 곁에 있어 준다면 나도 안심할 텐데 말이지~. 이렇게 직접 이야기해보니 더더욱 그런 생각이 드네."

　"있을 수 있는 동안은 있을 거예요, 친구니까."

　"아~, 무슨 뜻인지 알면서도 둘러대네! 유우코에게 일러야지~."

　"그러면 코토네 씨만 혼나지 않나요?"

　"그냥 어머님이라고 불러도 되는데?"

　"그 어머님이라는 거, 다른 의미가 담겨 있는 거죠?"

　우리는 서로 마주 보고는 무심코 동시에 웃음을 터뜨렸다.

　깔깔, 쿡쿡, 마치 한순간이나마 나도 이 사람의 아들이 된 듯한 기분이었다.

　한참 그렇게 웃은 다음, 코토네 씨가 조용히 중얼거렸다.

　"그리고 한 가지 더, 미안해."

　"또 뭔가 폐를 끼치시려고요?"

　내가 가벼운 마음으로 대답하자.

　"아니, 이미 끼쳐버렸어."

　왠지 자조하는 듯한 미소가 돌아왔다.

　"――방금 그 이야기를, 치토세 군에게 해버린 거."

무슨 뜻인지 추측해보려 했을 때, 주문했던 메뉴가 차례 차례 나오기 시작했다.

유우코도 마침 재빨리 돌아왔기에 더 이상 깊게 생각하지 않기로 했다.

"엄마, 사쿠한테 이상한 말 한 거 아니야?"

"안 했어, 안 했어. 딸은 내버려 두고 나를 선택하지 않을래? 라고 꼬셨을 뿐이야~."

"잠깐! 그런 거 진짜로 좀 그렇고, 대답하기도 곤란하니까 하지 마!!"

"너무해?! 진심으로 대답하지 마!"

"진짜, 창피하니까 얼른 먹고 가자~."

"자꾸 그러면 추가로 카라아게랑 감자튀김도 주문해 버린다~."

"절대로 그러지 마!"

아, 역시 좋다.

라멘의 김이 두 사람을 살짝 감싸고 있다.

가게 안의 떠들썩한 소리도 사소한 일상의 한 막을 장식하고 있는 것 같다.

활기차게 이야기하는 모습을 보면서, 조금만 더 이 행복한 가족의 풍경에 녹아들어 있고 싶다고 생각했다.

*

라멘을 다 먹은 나와 유우코는 편의점에 들렀다가 근처 공원으로 걸어갔다.

이곳은 국도 8호선과 자주 가는 배팅 센터 중간 정도 위치에 있고, 학교에서 둘이 집에 갈 때 항상 들르는 곳이다.

주택가 안에 있는 것치고는 꽤 넓은 운동장과 철봉, 미끄럼틀, 그네와 시소 같은 놀이기구가 설치되어 있는 광장. 후자는 흙을 쌓아 올려 1미터 정도 높은 곳에 있었고, 그 경계선에 있는 짤막한 계단이 우리의 지정석이었다.

평소처럼 앉은 다음, 나는 아이스커피를 홀짝홀짝 마셨다. 유우코는 아삭아삭 군 포장지를 찍찍 벗겨내고 있었다.

정신을 차리고 보니 주위는 완전히 어두워져서 낮과 비교하면 많이 시원했다.

주위를 둘러봐도 우리 말고 다른 사람은 아무도 없었다. 빛이 바랜 그네가 바람을 맞으며 끼익끼익, 느긋하게 노래했다.

왠지 기분이 좋아진 나는 다리를 쭉 폈다.

코토네 씨는 헤어질 때 아쉬워했지만, 유우코가 '사쿠랑 같이 갈 거야!'라면서 고집을 피웠기에 어쩔 수 없다는 듯이 손을 흔들어 주었다.

"너무 일찍 오면 안 된다~."

그렇게 말하던데, 그 사람 진짜 한창나이인 딸을 둔 부모인가?

"그건 그렇고, 뭐라고 해야 하나, 활기가 넘치는 어머니시던데."

내가 그렇게 말하자 유우코가 아하하, 웃었다.

"오늘은 평소보다 더 까불긴 했는데, 집에서도 대충 그런 느낌이야. 그래서 별로 엄마라는 느낌이 아니라 나이 차이가 많이 나는 언니 같아."

"코토네 씨도 그렇게 말씀하시더라."

"내가 없었을 때 무슨 이야기 했어?"

"음~, 유우코를 스무 살 때 낳으신 거?"

딸이 듣지 않았으면 하는 부분은 말하지 않는 게 좋을 것 같다.

딱히 말해도 문제없을 것 같은 부분을 골랐다.

"맞아! 맞아! 그런 느낌인 사람이니까 평소에는 일부러 말하지 않지만, 사실 존경하기도 하고, 감사하기도 해."

아삭, 아삭, 유우코가 아이스크림을 깨물어 먹으면서 계속 말했다.

"아니, 대단하지 않아?! 겨우 고등학교를 졸업하고 친구들은 대학에서 잔뜩 놀거나 그러는데. 사람에 따라서는 인생에서 제일 자유롭고 즐거운 시기인데 말이야. 물론 결혼도 그렇고 출산도 엄마가 스스로 선택한 거지만, 그런 시간을 전부 나를 위해서 써줬으니까."

"대단하지, 정말로."

좀 전에 나누었던 이야기를 떠올렸다.

이해가 된다는 말을 함부로 할 수는 없지만, 아마 유우코에게는 보여줄 수 없는 곳에서, 우리는 상상도 하지 못할 고생도 했을 것이다.

그럼에도 불구하고 그런 식으로 딸과 함께 웃을 수 있는 코토네 씨는 진심으로 멋지다고 생각한다.

"엄마는 말이지."

유우코가 왠지 들뜬 목소리로 말했다.

"사쿠 이야기를 하면 엄청 기뻐해! 창문을 깨고 켄타찌를 방에서 끌어낸 거나, 스타벅스에서 켄타찌를 위해서 화를 낸 거나, 똑같은 이야기를 몇 번이나 했는지 몰라."

"후자는 지금 당장 방송 금지 처리를 해줬으면 하는데."

"어~? 왜? 그때 사쿠 정말 멋졌는데. '자기는 나아가지도 않고, 아무것도 만들어내지도 않고, 그냥 밥을 먹고 숨을 쉬고'."

"──성대모사까지 하면서 재현하지 마아아아아아아!"

젠장, 등골이 오싹해졌잖아.

그런데 불과 세 달 전 일인데도 왠지 정겹다.

유우코 목소리가 들렸을 때는 진짜로 깜짝 놀랐었지.

그러고 보니까, 라며 나는 말을 이었다.

"고마워, 유우코."

"어?"

깜짝 놀란 눈이 이쪽을 보았다.

"아니, 그때는 너무 정신이 없어서 감사 인사도 제대로 못 했으니까."

"난 끝까지 보기만 했는데?"

"그것까지 포함해서 말이야."

"사쿠도 참, 이상하긴~."

억지로 설명하진 않았지만, 만약에 그때 유우코가 없었다면 공격을 멈출 타이밍을 놓쳤을지도 모른다.

그리고 마지막까지 **그냥 보기만 해준 것**이 난 기뻤다.

뭐, 그런 장면을 목격당한 것 자체는 역시 내 실수였던 것 같지만.

유우코는 딱히 캐묻지도 않고 '그래서 엄마가 말이야'라고 말했다.

"그런 이야기를 해주다 보니까 살짝 팬이 되었거든. 그래서 들떠버린 것 같아. 미안해, 시끄럽게 떠들어대서."

나는 천천히 고개를 저었다.

"전혀 그렇지 않아. 즐거웠고, 만나서 다행이었어."

"정말? 사실 엄마를 소개하고 싶다는 마음이 있긴 했는데, 분명 그런 느낌이 될 것 같아서 좀."

"그래서 항상 집에서 데리러 오니까 데려다주지 않아도 된다고 했던 거구나."

에헷, 하며 유우코가 귀엽게 혀를 내밀었다.

"저기, 사쿠, 다음에 우리 집에 놀러 오지 않을래? 엄마도 분명히 신이 나서 밥 같은 거……."

갑자기 말이 끊어지며 어색한 침묵이 흘렀다.

『———언젠가, 특별한 때가 오면.』

봄도 거기 끝나가는 어느 날의 쓸쓸한 귀갓길, 별생각 없이 한 말이 몸이나 마음 중 어떤 소중한 부분을 싹둑, 잘라냈다.

분명 고개를 숙이고 있는 유우코도 마찬가지.

뚝, 뚝, 뚝, 아삭아삭 군이 녹아서 발치에 울음을 터뜨릴 듯한 얼룩을 만들어내기 시작했다.

눈치채지 못한 걸로 해버리면 된다.

평소처럼 농담으로 둘러대도 된다.

기대된다, 하고 대답하면 원래대로 돌아간다.

하지만, 아무리 애를 써도.

하필이면 이럴 때 내 입은 얄팍한 말을 자아내주지 않았다.

"있지? 부탁할 게 딱 하나 있어."

잠시 후 유우코가 조심조심 이쪽으로 손을 뻗었다. 그녀는 그 손이 닿기 직전에 주먹을 꽉 쥔 다음 곧바로 거두었다.

그리고 왠지 정처 없이 헤매다가, 그러면서도 각오를 다진 듯한 기운이 깃든 눈으로.

"———사쿠는 언제나 내가 정말 좋아하게 된 사쿠인 채로 있어 줬으면 좋겠어."

부드러운 미소를 지었다.

맥락도 없이 나온 말의 의미를 지금은 잘 모르겠고, 알고 싶지도 않다.
하지만 언젠가 눈치채버릴 정도로 오랜 시간을 유우코와 함께 해왔다.
분명 대답해버리면 이제 이곳으로 돌아올 수는 없다.
만약에 그때, 하고 생각하며 언젠가 가슴을 쥐어뜯게 될 거라는 예감이 든다.
그래도 지금만은.
지금만은 눈을 피하지 않고———.

"당연하지. 치토세 사쿠(히어로)니까."

있는 힘껏, 나답게 웃어 보였다.

"응!"

그 말을 들은 유우코도 활짝 웃었다.

"그리고 유우코, 바지에 아이스크림 묻었다."

"어어?! 잠깐, 진작 좀 말하지, 사쿠~."

"쳇, 어차피 묻을 거면 가슴 쪽에 묻지."

"그런 말을 하고 있을 때가, 아니야~!!"

약간 호들갑을 떨 듯이 둘이서 꺅꺅대며 떠들었다.

계속 이런 시간이 이어지면 좋겠다고 바라는 것처럼.

계속 이런 시간이 이어지지 않는다는 것을 아는 것처럼.

사실은 좀 더 능숙하게 하면 된다.

사실은 좀 더 치사해져도 된다.

그럼에도 우리는 이런 식으로 서투르게 마주한다.

──누군가의 마음을, 자신의 마음을.

2장 짧은 밤에 남긴 불꽃놀이

───열여섯 살, 봄.

나, **히이라기 유우코**는 후지 고등학교 1학년이 되었다.

내가 말하긴 좀 그렇지만 이 학교에 붙은 건 거의 기적인 것 같다.

중학교 시절 성적은 잘해봐야 중간보다 약간 나은 느낌이었고, 공부하는 건 정말 싫었으니까.

그런데 언제였을까.

엄마가 무슨 이야기를 하다가 '유우코도 후지 고등학교에 가주면 좋겠는데~'라고 농담처럼 말한 적이 있어서, 중3 여름방학부터 필사적으로 노력했다.

진짜, 그런 건 두 번 다시 못할 정도로.

딱히 폐를 많이 끼치는 글러먹은 딸이라고 생각한 적은 없지만, 젊은 나이에 나를 낳고 지금까지 키워준 엄마가 조금은 '다행이다'라고 생각할 수 있게끔 상을 받아도 될 것 같아서.

합격 발표를 봤을 때는 정말 기뻤고, 둘이서 울면서 끌어안고 폴짝폴짝 뛰었던가?

그렇게 되어서 지금, 나는 1학년 5반 교실에 앉아 있다.

뭔가 고등학교는 좀 더 엄청나게 깔끔하거나 처음 보는 설비가 있을 거라 기대했는데, 중학교하고 딱히 달라진 게 없는 느낌.

이제 막 입학했으니까 당연하다고 하면 당연하겠지만, 교복도 다들 얌전하게 입었고.

치마를 너무 짧게 줄였나?

뭐, 괜찮겠지, 이와나미 선생님도 아무 말 없었으니까.

반 친구들의 이름은 대충 다 외웠다.

거의 모든 아이들하고 최소한 한 번 정도는 이야기를 한 것 같다.

역시 진학교는 대단하다고 해야 하나, 다들 착실한 느낌.

그래서 내 기대감이 조금 커지고 있다.

왜냐하면, 진짜로 너무 창피해서 엄마에게도 말하지 못했지만, 사실 고등학교 생활에 남몰래 기대하는 게 있으니까.

───**진심으로 소중하게 여길 수 있는 친구, 그리고 좋아하는 사람**을 찾아내고 싶어.

으아, 잠깐만, 역시 너무 창피해!!

방금 그건 내가 생각해도 좀 그런데!

고등학생이나 되어서 이런 말을 하는 건 너무 무섭지 않아?

……하지만, 그렇게 당연한 것이 내가 계속 원했던 것.

어렸을 때부터 다들 떠받들어주는 가운데 자라왔던 것

같았다.

엄마는 그런 사람이니까 딸한테 찰싹 달라붙어 있는 느낌이었고, 아빠도 쓴웃음을 지으면서 그런 모습을 조용히 지켜봐 주었다.

주의를 준 적은 자주 있었지만, 진짜로 소리를 지르거나 혼낸 적은 한 번도 없었던 것 같고.

뭐, 그 정도는 보통인가?

하지만 나 같은 경우에는 집 밖에서도, 유치원이나 초등학교, 중학교에서도 계속 그런 느낌이었으니까.

딱히 뭔가 한 것도 없는데 다들 '유우코는 귀엽네', '유우코는 성격이 좋네'라면서 칭찬해주니까.

친구는 잔뜩 있었다.

아니, 같은 반이 된 애들은 다들 친구라고 생각했지.

내 입으로 말하는 건 좀 그렇지만, 남자애들에게도 정말 인기가 많았어.

선배나 후배도 친하게 지내주었고, 성적표에는 항상 좋은 말만 적혀 있었고.

그래서 친구들하고 진짜로 싸운 적도, 괴롭힘당한 적도, 고백을 거절한 상대가 안 좋은 소문을 퍼뜨린 적도, 선배나 후배가 험담을 한 적도, 선생님에게 찍힌 적도, 정말 한 번도 없었다.

———나는 그런 **특별 취급** 때문에 계속 껄끄러워하고

있었어.

 이런 이야기를 다른 사람에게 해봤자 이해해주지 않는
다는 건 나도 알아.
 아니, 정확히는 단 한 번.
 초등학교 때 사이좋게 지내던 친구에게 의논한 적이 있
었고, 그때 깨달았다.

『따돌림당하는 것도 아니고, 반에서 인기가 많은 게 왜
싫어?』

 아니, 그건 진짜로 그렇긴 한데.
 음~, 이유가 뭘까.
 모두가 한 발짝 거리를 두고 있다는 느낌이라고 해야
하나?
 내 주위에만 투명한 유리가 덮여있는 것 같은 감각.
 물론 모습도 보이고, 목소리도 들리지만, 아무도 그 안
쪽까지 들어와 주질 않아.

 ──항상 많은 사람들에게 둘러싸여 있는데, 항상 외
톨이.

 아니, 아무리 그래도 그건 말이 너무 심한 건가……?

아마 그렇게까지 심각한 느낌으로 고민한 건 아니라고
생각한다.

학교는 그냥 좋았고, 즐거웠다.

하지만 드라마나 영화에서 본 것 같은 '마음이 서로 통하
는 상대'라는 건 결국 지금까지 한 명도 생기지 않았다.

내가 먼저 다가가도 그만큼 슬쩍 물러나 버린다.

예를 들자면, 학교에서는 다들 사이좋게 지내주는데도
방과 후나 휴일에는 먼저 놀자고 말하지 않으면 절대로 먼
저 불러주지 않는 것처럼?

나 같은 건 전혀 특별하지 않고, 평범한 집에서 태어난
평범한 여자애인데.

그래서 사실은 소중한 친구들에게 고민을 털어놓거나,
고민을 들어주거나, 즐거울 때는 같이 웃고, 슬플 때는 같
이 울고, 가끔은 화를 내기도 하고 혼나기도 하고, 싸움도
해보고 싶다.

그래서 사실은 나보다 더 소중하다고 생각하는 남자애
를 좋아하게 되고, 날마다 잘 때 떠올리거나, 얼굴을 볼 때
마다 두근거리거나, 다른 여자애들하고 이야기하고 있으
면 토라져서 질투하고, 전화할 때마다 신이 나고, 언젠가
용기를 내서 고백하고……

그 사람의 애인도 되어보고 싶다.

───그런 **평범한** 청춘을 여기서 찾아냈으면 좋겠네.

＊

그로부터 며칠 뒤.

HR이 시작될 때까지 나는 입학한 뒤 비교적 사이좋게 지내게 된 친구들과 뭉쳐서 잡담을 하고 있었다.

지금 이야기하고 있는 사람은 농구부고 아무튼 키가 큰 카이토.

처음에는 그냥 아사노 군이라고 불렀지만, '부탁이야 유우코, 이름으로 불러주면 안 될까?!'라고 엄청난 기세로 고개를 숙였기에 약간 정색하면서도 나도 모르게 고개를 끄덕였다.

외모도 그냥 괜찮은 편인데, 약간 안타까운 느낌이다.

그리고 그때, '그럼 나도 유우코라고 불러도 돼~'라고 말했더니 이번에는 왠지 모르겠지만 완전히 정색할 정도로 기뻐하면서 거의 울상까지 지었으니 정말 이해가 안 된다.

나도 모르게 '카이토, 기분 나빠~'라고 말해버렸다.

"그래서 말이야~, 카즈키 녀석이 또 2반 여자애에게 고백받았대."

"그 이야기 너무 퍼뜨리지 마. 거절해버렸는데."

"나도 알아, 나도 알아, 우리끼리만 하는 이야기지."

카즈키라는 사람은 같은 반, 다른 반 여자애들까지 다들 몰래 바라보곤 하는 잘생긴 훈남.

카이토가 호칭 이야기를 하면서 말을 걸었을 때, 은근슬쩍 '우리도 서로 카즈키랑 유우코라고 부르자'라고 끼어들었다.

그때는 엄청나게 자연스러웠고, 전혀 기분 나쁘지 않았으니까 '아, 인기가 많은 것도 이해되네~'라고 생각했지.

그런 생각을 하고 있자니 카이토가 이쪽을 보았다.

"유우코는?! 설마 고백받진 않았겠지?"

"음~, 고백받은 적은 없긴 한데, 라인 아이디는 남자애들이 많이 물어봤어."

"NOOOOOOOOOOOOOOOOOOOOOOOOOOOOOOOOO!"

"정말, 하나하나 호들갑 떨지 마!"

내가 그렇게 말하자 카즈키가 쿡쿡대며 웃었다.

"그야 그렇겠지. 이렇게 귀엽고 성격도 좋은 애한테 남자들이 몰려들지 않을 리가 없으니까. 그러는 카이토도 그런 기타 등등 중 한 명이고."

"너무하잖아?!"

카이토는 뭐라고 해야 하나, 바보고, 카즈키는 거리감을 제대로 잡아주고 있으니까 이렇게 함께 이야기하는 건 꽤 좋다.

적어도 대놓고 흑심이 뻔히 보이는 타입은 아니지만.

"———호오? 그렇다면 나도 늦기 전에 히이라기의 남자친구로 입후보해둘까."

이 사람은 좀 껄끄러운 것 같다.

"어~? 어감이 별로잖아~."

나는 그렇게 말하고 웃으며 둘러댔다.

치토세 군은 카즈키와 비슷할 정도로 소문이 자자한 남자애다.

두 사람하고 같이 복도를 걸어가다 보면 다들 엄청 돌아보니까.

뭐, 얼굴이 잘생겼다는 건 나도 인정하겠어.

떠들어낼 수준으로 멋진 것 같긴 해.

하지만 카즈키가 스마트하고 신사 같다는 것과 비교하면, 뭐랄까.

……껄렁대는 나르시스트 거만남 계열?

이렇게 툭하면 농담을 하면서 여자애들을 건드리려 하고, 가끔은 엄청 느끼한 말도 하고.

그게 좋다는 이야기도 듣긴 했지만, 나는 만약에 둘 중 한 명을 고르라면 반드시 카즈키파야~!!

다들 운동부라서 카이토, 카즈키하고 사이가 좋으니까 이야기할 기회도 많지만, 치토세 군과는 유일하게 라인 교환을 하지 않았다.

물어보면 거절할 수가 없겠지만, 딱히 그쪽에서도 물어

보지 않으니까 괜찮겠다 싶어서.

호칭도 치토세 군하고 히이라기인 채고.

뭐, 그래도 이렇게 가벼워 보이는데도 의외로 그런 부분을 파고들진 않는구나.

그런 생각을 하고 있자니 카이토가 싱글거리며 입을 열었다.

"그렇다는데, 사쿠. 차였네~."

치토세 군이 코웃음 치는 느낌으로 입가를 치켜올렸다.

"그럼……, 유우코, 나만 보라고?"

"성의가 전혀 느껴지지 않아~."

"처음 만났을 때부터 네가 특별한 여자애로 느껴졌거든?"

"네, 그거 지뢰입니다~!"

아아~, 그렇게 잘 풀리진 않겠지.

나를 있는 힘껏 특별 취급하고, 흑심도 뻔히 보이는 치토세 군은 일단 말이 안 된다. 그리고 카이토도, 카즈키도, 역시…….

약간 조심한다고 해야 하나, 다른 애들보다 정중하게 대해준다는 걸 알 수가 있다.

좀 더 조잡한 느낌이라도 괜찮은데. 그렇게 생각한 다음, 몰래 어깨를 늘어뜨렸다.

*

"너희들, 자리에 앉아라~."

한동안 이야기를 하고 있자니 이와나미 선생님이 교실로 들어왔고, 다들 자기 자리로 돌아갔다.

부스스한 머리에 마구 자란 수염, 늘어진 정장과 나막신.

선생님답지 않게 칠칠치 못한 모습이지만, 어른의 섹시한 매력이 있다고 누군가가 그랬다.

나는 그게 좀, 아니, 전혀 모르겠어.

그래도 진학교 선생님은 정말 엄할 것 같은 사람이라고 상상했으니까, 멋을 부리는 걸 즐기고 싶은 나는 이렇게 느슨한 느낌이라 좋다.

"아~, 슬슬 반장하고 부반장을 뽑아야 될 것 같은데."

될 것 같다라고 말하는 게 이와나미 선생님 같다.

분명 다른 선생님이 '아직 안 뽑으셨어요?'라고 했겠지.

"할 일은 제출물을 회수해서 교무실까지 가지고 오거나, 수업에 쓸 교재가 많을 때는 옮기는 걸 돕거나, 반에서 무언가를 정할 때 사회를 보는 것 같은 일이다. 하고 싶은 녀석 있나?"

하지만 아무도 손을 들려고 하지 않았다.

나도 나 자신이 그런 것과 잘 맞는 타입이라곤 생각 안 한다.

음~, 반장은 제대로 책임감을 지닌 사람으로 뽑아야겠지.

진행 같은 걸 하려면 머리도 좋아야만 할 테고……

앗, 좋은 생각이 나버렸다.

뭐야, 이 반의 대표로 어울리는 사람이 있잖아.

"저요!"

나는 기운차게 손을 들었다.

"오, 히이라기, 할 거냐?"

이와나미 선생님이 그렇게 말하자 나는 고개를 저으며 일어섰다.

"그게 아니라 추천하는 건데요, 만약에 본인이 싫어하지 않는다면 우치다 양은 어떨까요?!"

오오오!

교실 이곳저곳에서 긍정적인 느낌의 반응이 일어났다.

짝짝, 박수 소리가 솟구쳤다.

그치? 그치? 내가 칭찬받는 것도 아닌데 기뻐진다.

이야기는 아직 두 번 정도밖에 안 해봤지만, 뭐니 뭐니 해도 우치다 양은 입학식 때 신입생 대표로 인사한 애야!

그렇다면 그거잖아, 입학 시험에서 제일 좋은 점수를 받았다는 거지?

그런 사람이 같은 반에 있다면 그야말로 대표에 어울릴 것 같다.

"저, 저기……."

우치다 양이 이쪽을 보았다.

아담한 숏컷에 진한 파란테 사각형 안경.

나처럼 멋을 내며 유행이나 패션 같은 것에 열중할 것

같은 타입은 아니지만, 바로 앞에서 이야기하다 보면 교복이나 소지품이 정말 깨끗한 느낌이 있다.

그리고 다른 애들하고 이야기하는 모습도 별로 못 봤고, 반에서도 별로 눈에 띄지 않지만, 사실은 얼굴이 정말 예뻐!

나 같은 걸 특별 취급해주는 남자애들은 좀 더 자세히 보도록 해!

그렇게 생각하고 있자니 우치다 양이 약간 곤란하다는 듯이 고개를 숙이고 있다는 걸 눈치챘다.

나는 급하게 입을 열었다.

"앗, 갑자기 이런 말을 해서 미안해. 신입생 대표이기도 했고, 우치다 양이라면 안심하고 맡길 수 있을 것 같았는데, 싫은 거면 그냥 거절해도 괜찮거든?!"

우치다 양은 고개를 들었고, 곧바로 약간 두리번거린 다음, 방긋 웃었다.

"아니, 괜찮아. 만약에 다들 괜찮다고 하면……."

다행이다, 너무 갑자기 이야기해서 놀란 것뿐이었나?

안심하며 가슴을 쓸어내리고 있자니.

"———괜찮긴 뭐가 괜찮냐."

귀에 익은 남자애 목소리가 조용히, 그러면서도 확실하게 울렸다.

""어……?""

나와 우치다 양의 놀란 목소리가 겹쳤다.

왠지 모르겠지만 이와나미 선생님이 휘익, 휘파람을 불었다.

덜컹, 의자를 밀어내고 일어선 사람은 좀 전까지 농담만 해대면서 나를 꼬시려 했던 치토세 군이었다.

어? 괜찮긴 뭐가 괜찮냐고 했어?

나한테? 우치다 양한테?

"아~, 히이라기."

둘 중에 나였어!

치토세 군이 왠지 곤란한 듯한 미소를 지으며 계속 말했다.

"거의 다 정해져 가는 와중에 미안한데. 이제 막 입학한 참이라 서로에 대해 잘 모르기도 하고, 그런 상태에서 추천하는 건 뭔가 이상하지 않아? 개인적으로는 제비뽑기 같은 게 더 마음이 편해질 것 같은데."

무슨 말을 하는지 이해가 잘 되지 않았다.

방금 괜찮은 느낌으로 반이 한데 뭉치려 하고 있었는데.

"어째서? 멋대로 추천해버린 건 미안하긴 하지만, 본인도 괜찮다고……."

약간 불안해져서 우치다 양을 보자 다시 방긋 웃어주고 있었다.

그! 러! 니! 까!

생각하냐니, 뭘, 어……?

"━━━으으윽."

그 말을 듣고서야 겨우, 겨우 이해했다.

치토세 군이 좀 전부터 빙 돌려서 뭘 전해주려 하고 싶었던 건지.

어? 방금 내가 한 행동은, 모두가 하기 싫어하는 걸 처음부터 거절할 수 없는 상황을 만들어서 떠넘겼을 뿐……인가?

『이대로 제비뽑기를 해서 자기가 반장을 하게 되는 건 싫을 테니까.』

이해하고 나니 머릿속이 새하애졌다. 그런 다음 얼굴은 새빨개졌다.

말도 안 돼, 잠깐만, 너무 최악이잖아.

박수를 받고 별생각 없이 기뻐했던 나 자신이 죽을 만큼 부끄럽다.

아니, 설마 나는 지금까지 살면서 비슷한 행동을 해온 거야……?

그게! 아니잖아!

지금은!!

타닥, 한 발짝 내디디고.

"미안! 멋대로 말해버렸어!"

당황하며 앉아있던 우치다 양의 손을 잡았다.

"아니, 나는, 딱히……."

아~, 진짜!!

어째서 눈치채지 못했던 거야, 유우코.

이렇게 눈이 떨리고 있고, 손에 힘이 들어가 있고, 목소리도 약간 떨리고 있는데.

"우치다 양도 말이야."

내가 뭐라고 말을 걸어야 할지 망설이던 동안, 치토세 군이 입을 열었다.

"이번에는 완전히 말려든 거지만, 싫다면 적어도 싫어하는 표정 정도는 드러내지 그래? 그러면 누군가가 눈치채줄지도 모르잖아. 억지웃음은 버릇이 된다고."

그 말을 들은 순간 우치다 양은 치토세 군을 째려보며 손에서 힘을 스윽, 뺐다. 그리고 한없이 딱 잘라 말했다.

"──당신에게 그런 말을 들을 이유는 없는 것 같은데요."

그럼에도 불구하고 그렇게 만든 장본인은.

"그렇지, 미안."

마치 소년처럼 활짝 웃었다.

그 순간, 배 아래쪽에 꾸욱, 저리는 듯한 감각이 퍼져나
갔다.

아프진 않고, 불쾌하진 않지만 기분이 나빠서 뭔가 어찌
해볼 수 없을 정도로 답답하다.

아니, 나.

방금, 혹시 혼난 건가?

아니, 싸운 건가?

───쨍그랑, 어디선가 예쁜 소리가 들렸다.

이해할 수 없는 감정이 펴엉~, 폭발했다.

어? '열받아~'가 뭐지?

싸움을 받아들인다는 게 뭔데?

그런 말은 살면서 한 번도 해본 적이 없었는데요?!

───뚝, 뚝.

그리고 정신을 차리고 보니 이미 울고 있었다.

울고 있다는 걸 눈치채고 나니 계속 차례차례 넘쳐나서 멈출 수가 없었다.

어? 어째서?

어째서 내가 이렇게…….

나는 지금 슬픈가? 화가 난 건가? 풀 죽은 건가?

아니, 잠깐만, 아마 이건 아닐 거야, 그런 게 아니라!

그렇게 허둥대는 와중에 이와나미 선생님이 씨익 웃었다.

"어라~, 이런~♪ 그러면 안 되지~, 안 되지~♪ 선생님한테~, 일러야지~."

"교사가 그런 노래를 부를 줄은 몰랐네!"

태클을 건 치토세 군은 한숨을 쉬었다.

"야, 히이라기, 내 말투가 거칠었을지도 모르겠지만, 그렇다고 우는 건 치사하잖아."

또 혼났다.

혼내주었다는 생각에 더 울었다.

"진짜, 좀 봐주라. 조만간 적당한 간식이라도 사줄 테
니까."

뭐야 그게, 최악이네.
이렇게 귀찮은 여자는 일단 간식으로 비위를 맞추겠다
는 거야?
위로하는 방법이 너무 조잡하다는 생각에 펑펑 울었다.
펑펑 울다 보니 물웅덩이 안에 내 마음이 떨어졌다.
달그락.
아, 그렇구나.

──나는 지금, 엄청나게, 기쁜 거구나.

카이토가 제일 먼저 놀려댔다.
"야~, 사쿠~, 유우코에게 미움받았구나, 아쉽게 되셨
어. 새치기나 하니까 그렇지~."
"너한테만은 그런 소리 듣고 싶지 않은데!"

카즈키가 뒤따라 조용히 말했다.
"……5반 치토세 사쿠는 빌어먹을 걸레남."
"비밀 사이트에 글을 올린 게 너구나! 이 자식! 밖으로
나와!!"

"너무해~."

"치토세 군, 그건 아니지~."

"히이라기 양을 울리지 마!"

"우치다 양, 무리하지 않아도 돼."

"이 빌어먹을 걸레남!!"

"―――아아아아아아아아앗! 알았다고!!!!!!!!!!!!!!!!!!"

치토세 군은 그렇게 말하고 교단으로 올라가 이와나미 선생님을 밀쳐냈다.

타앙, 칠판을 때리며 소리쳤다.

"모두가 인정하는 1학년의 아이돌 히이라기 유우코! 수수해 보이지만 수학여행 날 밤에 '사실 나, 그 녀석 좋아하거든' 하는 남자 녀석들이 잔뜩 나올 것 같은 우치다 유아! 이 둘을 상처입힌 책임을 지고 내가 반장이 되도록 하지. 불만 있으면 덤비라고!!!!!!"

뭐야 그게, 진짜 바보 같네.

바보 같다고 생각하며 훌쩍훌쩍 울었다.

아니, 그렇잖아.

모르는 척하고 있어도 되는데, 그런 식으로 흐름을 끊어버리면 반 친구들도 좀 짜증 낼 게 뻔한데, 조용히 있을 수 없었던 거잖아?

중간부터 잘난 듯이 굴고 있지만, 그건 이야기를 꺼낸 나나 사실은 거절하고 싶었던 우치다 양에게 미묘한 응어리가 남을 것 같으니까 악역을 맡아준 거잖아?

왠지 답을 맞춰보지 않아도 알아버릴 것 같다.

나, 어렸을 때부터 많은 사람들이 나를 보는 것에 익숙해져서, 나도 보는 게 익숙하거든.

실제로 다들 나를 잊어버리고 치토세 군에게 불평하고 있으니까.

그렇게 마지막에는 자기가 전부 짊어져 버리고, 그런 건.

──그런 건, 그냥 히어로잖아.

그 순간, 유리 조각에 반사된 것처럼 세계가 반짝반짝 빛나기 시작했다.

혼내주었다, 싸워주었다, 나를 막 대해주었다.

저기, 잠깐만, 어째서 이런 것 때문에 이렇게 기뻐져 버리는 거야.

치토세 군이 큰 목소리로 말했다.

"아아아아아앗, 시끄럽네! 계속 주절거리면 부반장으로 지명해버린다!"

여전히 악역을 떠맡고 있고, 게다가 악화되었고.
계속 울고 있을 상황이 아닌 것 같다.
벅벅, 거칠게 눈물을 닦았다.
있지, 좀 전까지의 나.
있지, 지금부터의 나.
여기 있었어.

찾아냈다, 찾아냈다, 찾아냈다.
나의 청춘, 나의―――.

손을 번쩍 들고 기운차게 일어섰다.

"저요, 저요, 저요~! **사쿠**가 반장을 한다면 내가 부반장 할래~!!"

"뭐? 왜?"
"괜찮아! 나, 초등학교 때도 토끼랑 송사리 잘 돌봐줬으니까!!"
"……그럼 생물 쪽 일을 맡아주시면 안 될까요?"

또 막 대하네, 얼굴이 실룩거려 버린다.

왜냐니, 그런 건 당연하잖아.

이렇게 쉽사리, 웃음이 나와버릴 정도로 아무렇지도 않게―――.

좋아하는 남자애가, 생겼다.

그런데 이상하잖아.

지금까지는 특별 취급 받는 게 싫어서 견딜 수가 없었던 주제에.

지금은 완전히 반대되는 생각을 하고 있어.

―――나, **너의 특별함**이 되어 보고 싶어.

*

"―――뭐, 이런 느낌이려나."

고등학교 2학년 여름방학.

나는 아야세 나즈나와 역 앞에 있는 상점가를 돌아다니며 그렇게 말했다.

저번에 사쿠와 데이트하다가 만난 이후로 가끔 연락을 주고받고 있다.

그러다가 여름옷을 사자는 이야기가 나왔고, 오늘은 쇼

핑하러 나왔다.

생각해보니 웃찌 말고 다른 여자애랑 단둘이서 돌아다 닌 건 고등학교에 입학한 이후로 처음인 것 같다.

그래서 왠지 마음이 좀 차분해지지 않았다.

딱히 대답이 없는 걸 보고 나는 계속 말했다.

"그래서, 어떻게 생각해?"

나즈나가 갑자기 '왜 치토세 군을 좋아하게 된 거야?'라 고 물어보길래 나도 모르게 너무 길게 이야기해버린 것 같다.

"어떻냐니……, 짜증 나."

"그게 전부야?!"

"그리고 생각했던 것보다 기분 나빠."

"너무해!"

이런 이야기를 한 것도 애초에 사쿠와 아토무 군을 남겨 두고 마실 것을 사러 갔을 때.

『———못 봐주겠어서 말하는 건데, 너, 진짜로 치토세 군하고 사귀고 싶다면 어떻게든 해야지. 안 그러면 이대로 질질 끌기만 하다가 끝날걸?』

그런 말을 들었던 게 계기다.

솔직히 아픈 곳을 찔린 것 같았다.

사실은 나도 눈치채고 있었으니까.

"……역시, 이런 이유로는 안 되겠지."

나는 조용히 중얼거렸다.

사실 최근에 계속 답답했다.

유즈키는 얀고 사람들이나 스토커에게서 구해줬고, 니시노 선배 이야기를 자세히 듣진 못했지만 분명 끼어들 수 없을 정도로 강한 연결고리가 있고, 다시 한번 야구를 하게 되는 계기를 만들어준 건 아무리 봐도 하루고…….

연애 같은 의미인 건지는 모르겠지만, 분명 다들 사쿠를 좋아한다.

나즈나는 그날, '계속 이어지지는 못할 거다'라고 말했다.

계속 눈을 돌리고 있었지만, 아마 맞는 말일 것이다.

지금까지는 좋아해주지 않더라도 사쿠와 가장 가까운 곳에 있는 여자애는 나와 웃찌뿐이라고 생각했다.

하지만 지금은, 아니, 훨씬 예전부터 그렇지 않았을 것이다.

적어도 우리**뿐만**은 아니다.

그 이상으로 내 가슴이 꽉꽉 조여드는 것은 다들 각자 사쿠를 좋아하게 된 **특별한 이유**를 가지고 있다는 점이다.

특별한 이유란, 다시 말해 특별한 유대감.

말로 잘 설명하긴 힘들지만, 사쿠와의 사이에 둘만의 이야기가 있고, 조금씩 깊은 사이가 되어가고, 그게 이유가 되어서 확실하게 좋아하게 됐다…….

그에 비해 나는, 이라는 생각을 떨쳐낼 수가 없다.

정말 한눈에 반한 거나 마찬가지였으니까.

그렇게 꾸물거리며 생각하다 보니 나즈나가 귀찮다는 듯이 이쪽을 보았다.

"뭐야, 이유라니 무슨 뜻인데?"

"무슨 뜻이냐니, 뭔가 위기에 처했을 때 구해줬다거나, 운명적인 만남을 했다거나, 함께 고난을 극복했다거나. 그런 이유가 없이 좋아하는 건 약하다고 해야 하나, 희미하다고 해야 하나……."

"아? 말도 안 돼, 진심으로 정색인데요."

"진지하게 고민하는데?!"

에휴, 큰 한숨 소리가 들렸다.

꽤 직설적으로 말하는데도 어째서 나즈나가 싫지 않은 건지 알겠다.

사쿠가 있어준 덕분에 카이토나 카즈키도 막 대하는 느낌이 되어가서 요즘은 그런 생각을 거의 안 하게 되었는데, 이 애도 처음부터 나를 전혀 특별 취급하지 않았기 때문이다.

저기 말이지, 라고 나즈나가 말했다.

"좋아하게 된 이유 같은 건 상관없지 않아? 얼굴이 잘생겼다든가, 멋을 잘 부린다든가, 눈이 자주 마주친다든가, 평범하게 그 정도잖아."

"평범한 걸로는 부족할 것 같아서."

"뭐? 너는 평범한 청춘을 하고 싶었다면서? 그럼 평범한 연애면 되는 거 아니야?"

나도 모르게 정신이 번쩍 들었다.

맞는 말이긴 하다.

그만큼 원했던 거였는데, 하지만…….

또 불안해져서 고개를 숙였다.

"예를 들어서 말이지, 만약에 나즈나가 남자애고, 1학년 때 같은 반이고……."

"무슨 얘길 꺼내는 거야?"

"거기에 사쿠가 없고, 그 대신 나즈나가 지금 같은 느낌으로 혼내줬다면 말이야. 나는 그쪽을 좋아하게 되었을 거라는 뜻이려나. 우연히 제일 처음으로 그렇게 해준 게 사쿠였을뿐이고."

"터무니없는 세계관에 나를 끌어들이지 말았으면 하거든요?"

아~, 진짜. 나즈나는 그렇게 말한 다음 이야기를 계속 이어나갔다.

"그렇게 따지기 시작하면, 치토세 군보다 훨씬 멋지고, 남자답고, 자상하고, 유우코의 취향에 딱 맞고, 그 특별 취급? 그런 것도 안 하는 사람하고 먼저 만났다면 어떻게 되었겠냐는 이야기잖아."

"그런 사람은 없는데?"

"아니, 내 이야기 좀 들으라고."

찰싹, 나즈나가 개그맨이 태클을 거는 느낌으로 내 팔을 때렸다.

"아니, 이미 그게 답이잖아. '내게는 이 사람밖에 없다', 그런 생각이 드는데 사랑에 빠질 다른 이유가 필요해?"

나즈나는 계속 중얼거렸다.

"그리고, 인생의 색이 바뀌어버린 순간이었다며. 그 너만의 특별함? 그걸 소중히 해야만 하는 거 아니야? 난 잘 모르겠지만."

두근, 가슴이 살짝 뛰었다.

그때 느낀 마음.

그건 분명히 나만의 특별함이었다.

누군가와 비교한다고 빛이 바랠 것은 절대로 아니다.

계기는 사소했지만, 그때부터 날마다 새롭게 좋아하는 부분을 찾아내고, 지금은 좋아하는 부분이 마음에 잔뜩 쌓여 있다.

응, 하고 마음속으로 고개를 끄덕였다.

"고마워, 나즈나."

"됐고, 뭐라도 좀 사줘~, 목 타서 죽겠네."

"알겠습니다~!"

나는 크게 한 발짝 내디딘다.

괜찮아, 사쿠를 좋아하는 마음이라면 누구에게도 지지 않아.

───그런데, 만약에.

모두가 자신만의 특별함을 지니고 있고, 내게는 이 사람 밖에 없다며 같은 상대를 좋아하게 된다면, 어떻게 해야 하는 걸까.

*

그 이후로 둘이서 역 뒤쪽에 있는 복합시설 AOSSA(아옷 사) 1층에 있는 차분한 카페에 들어갔다.

본격적인 메뉴도 이것저것 있었지만, 밖이 너무 더웠기 에 나는 믹스 주스, 나즈나는 아이스 카페오레를 주문 했다.

각자 주문한 음료가 나오자 나즈나가 '애초에 말이지'라 고 말을 꺼냈다.

"치토세 군은 유우코의 마음을 알고 있잖아? 고백 했어?"

"음……."

"아니, 너도 눈앞에서 좋아한다고 했잖아. 그런데 사귀 지도 않는다고 하고, 그건 대체 어떤 상태야?"

나는 무심코 눈을 피하며 볼을 긁었다.

"미안, 그건 별로 이야기하고 싶지 않아."

"아, 그래."

나즈나는 쉽사리 물러난 다음, '그럼 말이지'라고 하며 이야기를 이어나갔다.

"애초에 이쪽이 본론이긴 한데, 얼른 고백하지 그래?"

"으으……"

뭐, 어떻게 하든 그 이야기가 나올 수밖에 없겠지.

고백.

생각해본 적이 없다고 하면 거짓말이라고 해야 하나, 날마다 생각할 정도다.

사쿠와 함께 있을 수 있다는 것만으로도 충분하고도 남을 정도로 행복하지만, 역시 언젠가는 고백하고, 사귀고, 연인이 되고 싶다.

데려다주는 것만이 아니라 손을 잡고 함께 집에 가고 싶다.

놀러 가는 게 아니라, 제대로 데이트를 해보고 싶다.

정처 포지션 같은 게 아니라 정말 좋아하는 그 사람의 여자친구라는 말을 듣고 싶다.

하지만.

"자신이, 없으니까."

나는 말했다.

"웃찌도, 유즈키도, 니시노 선배도, 하루도, 사쿠 주위에는 멋진 여자애들이 잔뜩 있어. 그중에서 나를 선택해줄 거라는 자신이 없어."

"뭐, 그야 그렇겠지. 너희 주위는 레벨이 너무 높아."

"그래서, 고백하고 차여서 함께 있게 되지 못할 바엔……"

나즈나가 어이없다는 듯이 웃었다.

"뭐, 차이더라도 계속 친구로 지내는 사람도 잔뜩 있지만, 유우코에게는 힘들지도 모르지. 그런데 말이야, 다른 패턴도 제대로 생각하고 있어?"

"다른 패턴⋯⋯?"

"저번에도 말했잖아. 네가 아는 사람이 치토세 군하고 사귀면 말이야. 그러면 지금처럼 좋아한다는 말조차 할 수 없게 된다고."

"알고 있긴 한 것 같은데⋯⋯."

"어렴풋하게만 느끼는 것 같으니까 구체적으로 말해줄까? 방금 말한 네 사람. 누군가 한 명 정도는 이미 고백했더라도 이상할 게 없다는 뜻이야. 나나세 같은 애는 팍팍치고 들어갈 것 같으니까."

"⸻으으윽."

너무 당연한 사실에 마음을 흠씬 두들겨 맞았다.

나즈나가 저번에 말했을 때는 왠지 '같은 반 여자애' 같은 상대를 상상해 보았지만, 아마 무의식적으로 그런 생각을 하지 않으려 했을 뿐이다.

왜냐하면, 그런 상상을 해버리면⋯⋯.

아니, 그렇게 생각했을 때는 이미 상상을 하기 시작하고 있었다.

⸻예를 들어 유즈키가 사쿠와 사귀게 된다면.

두 사람이 가짜 연인 행세를 했던 때가 떠올랐다.

유즈키를 위해서라는 걸, 그렇게 무서운 일을 당했다는 걸, 머리로는 확실하게 이해하고 있는데도 내 가슴은 아프디 아파서 찢어져 버릴 것 같았다.

같이 등하교를 하고, 모두가 사귄다고 소문을 내고, 도서관에서 시험 공부를 하고, 손을 잡고 축제에 가고, 힘든 일로부터 지켜주고…….

왜냐하면 그건 1학년 그날부터 계속 상상하고 동경하던 광경 그 자체였으니까.

어차피 노릴 거면 나를 노리지. 그렇게 친구로서 절대로 하면 안 되는 최악의 생각까지 했기에 자기 전에는 나 자신이 정말 싫어졌다.

하지만 더러운 마음은 좀처럼 깨끗해지지 않았다.

———예를 들어 니시노 선배가 사쿠와 사귀게 된다면.

진로 상담회 날.

계속 특별 취급 받아왔던 나조차 말문이 막혀버릴 정도로 아름다운 그 선배가 기쁜 듯한 표정으로 사쿠에게 손을 흔들고 있었다.

'나를 정말 좋아하는 너'라고 말했다.

한순간, 의자 아래에 새까만 구멍이 뚫리고 곤두박질치

며 떨어져 내리는 듯한 마음이 들었던 걸 확실하게 기억하고 있다.

혹시 내가 알지 못했을 뿐, 사쿠는 이미 저 선배와 사귀는 게 아닐까 하고.

아니라는 걸 알고 난 뒤에도 갑자기 공중에 붕 뜬 듯한 싸늘한 감각은 사라지지 않았다.

그리고 작년, 사쿠가 야구를 그만두고 풀 죽었을 때.

내가 지켜보는 것 말고는 아무것도 하지 못했던 시기.

그 선배에게 하소연을 했다는 사실을 알게 되었다.

내 앞에서는 항상 강한 척하고, 멋진 모습을 보여주려 했는데.

만약에 그 사람이 도쿄로 진학하기로 결심하고, 그다음 해에 사쿠가 쫓아가 버린다면.

손이 닿지 않는 곳에서 함께 살기라도 한다면.

니시노 선배는 직접적으로 알고 지내는 사이도 아니라서 어떤 사람일까, 어떤 이야기를 하는 걸까, 어떤 식으로 만난 걸까, 하는 기분 나쁜 상상이 점점 가속되었다.

무엇보다 사쿠가 그 사람을 볼 때의 눈빛은 아마 내가 사쿠를 볼 때의 눈빛과 똑같을 테니까.

몇 번이고, 몇 번이고, 입술을 깨물면서 눈물을 참았다.

───예를 들어 하루가 사쿠와 사귀게 된다면.

나즈나에게 사쿠가 야구 연습을 하는 것 같다는 이야기를 들었을 때.

나는 어떤 심정이었는지조차 기억이 나지 않는다.

그저 '어째서?'라고 생각했다는 것만 기억하고 있다.

어떤 일이든 정면으로 부딪혀서 해결해버리는 사쿠가 정말로 단 하나, 눈을 피하며 이야기하려 하지 않았던 게 야구부 이야기였으니까.

하루가 함께 있다고 들었을 때, 아, 내가 아니었구나라는 걸 눈치챘다.

그렇게 강하고 뜨거운 남자애에게 닿을 수 있는 말을 가지고 있는 건 마찬가지로 강하고 뜨거운 여자애였구나라고.

운동장에서 먹은 웃찌의 주먹밥, 맛을 거의 못 느꼈던가?

시합 날, 같이 고른 원피스를 입고 소리를 지르는 하루를 보았을 때, 그 응원에 힘을 받고 엄청난 걸 해낸 사쿠를 보았을 때, 나는 뭐 하고 있는 거지? 라고 생각했다.

이게 영화라면 화면에 나오는 건 저 두 사람이겠구나, 그렇게 생각했다.

뜨겁고, 감동하고, 분하고, 슬프고, 그래서 정말 좋아하는 사쿠의 미소로부터 눈을 돌렸다.

"알겠어?"

그때까지 입을 다물고 있던 나즈나가 평소보다 약간 부

드러운 느낌으로 말했다.

생각에 잠긴 걸 눈치채고 기다려줬는지도 모르겠다.

나는 무거운 한숨을 내쉬며 입을 열었다.

"나, 생각했던 것보다 기분 나쁜 여자일지도 모르겠어. 소중한 친구들에게 진심으로 질투하고……."

그 말이 끝나기도 전에 나즈나가 푸흡, 웃음을 터뜨린 다음 곧바로 깔깔대며 웃었다.

"저기, 지금 좀 진지한 이야기인데!"

"아니, 그런 말을 듣고 어떻게 안 웃어. 기분 나쁜 여자라니, 현실에서 그런 말을 하는 사람은 처음 봤거든?"

"이제 됐어."

이런 이야기는 웃찌에게도 한 적이 없는데.

발끈해서 믹스 주스를 홀짝거리고 있자니 그제야 숨을 고른 나즈나가 입을 열었다.

"그게 아니라, 질투 같은 걸 안 하는 게 이상하다는 거야. 아니, 질투를 하지 않는 사랑은 사랑이 아니잖아? 너는 그렇게 자각할 수 있으니까 그나마 낫지. 질투해본 적이 없어~, 같은 말을 떠벌리는 여자는 안 믿거든, 나."

"그, 그래……?"

"그야 그렇지. 좋아하는 남자가 다른 여자하고 사이좋게 지내면 그냥 발끈하잖아."

"아니, 친구인데?"

"열받는 건 제쳐두더라도, 나라면 모르는 사람에게 지는 것보다 친구에게 지는 게 더 싫을 거야. 가까운 사이니까 상상해버리잖아. 체육 시간에 옷을 갈아입을 때 와~, 새 속옷이 늘었네~, 라든가."

"소, 속옷이라니……."

"딱히 그 애의 속옷 라인업 같은 건 잘 모르겠지만, 새로 산 건 알아볼 수 있잖아. 너무 생생해서 대미지를 입게 되어버린다고."

나즈나의 이야기를 듣다 보니 까맣고 뿌연 것들이 조금씩 가시는 게 느껴졌다.

그렇구나, 평범한 거구나.

하지만 그건, 반대로 말하자면…….

나즈나가 계속 말했다.

"그리고 질투하는 건 너만 그런 게 아니니까."

역시 그렇게 되겠지.

"나만 봐줬으면 하는 마음은 다들 마찬가지야. 게다가 너는 치토세 군의 정처라고 불리니까, 초조해하는 사람이 분명히 있을 거야. 뭐, 어차피 난 책임도 못 지니까 네 마음대로 해야겠지만."

그리고 나즈나는 이야기가 끝났다는 느낌으로 방긋 웃었다.

"──좋아한다고 말하지 못하고 이별하는 것보다, 좋아한다고 말하고 이별하는 게 그나마 낫지 않아?"

나는 그 말을 전부 집어삼키고는 나즈나와 마찬가지로 방긋 웃었다.

사실 훨씬 전부터 기분 나쁜 여자였는데도, 아무것도 모르는 척을 했어.

어떤 이별도 싫어.

있지, 사쿠.

───당신의 특별함은 누군가요?

*

그로부터 며칠 뒤 오후, 엄마가 나를 엘파까지 차로 데려다주고 있었다.

오늘은 웃찌, 유즈키, 하루와 함께 수영복을 사러 가기로 약속한 날이다.

옷차림은 꽤 짧은 반바지에 여름 같은 느낌이 드는 무늬가 들어간 블라우스. 여자애들만 모이니까 머리카락을 고데기로 말아서 어른스러운 트윈테일로 해보았다. 예전에 이렇게 다듬었더니 사쿠의 반응이 왠지 미묘해서 이럴 때가 아니면 못 하니까.

주차장에 도착한 뒤 차에서 내리자 왠지 모르겠지만 엄마도 나왔다.

"어라, 온 김에 쇼핑하고 갈 거야?"

나는 깜짝 놀라 물었다.

"아니, 나도 유우코의 친구들(라이벌)에게 인사를 할까 해서."

"절대로 안 와도 돼!"

"어~?"

어린애처럼 입술을 삐죽대는 엄마를 무시하고 재빨리 차에서 멀어졌다.

라인 채팅방을 체크해 보니 다른 세 사람은 이미 합류한 모양이다.

『미스트 근처에 있어.』

마침 웃찌에게서 메시지가 왔기에 나는 한가운데 입구로 향했다.

자동문이 열리자 시원한 공기가 흘러나왔다. 나도 모르게 휴우, 숨을 내쉬었다.

"유우코~!"

안으로 들어가자마자 기운 넘치는 목소리가 나를 불렀다.

그쪽을 돌아보자 하루가 타박타박 뛰어왔다.

나는 살짝 손을 들고 나서 입을 열었다.

"미안~, 기다렸어?"

"아니, 전혀. 우리도 방금 만난 참이었거든."

오늘 하루는 까만 반바지에 아디다스 흰색 티셔츠. 까만 모자에서 항상 보던 숏 포니테일이 살짝 삐져나왔다. 스포티한 옷차림이긴 하지만, 기장이 짧은 티셔츠가 원피스처럼 보여서 그 갭이 두근거림을 준다.

하루 뒤에서 걸어온 유즈키도 손을 살짝 들었다.

"야호."

"얏호~!!"

회색 하이웨스트 바지에 애쉬 블루색 블라우스. 펑퍼짐하게 부푼 소매에 원포인트로 리본이 장식되어 있다. 꽤 심플한 옷차림이긴 하지만, 몸매가 좋은 유즈키가 입으니 엄청 멋지다.

마지막으로 웃찌는 연한 하늘색 세로 줄무늬가 들어간 롱 원피스.

이렇게 여자애 같은 옷이 어울린다니, 정말 부러워!

나는 기장을 줄이지 않으면 느낌이 딱 오지 않는단 말이지.

아니, 대단하지 않아?

나즈나도 그랬는데, 다들 타입이 다른데도 정말 너무 귀여워!

"웃찌, 장소 라인으로 보내줘서 고마워~."

"아니, 잘 생각해보니 어디에 모일지 정하지 않은 것 같아서."

그 말을 들은 유즈키가 어이없다는 듯이 웃었다.

"하루가 일찌감치 간다고 하길래 시간이 다 되면 장소를 보내달라고 부탁했는데……. 완전히 잊어버리셨단 말이죠."

"미안, 미안, 배트를 좀 보다가 푹 빠져버려서."

"설마 마이 배트까지 맞출 셈이야?"

배트…….

절레절레, 나는 고개를 저었다.

"하루는 어떤 거 살지 생각해 왔어?"

내가 그렇게 말하자 왠지 모르겠지만 유즈키가 대답했다.

"가슴을 숨길 수 있는 거."

"날려버린다? 나나."

"그럼 마이크로 비키니로 승부할래?"

"너한테 물어본 게 아니니까 어디 안 보이는 곳에 가 있을래?"

하루가 이쪽을 보고 가슴 앞에 손을 올리며 무술가처럼 인사했다.

"오늘은 잘 부탁드립니다! 스승님!"

나는 두 사람의 이야기를 듣고 깔깔 웃고 나서.

"알겠습니다~!"

하루의 작은 손을 잡았다.

*

그렇게 우리는 2층에 있는 가게 중 한 곳에 들어갔다.

역시 이 시기에는 이곳저곳에 수영복이 잔뜩 진열되어 있다.

이렇게 많으니 마음에 드는 걸 찾아낼 수 있을 것 같다.

우선 각자 가게 안을 자유롭게 돌아다니던 동안, 누군가가 슬쩍 옆에 섰다.

살짝 달콤한 향수가 화악 풍겼다.

아, 이거 좋은 향기네.

나중에 어떤 제품인지 가르쳐달라고 해야지.

"저기, 저기, 유우코."

왠지 모르겠지만 속삭이며 말을 걸어온 사람은 유즈키였다.

"네, 네, 뭔데~?"

"잠깐 정찰이라고 해야 하나, 오히려 담합?"

"반합? 점심 안 먹고 왔어?"

"어떻게 된 거야, 후지 고등학교 학생."

어라, 왠지 잘 모르겠지만 어이없어하네.

"그게 아니라, 겹치지 않게끔 고르지 않을래? 하는 거지."

유즈키가 말을 이어나갔다. 그제야 감이 딱 왔다.

하긴, 이 중에서 제일 겹칠 가능성이 있는 건 나하고 유즈키일지도 모르겠다.

"어렵단 말이지~. 유즈키는 섹시한 계열? 귀여운 계열? 기교와 멋을 부리는 계열?"

"음~, 그게 문제란 말이지. 뭐, 마지막은 아닌 것 같고."

"그치~."

요즘은 탱키니나 모노키니처럼 속살이 별로 드러나지 않고 그냥 옷 같거나 약간 이색적이고 개성적인 어른 여자 같은 타입도 있지만, 사쿠는 분명 그런 걸 좋아하지 않을 것 같다.

나는 눈앞에 잔뜩 있는 수영복을 체크하며 계속 말했다.

"참고로 사쿠는 어떤 게 좋아? 그렇게 물어봤더니 대충 얼버무렸어."

"……속도 편하네, 그 남자."

"일단 최대한 가슴이 보이는 게 좋을 것 같아!"

"완전히 똑같은 생각이긴 한데, 왠지 고민하는 게 허무해졌어……."

역시 유즈키도 사쿠의 눈을 좀 의식하고 있는 거겠지?

뭐, 그야 그렇겠지.

당연히 평소 멤버들하고 놀게 될 테니까…….

"유우코, 이쪽 봐봐."

유즈키는 컬러풀한 꽃무늬가 들어간 전형적인 비키니를 들고 내게 대보았다.

"음~, 역시 그냥 생각하면 유우코가 귀여운 계열, 내가 섹시한 계열인가?"

"그치. 이미지대로 공략하는 게 나을지, 일부러 갭을 노릴지가 고민되는데~."

"예전에 갭 모에 같은 말을 하긴 했는데, 그 수법은 한 번 써먹어 버렸으니까…… 유우코라면 레이스 업 같은 걸 입어도 멋지게 보일 것 같은데?"

이번에는 상체 한가운데하고 하체 양쪽 옆이 망사로 되어 있는 수영복을 내게 대보았다. 가슴이 보이는 면적이 넓긴 한데…….

"어~! 이런 건 유즈키가 입어야지!!"

"내가 입으면 너무 육식녀 같아질 것 같거든. 해변에서 남자들을 사냥할 생각에 가득 찼다고 해야 하나."

나도 모르게 웃음을 터뜨려버렸다.

왠지 이해가 된다.

유즈키는 온몸에서 페로몬이 뿜어져 나오니까.

의외로 보이시한 옷을 많이 입는 것도 사실 그런 부분을 조절하기 위해서일지도 모르겠다.

"있지~, 있지~, 유즈키는 어디서 옷을 많이 사?"

"음~, 계절 초에 카나자와까지 나가는 경우가 많은 것 같기도 해."

"무슨 소린지 알겠어! 나도!! 후쿠이가 좋긴 하지만 패션 쪽은 좀 힘들단 말이지~."

"그러면 다음에 같이 갈까? 하루는 그런 걸 귀찮아하니까."

"갈래~! 난 항상 엄마가 차로 태워다주니까 마음대로 돌아다닐 수가 없어."

"나는 보통 혼자 전철이려나."

"유즈키, 혼자서 전철 탈 수 있어?!"

"어떻게 된 거야, 고등학생······?"

"어라, 이제 후지 고등학교 학생이 아니게 되었어?!"

아니, 시내에서 통학하는 애들은 기본적으로 자전거를 타고 가거나 나처럼 부모님이 태워다주지 않나? 버스나 전철 타는 법을 모르는 애도 꽤 있을 것 같은데에.

그래도 유즈키하고 쇼핑하러 가면 분명히 즐거울 거야!

뭐라고 해야 하나, 패션에 대한 태도가 나와 비슷할 것 같으니까.

그런 생각을 하면서 설레고 있자니 유즈키가 '일단은'이라고 말한 다음, 웃찌와 함께 있던 하루를 보았다.

"문제아부터 먼저 해결할까요."

"알~겠습니다~!"

＊

"그래서, 하루는 신경 쓰이는 거 있었어?"

유즈키가 그렇게 말하며 하루의 손 근처를 들여다보았다.

"······이런, 거?"

하루가 부끄러워하며 들고 있던 수영복을 몸에 대보았다.

나와 유즈키는 서로 마주 보고.

"제정신이야?" "푸흡~!"

무심코 동시에 말했다.

"유우코까지?!"

하루가 들고 있던 것은 이른바 원피스 타입.

말 그대로 치마 기장이 짧은 캐미 원피스 같은 거.

유즈키가 슬쩍 앞으로 나섰기에 나는 설명을 맡기로 했다.

아마 하고 싶은 말은 똑같을 테니까.

"너 말이야, 가슴 크기에 자신이 없잖아?"

"⋯⋯으으, 그래서 최대한 천이 많은 게 좋을 것 같아서."

"그렇다고 그런 걸 고르면 오히려 신경 쓴다는 느낌이 드러나잖아? 괜찮겠어? '아, 실망스러운 몸매겠구나'라고 생각할 텐데."

"그, 그건, 싫어, 요. 아니, 결국 또 잔소리잖⋯⋯."

"입 다물어!"

"네엣!!"

누가 그렇게 생각하면 싫을지는⋯⋯.

아니, 아니야.

유즈키가 하루에게 성큼성큼 다가서며 계속 말했다.

"가슴으로 승부할 수 없다면 다른 부분으로 싸워야지. 네가 가지고 있는 무기는 뭐야?!"

"⋯⋯하, 하루 스마일⋯⋯?"

"진지하게 해라."

그게 아니라, 라고 유즈키가 말을 이었다.

"모처럼 농구로 단련한 허리 라인! 엉덩이 라인! 다리 라인! 그걸 전부 가려버리면 어쩌겠다는 거냐고."

그렇게 말하면서 그 부분을 찰싹찰싹 때려나갔다.

오오, 하루는 이해가 된다는 듯이 그렇게 말하며 고개를 끄덕였다.

"그러고 보니 배 근처 살은 유즈키보다 더 적으니까."

"어허, 말조심하거라 계집. 내가 더 여성스러운 몸매(라인)거든?"

"너는 항상 쓸데없이 칼로리 같은 걸 신경 쓰긴 하지."

"좋았어, 알겠다고, 전쟁이다, 밖으로 나와! 우미 이 자식아!"

호오, 둘이서 이야기할 때는 유즈키도 이런 느낌이 되는구나. 뜻밖이야.

주고받는 이야기가 엄청 재미있긴 하지만, 맡겨두면 진도가 나가지 않을 것 같은 느낌이다.

나는 웃음을 참으면서 끼어들었다.

"그, 러, 니, 까! 여자애로서 자신 있게 드러낼 수 있는 부분은 팍팍 드러내자~, 그런 뜻이야!"

"스승님……!"

구세주를 보는 듯한 눈빛으로 이쪽을 보는 하루에게 내가 말했다.

"참고로 톱하고 언더는 몇이야?"

"어? 뭐라고? 톱? 언더?"

"유우코, 하루에게 그런 걸 물어보지 마."

유즈키가 그렇게 말하자 나는 '오케이~'라고 대답했다.

"그럼 실례지만 잠깐만 만질게."

"어?"

나는 하루의 뒤로 돌아가서 양쪽 가슴을 살짝 감싸 안았다.

"자, 잠깐만, 유우코!!"

"괜찮아, 괜찮아, 금방 끝나~."

"간지러워어."

말랑말랑한 감촉을 확인한 다음 손을 뗐다.

최대한 재빨리 끝냈다고 생각하는데, 하루는 '설마 배신자인가?'라는 느낌으로 이쪽을 보고 있었다.

"아마 하루는 자기가 생각하는 것보다 그렇게 작지 않을걸? 군살이 너무 없어서 좀 그렇긴 하지만, 브라를 찰 때 모아주는 것만 해도 겉으로 보이는 게 꽤 많이 달라지니까."

"어……, 그래?!"

"유즈키, 안 가르쳐줬어?"

내가 그렇게 말하자 유즈키는 미간에 손을 대고 고개를 축 늘어뜨렸다.

"가르쳐줬던 것 같은데, 완전히 잊어버리신 모양이네요."

뭐, 이런 건 자기가 흥미를 가지지 않으면 기억에 남지 않으니까.

"그럼 나중에 다시 한번 가르쳐줄게."

"신이시여……!"

"아니, 그냥 삼각 비키니면 약간 작은 사이즈를 고르기만 해도 가슴골은 여유롭게 생겨~. 그냥 가슴골만 따지면 누드 브라나 패드를 쓰기만 해도 바로 생기고, 수영복은 그렇다 쳐도 가슴팍을 드러내는 옷을 입을 때 테이프 같은 걸로 억지로 모아서 고정시키는 사람도 있다던데?"

"그런 거야?!"

"그러니까 다시 고르세요~!"

하루가 '좋았어!'라는 느낌으로 주먹을 쥐었고, 유즈키는 '어째서 유우코가 하는 말은 순순히 듣는 거야?'라고 중얼거리고 있다. 상황을 조용히 지켜보던 웃찌가 모두를 달래주고 있었다.

이런, 너무 즐겁다.

이런 거 좋아, 정말 좋아.

농구부 콤비는 아직 마음이 서로 통하는 친한 친구라고 해도 될지 모르겠지만, 모르는 사이에 내 주위에는 나를 특별 취급하지 않는 친구들뿐이다.

───소중한 친구들, 뿐이다.

*

그로부터 몇 시간에 걸쳐서 마음에 들 때까지 수영복을 골랐다.

나와 유즈키는 정말 몇 번을 입어봤는지 모르겠다.

하루는 정말 귀여운 걸 찾아냈고, 웃찌도 의외로 엄청 진지했다.

그런 다음 스타벅스에서 차를 마시고 해산.

너무 들뜨고, 웃고, 그래서 조금 아쉽긴 했지만, 어차피 금방 다시 불꽃놀이를 할 때 만날 수 있다.

바깥으로 나오니 벌써 해가 기울기 시작하고 있었다.

엄마가 집에 갈 때 다시 전화하라고 했지만, 자동차를 타고 집으로 쌔앵~ 가면 즐거웠던 시간의 여운이 사라져 버릴 것 같았기에 나는 천천히 걸었다.

여름 저녁놀은 좋다.

뭉게뭉게, 커다란 구름이 분홍색과 보라색을 띠고 그림 자가 길어졌다.

자, 슬슬 울어볼까, 라는 느낌으로 개구리나 벌레들의 울음소리가 들리기 시작했다. 논밭과 개울 냄새가 갑자기 진해졌다.

이유는 모르겠지만 다른 계절보다 확실하게 '하루의 끝'이라는 느낌이 든다.

지금쯤 다른 애들도 이 하늘을 보면서 집에 가고 있으

려나.

집에 도착하면 방에서 다시 한번 입어보고, 정말 이 수영복을 사길 잘한 건지 확인해보고.

상상하니 좀 사랑스러워진다.

……아니, 그런 건 내가 제일 먼저 하겠지~.

멍하니 이것저것 생각하며 걸어가다 보니.

"유우코~!!"

앞쪽에서 손을 마구 흔들면서 다가오는 자전거가 보였다.

커다란 몸집과 평범한 아줌마 자전거가 너무 안 어울려서 나도 모르게 웃었다.

"이야, 우연이네!"

끼이익~, 내 앞에 카이토가 멈춰 섰다.

"야호~, 이런 곳에서 뭐 하는 거야?"

"엘파 스포츠샵이나 갈까 해서. 너는?"

"나는 웃찌하고, 유즈키하고, 하루하고 쇼핑하다가 집에 가는 길."

"그거, 혹시…….”

"응, 귀여운 수영복 샀어!"

"떴다아아아아아아아아아아아아아아아아아아아아아아아아아아아아!!!!!!"

"잠깐, 카이토 기분 나빠~."

내가 그렇게 말하자 카이토는 아하하, 웃으며 짐받이를

손가락으로 가리켰다.

"유우코네 집, 이 근처지? 데려다줄게."

"괜찮아, 오늘은 걸어가고 싶은 기분이니까."

"그래도 어두워지기 시작했는데, 여자애 혼자서는 위험하잖아?"

"딱히 위험하진 않아, 애초에 사람도 없는데."

"흐음~."

카이토가 자전거에서 내린 다음 방긋 웃었다.

"그럼 나도 걸어가야지."

"어~, 여운을 다 망치네~."

"무슨 소린지는 모르겠지만, 너무하는 거 아니야?!"

결국 그대로 둘이서 걸어가기 시작했다.

이렇게 나란히 서보니 역시 키가 크네에.

나보다 머리 하나 정도는 더 크다.

"카이토는 말이야."

빤히 볼 기회는 별로 없지만, 의외로 단정하게 생긴 그 옆얼굴을 향해 말을 걸었다.

"왜 인기가 없어?"

"갑자기?!"

시무룩, 갑자기 한심한 표정.

이런 부분이 은근히 안심이 된단 말이지.

사쿠하고 카즈키는 항상 거들먹거리니까.

"아니, 그렇게 키가 크고, 얼굴도 그냥 괜찮고, 스포츠맨이고, 바보긴 하지만 성격도 밝고…….”

“한 가지 필요 없는 게 있는데?!”

카이토는 그렇게 말하면서 조금 쑥스러운 듯이 머리를 긁고 있었다.

“냉정하게 생각해보니까 오히려 인기가 없는 게 이상하지 않아? 고백받거나 그러진 않았어?”

“아, 음…….”

카이토는 잠시 입을 다물고 있다가 포기한 듯이 입을 열었다.

“아니, 있긴 하지. 여자 농구부 선배나 후배, 왠지 모르겠는데 동갑한테는 인기가 없지만.”

“역시 그렇지?! 기뻐!”

나는 왠지 신이 나버렸다.

“어? 유우코가 왜?”

카이토는 의아하다는 듯이 이쪽을 보았다.

“아니, 사쿠나 카즈키처럼 폼만 잡는 애들만 인기가 많은 건 납득이 안 돼~! 그냥 생각하면 여자애들이 제일 안심이 되는 건 카이토니까.”

“그래?!”

“그야 그렇지~. 그 두 사람은 사귄 뒤에도 다른 애들이 몰려들 거고, 평소 같은 느낌으로 실실거리면서 이야기를 하면 불안해질 것 같으니까.”

물론 나는 그런 사람이 아니라는 걸 알고 있으니까, 어디까지나 사쿠를 잘 모르는 다른 여자애들이 보면 그렇다는 이야기다.

그렇게 생각했는데, 말하다 보니 의외로 그럴 수도 있을 것 같기도 했다.

적어도 그 농담하는 버릇은 절대로 고쳐지지 않을 것 같다, 응.

"그런 점에서 카이토는 만약에 여자친구가 되면 엄청 소중하게 대해줄 것 같아. 사귄 당일에 다른 여자애 연락처를 전부 지운다든가."

"……그럴 것 같아! 부탁하지도 않았는데!!"

"거봐! 딱히 그래줬으면 하는 건 아니지만, 그런 마음이 기쁜 거야! 사쿠에게 그런 말을 하면 진지한 표정으로 잔소리를 할 것 같거든. '이봐, 유우코. 연인이 되었다고 해서 친구하고 연락을 하지 말라니, 그런 건 잘못된 것 같아'라는 식으로."

사쿠의 거들먹거리는 말투를 흉내 내며 말하자 카이토가 푸핫, 웃음을 터뜨렸다.

"잠깐, 엄청 닮았는데! 그럼, 그럼, '나는 말이야, 상대방이 어디론가 멀리 가더라도, 모르는 누군가와 이야기를 하더라도, 마치 옆에서 손을 잡고 있는 것처럼 안심할 수 있는 것처럼. 그런 사이로 지내고 싶거든'이라든가!"

"그러지 마, 진짜! 안 돼! 진짜 그런 소릴 할 것 같은데, 카이토 목소리로 들으니까 더 웃겨!"

"그건 나한테도 너무한 거 아니야?!"

둘이서 배를 잡고 웃은 다음, '아~'라며 기지개를 켰다.

"진짜 귀찮단 말이지, 사쿠는. 나도 카이토 같은 사람을 좋아하게 되었으면 좋았을 텐데."

"……."

대답을 하지 않길래 어라? 하는 생각으로 옆을 보니 한 손으로 자전거를 받치고 다른 한 손으로는 입을 막으며 웃음을 참고 있었다.

"아니, 여러 가지 의미로 유우코의 남자친구가 될 수 있는 남자는 사쿠 정도밖에 없지 않을까~?"

"잠깐! 여러 가지 의미라는 건 무슨 뜻인데?!"

"……여러 가지는 뭐, 여러 가지지."

카이토는 그답지 않게 조용히 중얼거렸다.

왠지 미묘한 틈이 생겨났기에 나는 분위기를 바꾸려는 듯이 '그래서 말인데'라고 말했다.

"고백받은 사람 중에 괜찮겠다 싶은 애는 없었어? 아니, 항상 여자친구 있었으면 좋겠다~라고 하잖아."

"아……."

"알겠다! 사실 좋아하는 애가 있는 거구나?!"

"아니."

카이토가 씨익, 기분 좋게 웃었다.

"지금은 클럽 활동에 집중하고 싶을 뿐이야."

그렇구나.

나는 잘 모르지만, 엄청 실력이 좋으니까.

농구부 말고 다른 것에 한눈팔고 싶지 않다, 그런 느낌인지도 모르겠다.

역시, 카이토는 올곧고 일편단심이다.

그렇기 때문에 이 남자애한테 좀 물어보고 싶어졌다.

"카이토는 말이지."

"응~?"

"만약에 정말 소중한 친구가 자기랑 똑같은 사람을 좋아하게 되면 어떻게 할 거야? 좋아하는 사람도, 그 친구가 싫지만은 않은 것 같다는 걸 눈치채버리면."

"그게 누군데……?"

"아니, 그냥! 요즘 나즈나하고 놀다가 그런 이야기가 나와서."

너무 뻔한 질문이었나?

하지만 카이토라면 그런 질문도 솔직하게 대답해줄 것 같아서.

옆을 보니 역시 미간에 주름을 드러내며 심각한 표정으로 생각해주고 있었다.

"나라면……."

잠시 후 카이토가 시원한 표정으로 이쪽을 보았다.

"──소중한 친구이기 때문에 오히려 **억지로 두 사람 사이에 끼어들어서라도 승부를 내려 할 것 같은데.**"

방긋 웃는 그 미소는 왠지 정말 눈부셨다.

그런 식으로 생각할 수 있다면 꾸물대며 고민하지도 않겠지.

나도 본받으려는 듯이 웃었다.

"그거! 정말 카이토다워서 좋은 것 같아!"

"……그렇, 구나."

옆에 있던 남자애가 입가를 치켜올리며 계속 말했다.

"'만약 유우코가 그 정도로 자기 마음을 거두어버린다면, 그건 결국 그 정도 사랑밖에 안 되는 거라고. 분명히, 정말로, 진심으로'."

"저기, 미묘하게 카이토 성분까지 섞는 게 너무 재미있으니까 진짜 하지 마! 아니! 내 이야기라고 하진 않았다고오오오오오오오!!"

시끌벅적하게 떠들어댄 다음, 카이토가 마침 생각났다는 듯이 말했다.

"그런데 유우코, 입학식 때 기억나?"

"어? 입학식 때 뭐?"

"그, 체육관에서 줄 서 있었을 때 말이야."

"음……."

기억을 더듬어보려 했지만, 기대나 불안한 마음으로 가득 차 있었기에 웃찌가 인사를 했었지~, 라는 것 말고는 거의 기억나지 않았다.

"무슨 일 있었나?"

내가 솔직하게 대답하자 카이토는 하핫, 하고 짧게 웃었다.

"아니, 아무것도 아니야."

"그게 뭐야, 신경 쓰이잖아!"

"딱히 대단한 건 아니라고."

"어~? 가르쳐줘!"

결국 집에 도착할 때까지 계속 둘러대기만 했다.

너무 끈질기게 캐묻는 것도 좀 그랬기에 데려다줘서 고맙다는 인사를 하고 헤어졌다.

"바이바이, 유우코."

"잘 가~, 카이토."

나는 멀어져가는 뒷모습을 향해 손을 흔들었다.

"불꽃놀이 때 보자~!"

그러자 카이토가 돌아보고 '그래'라며 손을 들었다.

그런데 왠지…….

저물어가는 저녁놀에 비친 미소가 약간 슬퍼 보였다.

*

그렇게 맞이한 후쿠이 피닉스 불꽃놀이 당일.

나는 내 방에서 옷찌에게 유카타를 입혀달라고 하고 있

었다.

사실 그쪽(사쿠네 집)에서 입혀달라고 할 생각이었지만, '사쿠 군도 그럴 거라고 생각할 테고, 이왕 보여주는 거 만난 순간에 놀라게 하는 게 낫지 않을까?'라는 말을 듣고 '그렇긴 하네!'라고 대답했다.

똑똑, 누군가가 방문을 노크했다.

"네, 네~."

내가 대답하자 찰칵, 엄마가 문을 열고 들어왔다.

"일부러 오게 해서 미안해~, 웃찌."

차와 과자를 테이블 위에 올려놓으며 말했다.

웃찌와 엄마는 지금까지 여러 번 만난 적이 있다.

"엄마로서 유카타 정도는 입혀주고 싶은데, 나도 그렇고 유우코도 이런 건 전혀 못 하거든~."

"좀~, 나는 엄마만큼 서투르지 않아."

"고장난 로봇 같은 상태로 그런 말을 해봤자 설득력이 전혀 없거든요?"

"시끄러워!"

사실 아까부터 '손을 좀 들어줄래?'라든가, '등을 좀 더 펴'라든가, 그런 말에 따라 위잉, 위잉, 움직이고 있긴 했다.

웃찌가 이야기를 듣고 쿡쿡 웃었다.

"괜찮아요, 좋아서 하는 거니까요. 그리고 저도 다른 사람에게 배운 건 아니라 익숙하지 않은 매듭은 인터넷으로 알아보거나 동영상을 보면서 시행착오를 겪고 있거든요."

엄마가 쓴웃음을 지으며 한숨을 쉬었다.

"일단 알아볼 수 있다는 게 대단한 거고, 그 이상으로 은근슬쩍 새로운 매듭에 도전하려는 부분에서 격이 다르다는 게 느껴지는데~."

그건 뭐, 이해가 된다. 나도 '조금 애먹느라 시간이 걸릴지도 모르는데, 해본 적이 없는 거에 도전해봐도 될까?'라는 말을 들었을 때는 깜짝 놀랐다.

옷찌가 재주도 좋게 끈을 이쪽저쪽으로 움직이며 말했다.

"이거, 마리골드 매듭이라고 하는 거예요. 이름의 이미지까지 포함해서 유우코에게 잘 어울릴 것 같아서요."

"잠깐, 유우코, 이 천사는 어딜 가면 만날 수 있는 거니?!"

"진짜, 엄마, 얼른 나가!"

"싫어~, 엄마도 옷찌랑 이야기하고 싶은데~."

"저기, 진짜로 창피하거든."

"──유우코! 움직이지 마!!"

"알겠습니다!"

아~, 이거 봐, 혼나버렸잖아.

엄마는 그 모습을 보고 '혼났대요~'라면서 공부용 책상에 앉았다.

정말, 친구 앞에서 그러지 말았으면 좋겠다.

하지만 항상 정말 즐거워 보이니까 이러쿵저러쿵해도 진짜로 화를 낼 수가 없단 말이지~.

"그건 그렇고."

엄마가 가져온 초콜릿을 먹으며 말했다.

"웃찌는 요리, 청소, 빨래도 잘하고, 귀엽고, 우아하고, 청순하니까 학교 남자애들이 내버려 두질 않겠네~."

웃찌는 약간 쑥스러운 듯이 대답했다.

"아뇨, 유우코랑은 달리 저는 그런 거랑 전혀 인연이 없어요."

"말도 안 돼?! 겸손이 아니라?"

"입학했을 때는 안경을 꼈었고, 정말 수수한 느낌이었거든요. 고백받기는커녕, 예전에는 남자애가 볼일 없이 말을 거는 경우조차 거의 없었을 정도니까요."

그 말을 들었을 때 나도 엄청 놀랐던 걸 기억하고 있다.

엄마가 호들갑스럽게 한숨을 쉬었다.

"에휴~, 남자들은 정말 바보구나~. 나한테 유우코하고 둘 중 하나만 고르라고 물어본다면 분명 웃찌를 선택할 텐데!"

"아니, 부모로서 키운 책임을 져야지!"

뭐, 그래도 실제로 정말 그렇지.

같은 반 애가 '유우코, 여자력 높네~'라고 말해주는 건 기쁘지만, 아무리 생각해도 그건 웃찌를 위해 존재하는 말 같다.

엄마가 이야기를 이어나갔다.

"그래도 말이야, 고등학교에 들어와서 치토세 군하고는

사이좋게 지내게 되었지? 나도 저번에 드디어 만났어!"

아하하, 웃찌가 쓴웃음을 지었다.

"처음에는 오히려 정말 싫었지만 말이죠. 거리낌 없이 성큼성큼 다가오는 듯한 느낌이 들어서."

입학 당시 HR 때 사쿠에게 화를 내던 상황이 떠올라서 정겨워졌다.

이런 식으로 셋이서 불꽃놀이에 가는 날이 오다니, 상상도 못 했는데.

"그랬구나?! 그런데 어떻게 사이좋게 지내게 된 거야?"

"엄마도 너무 팍팍 캐묻네~."

그 말을 들은 웃찌는 괜찮다고 하면서 미소를 지었다.

"음~, 사쿠 군은 뭐라고 해야 하나, 눈앞에 있는 사람에게서 눈을 돌리지 않으니까. 제가 **우치다 유아**였다는 사실을 저보다 더 잘 알고 있었다고 해야 할까요? 죄송합니다, 이해가 잘 안 되시겠네요."

따끔, 가슴 안쪽이 욱신거렸다.

엄마가 마치 내 생각을 잘라내려는 듯이 입을 열었다.

"아니, 우리 애는 말이지, 어렸을 때부터 친구가 잔뜩 있긴 했지만 웃찌처럼 친한 친구라는 느낌이 드는 상대는 없었거든. 그러니까 치토세 군도, 웃찌도, 유우코에게서 눈을 돌리지 않아줬구나~, 그런 생각이 들었어."

"사쿠 군은 모를까, 저는 그렇게까지 대단한 걸 하지 않았는데⋯⋯."

"아냐. 가능하다면 성인식 때도 그렇게 웃찌가 옷을 입혀주는 유우코를 보고 싶은데~. **계속 사이좋게 지내줬으면 좋겠어.**"

"아, 아무리 그래도 후리소데는."

"아니, 그건 딸 앞에서 할 이야기가 아니잖아~!! 진짜, 너무 창피해!"

그렇게 셋이서 깔깔 웃고 나서 웃찌가 '자'라며 일어섰다.

"끝났어, 유우코. 어때?"

나는 방구석에 있는 전신 거울 앞에 섰다.

이날을 위해 산 유카타는 흰색 바탕에 무작위로 검은 선이 들어가 있고, 약간 밝은 느낌인 붉은색 동백꽃이 피어나 있는 다이쇼 로망 분위기다.

띠는 겉이 예쁜 달개비꽃색이었고, 안쪽은 물망초꽃색……, 이라고 점원분이 말했다.

달개비꽃색은 부드러운 푸른색이고, 물망초꽃색은 그것보다 연하면서 하늘색보다는 약간 진한 느낌이다.

띠 한가운데를 장식하는 끈은 이삭여뀌 같은 디자인을 하고 있다. 끈 이름은 오비지메라고 웃찌가 가르쳐줬다.

응, 역시 귀엽다.

엄청 고민하긴 했지만, 이걸로 하길 잘했네.

그렇게 빙글 돌아보고.

"……예뻐."

나도 모르게 한숨이 나왔다.

물론 내 뒷모습에 대한 감상이 아니다.

──그곳에는 두 꽃이 서로 몸을 기대는 듯이 피어나 있었다.

달개비꽃색과 물망초꽃색.

띠 겉부분과 안쪽을 이용해서 만들어진 이음매가 왠지 내게는 그렇게 보였다.

비슷한 것 같으면서도 약간 다르다.

하지만 매우 사이좋게 손을 잡고 있는 듯하다.

평평한 거울 안에서는 웃찌가 내 옆에서 웃고 있다.

……마치 그날처럼, 방긋방긋.

나도 모르게 코 안쪽이 찡해졌다.

"어, 때?"

왠지 자신 없이 뒤에서 거울을 들여다보는 웃찌를 내가 꽈악 끌어안았다.

"웃찌~, 정말 좋아해! 진짜 귀여워!!"

"잠깐, 유우코, 모처럼 예쁘게 정리했는데 풀려 버려."

"그러면 또 웃찌에게 정리해 달라고 할 거야!"

"그, 그건 좀 아닌 것 같은데……."

꼬옥, 달라붙으며 팔에 힘을 주었다.

"정말, 화장까지 번져버릴 텐데?"

그 안심한 목소리를 들으면서, 나는 생각했다. 언젠가.

언젠가, 반드시———.

*

띵동댕동!

조급하게 울리는 초인종 소리를 듣고 나, **치토세 사쿠**는
무심코 쓴웃음을 지었다.

유우코는 버튼식 신호등이나 엘리베이터 버튼 같은 걸
연타하는 타입이겠지.

시간은 17시 반.

연락을 받긴 했지만, 약속했던 시간보다 30분이 늦었다.

유우코뿐만이라면 모를까 유아도 같이 있을 때 늦다니
신기하다.

드러누워 있던 소파에서 일어나 문을 열자.

"안녕하세요~, 다이쇼 소녀 배달 왔습니다~!"

마치 저녁놀을 도려낸 것 같은 붉은색 동백꽃이 기다리

고 있었다.

꿀꺽, 무의식적으로 침을 삼켰다.

전통식 색채나 모티브를 현대식으로 어레인지한 그 유카타는 유우코의 외국인 같은 외모에도 잘 어울렸다.

머리카락은 목덜미가 확실하게 보이게끔 올려묶었고, 띠 고리와 마찬가지로 이삭여뀌처럼 파란 귀걸이가 살랑살랑 흔들리고 있었다.

부드러운 산들바람이 불어오자 평소와 다른 매화 같은 향기가 섬세하게 풍겼다.

평소보다 화장을 진하게 한 걸까, 아니면 방긋 웃으며 볼을 붉힌 걸까.

새하얀 양쪽 볼에도 자그마한 동백꽃이 피어나 있다.

나는 조마조마하며 대답을 기다리던 유우코에게 말했다.

"음, 그러니까……, 엄청나게 귀여워."

사실 좀 더 거창한 말, 아니면 경박한 말을 지어내면서 둘러대려 했는데, 어색하고 부끄러운 마음에 정말 싸구려 같은 감상을 말해버렸다.

그럼에도 불구하고 유우코는 기쁜 듯이 에헤헤 웃었다.

"……앗싸, 대성공이야."

곧바로 옆에 있던 유아와 짜악, 손을 마주 쳤다.

……아니, 나는 무심코 입을 떡 벌렸다.

"어라아아아아아아아아아아아아아아아아?!?!?!"

그리고 이웃에 폐가 되는 데도 있는 힘껏 소리쳤다.

"잠깐, 사쿠 군, 목소리가 너무 크잖아? 일단 안으로 들여보내 줄래?"

아니, 아니, 아니.

유아가 유카타를 입지 않았다…….

*

"훌쩍훌쩍, 훌쩍훌쩍."

나는 울고 있었다.

"──그래서, 유우코를 도와주려고 일찌감치 옷을 갈아입었는데, 남은 시간에 집안일을 정리하려다가 나도 모르게 유카타에 국물을 쏟아버려서."

"훌쩍훌쩍, 훌쩍훌쩍."

"정말, 미안하다니까."

"지금만큼은, 지금만큼은 계획적이고 가정적인 유아의 성격이 미워. 집안일 같은 건 내팽개쳐 줬으면 했는데. 헤어스타일이나 화장, 액세서리 때문에 '어쩌지~, 이제 모르겠어~!'라고 아슬아슬한 시간까지 고민해줬으면 했는데."

"……사, 쿠? 그게 대체 누구 흉내야?"

유우코가 한여름의 빙수처럼 싸늘하게 얼어붙은 눈초리로 바라보았다.

"아니, 오늘은 유우코하고 유아의 유카타 차림을 볼 수 있을 거라 기대하고 있었는데……, 이건 너무해. 예고편 사기를 당했다고."

"뭔가 켄타찌 모드까지 들어가 버렸네."

유아가 곤란한 듯이 웃었다.

"일단은 분위기를 망치지 않게끔 큼직한 꽃무늬 원피스를 고르긴 했는데."

"아니야, 그런 게 아니라고! 이봐, 유아는 오늘 저녁밥이 초호화 게 요리라고 해서 기대했는데 정작 나온 건 게맛살인 상황에서 '이것도 나름대로 괜찮네'라고 생각할 수 있어? 참고로 게를 먹을 때랑 마찬가지로 양념을 만들어서 먹으면 의외로 괜찮긴 해."

"저기, 이거 무슨 이야기였지?"

유아가 '사쿠 군은 정말'이라며 어깨를 늘어뜨렸다.

"그럼 다음에 유카타를 제대로 입고 축제 가자, 그러면 되겠어?"

"……약속할 거야?"

"그래, 그래, 약속할게, 약속할게."

나와 유아가 서로 마주 보며 고개를 끄덕이고 있자니.

"그게! 아니라아아아아아아아아아아아!!!!!!"

유우코가 소리쳤다.

"아니, 모처럼 열심히 단장하고 왔는데 나에 대한 반응이 너무 약하지 않아?! 웃찌의 유카타 차림을 못 보게 된 걸

아쉬워하기 전에! 축제에 가기로 약속하기 전에! 제대로 봐
줘~!!"

"미안, 상실감이 너무 커서 나도 모르게 그만."

"봐, 이 띠 매듭도 옷찌가 해줬다고!"

그렇게 말하며 살짝 돌아 보였다.

"호오? 꽤 대단한데?"

"그치? 그치? 좀 더 칭찬해줘, 칭찬해줘."

"으음, 역시 유아야."

"으~, 그건 틀림없는 사실이긴 하지만, 그런 것만 칭찬
하는 게 아니라!"

나는 유아와 서로 마주 보며 쿡쿡 웃었다.

"잘 어울려, 정말로."

"에헤헤~."

유우코가 부드러운 표정을 지었다.

그럼, 유아가 그렇게 말하며 일어섰다.

"좀 늦어져 버렸으니까 얼른 사쿠 군도 입혀줄까."

"그래, 부탁할게."

타코큐에서 나나세가 말했던 것처럼, 일단은 혼자서도
전혀 못 입는 건 아니다.

하지만 동영상을 참고해서 흉내 내며 그럴싸하게 띠를
묶는 것뿐이니 유아가 해준다면 그게 제일 좋을 것이다.

나나세와 축제에 갔을 때도 느낌이 제대로 오지 않아서
30분 정도는 악전고투를 벌였으니까.

나는 옷장에서 꺼낸 꾸러미를 건넸다.

검은색 바탕에 흰색 잠자리가 들어가 있는 유카타는 생일 때 유우코가 선물해준 거였다.

유아가 띠를 확인하고 나서 입을 열었다.

"사쿠 군, 유카타 안에 입을 옷은?"

"어? 입어야 해?"

"사실은 땀을 흡수해주니까 입는 게 낫긴 한데, 뭐, 취향에 따라서."

"귀찮으니까 됐어."

"응, 알겠어. 그럼 일단 윗도리를 벗어줄래?"

"그래."

유아가 말한 대로 티셔츠를 반쯤 벗었을 때.

"잠깐 스토오오오오오오오오오오오오오오오옵!!!!!!!!"

유우코가 소리쳤다.

아, 또 저질렀네. 나는 그렇게 생각했다.

"왜 아무렇지도 않게 벗기려 하는 거야?! 그리고 왜 시키는 대로 벗으려 하는 거야?!"

서로 마주 본 다음, 유아가 껄끄럽다는 듯이 볼을 긁었다.

"미안, 미안. 익숙해져서."

"익숙해졌다니, 뭐가?!"

"그래도 반바지는 나중에 탈의실에 가서 벗으라고 할 건데?"

"그러지 않을 가능성도 있다는 듯이 말하지 말아줄래?!"

나나세가 있을 때도 그랬지만, 특히 여름에는 나도 모르게 목욕을 하고 윗도리를 다 벗고 나와버릴 때가 많다. 이 집에 와서 요리를 해줄 때가 많은 유아는 이제 와서 동요하거나 창피해할 일도 아닐 것이다.

……그러고 보니 처음에는 엄청나게 혼났던가?

사정을 설명했지만, 유우코는 여전히 토라져 있었다.

"흐응~, 평소부터 알몸을 보여주는 관계였구나."

"유우코, 말투 좀!"

유아의 태클에 이어 내가 말했다.

"아니, 어차피 입혀줄 거니까 전혀 안 보이게끔 하는 것도 힘들잖아. 정 싫으면 한동안 저쪽 보고 있을래?"

"그건 그것대로 탐탁지 않아!"

"유우코, 냉정하게 생각해. 어차피 바다에 가면 윗도리를 안 입는다고."

"……그렇구나!!"

그제야 납득했는지 손을 탁 쳤다.

그래도 뭐, 무슨 심정인지 이해가 안 되는 것도 아니다.

바다에 가면 비키니를 입는다고 해서 유우코가 이 방에서 그렇게 입고 나온다면 엄청나게 동요할 것이다.

그런 과정을 거친 뒤 나는 유카타를 살짝 걸치고 섰다.

"잘 부탁드립니다."

"응, 배 쪽에서 할 테니까 묶는 법을 봐줘. 생각 있으면 유우코도."

유아는 그렇게 말한 다음 양쪽 소매를 잡고 자기 쪽으로 살짝 잡아당겼다.

……윽.

유우코에게 그런 말을 하고 난 뒤라 얼굴에 드러내긴 껄끄럽지만, 이거 생각했던 것보다 쑥스러운데.

뭐라고 해야 하나, 내 셔츠를 벗기는 듯한 구도다.

다 드러내고 있었을 때는 전혀 신경 쓰이지 않았는데, 이렇게 정면에서 유카타를 벌린 상태로 보이는 건 이상하게 부끄럽다.

유아는 전혀 신경 쓰지 않는지 아래쪽, 위쪽 순서로 재빨리 오므렸다.

"사쿠 군, 잠깐 여기를 잡아줄래?"

"그래."

유아가 시키는 대로 위쪽 옷깃을 손으로 눌러서 유카타가 벌어지지 않게끔 했다.

손을 살짝 뻗은 유아가 사락사락, 허리 쪽을 쓰다듬었다.

뼈의 위치를 확인하고 있는 거겠지만, 이런, 좀 이상한 기분이 드는데.

무릎을 꿇고 일어선 유아가 곧바로 끌어안는 듯한 자세로 허리끈을 내 뒤쪽으로 두르고, 앞으로 가져온 다음에 묶었다. 남아서 늘어진 부분은 손가락 끝으로 살며시 아랫배를 쓰다듬는 것처럼 밀어 넣었다.

오싹, 달달하게 저리는 느낌이 아랫배부터 허리까지 스

친 다음 곧바로 등으로 솟구쳤다.

　유아는 띠를 들고 일어서서 좀 전과 마찬가지로 손을 둘렀다.

　평소에는 은은하게 풍기는 부드러운 오가닉 계열 샴푸가 턱 끝부터 콧등까지 핥는 듯이 끈적하게 피어올랐다.

　두툼한 띠 때문에 고생하는 건지, 유아가 몸을 꾸욱 밀착시켰다.

　나도 모르게 아래를 보니 내 가슴에 눌려서 뭉클거리며 변형된 새하얀 계곡이———윽.

"사~쿠? 어딜 보는 거야?"

"죄송합니다, 죄송합니다, 죄송합니다."

　이런, 중간부터 유우코가 있다는 사실을 완전히 잊고 있었다.

　옷을 입혀주는 건 짭짤하네, 아니, 무섭네.

　이런 기습은 바람직하지 않다.

　마음을 가라앉히려고 천장을 올려다보고 있자니.

"사쿠 군?"

　목덜미 근처에서 유아가 온기 없는 목소리를 냈다.

"나중에 할 이야기가 있어요."

방금 그건 불가항력인 것 같거든요, 진짜로, 맹세코.

*

그렇게 몸단장을 한 우리는 셋이서 동쪽 공원으로 향했다.
불꽃놀이 회장인 강가에서 합류하는 건 힘들 것 같았기
에 집합 장소를 그곳으로 잡은 것이다.

시간은 18시 반.

불꽃놀이는 19시 반에 시작되고, 강가까지는 걸어서 5
분도 안 걸린다.

이 시간에 집합하면 쉽사리 장소를 확보하고 나서 느긋
하게 음료수나 음식을 사 올 여유도 있을 것이다.

주위에는 우리와 똑같은 방향으로 가고 있는 유카타 일
행이 간간이 보였다.

민가 옥상이나 베란다에서 즐겁게 떠들어대는 소리가
들렸고, 바비큐 같은 냄새도 풍겼다. 집에서 보는 어른들
은 지금쯤부터 마시기 시작하면서 첫 번째 불꽃을 쏘아 올
리는 걸 기다리는 게 정석이다.

후쿠이역에서도 걸어올 수 있을 만한 곳에서 개최되는
불꽃놀이이기 때문에 해마다 이날이 되면 거리 전체가 왠

지 들뜬 듯한 축제 분위기로 물들게 된다.

어렸을 때는 이유도 없이 조마조마하면서 밤이 되기를 기다렸었지.

잠시 후 동쪽 공원 옆에 있는 유럽식 건물이 보였고, 곧바로 카즈키, 카이토, 켄타 세 사람이 눈에 들어왔다.

손을 살짝 들면서 다가가자.

"우오오오오오오오오오오오오! 어라아아아아아아?!?!?!"

제일 큼직한 게 소리쳤다.

"미안, 그건 이미 내가 했으니까 생략하자."

전반 부분은 유우코의 유카타, 후반은 유아의 사복에 대한 반응이겠지.

"일부러 켄타하고 돈키까지 가서 이걸 사 왔는데?!"

그 말을 듣고 보니 카이토는 검은색, 켄타는 감색 진베를 입고 있었다.

"다들 유카타를 입고 올 테니까 우리만 안 입으면 쓸쓸할 것 같아서 말이지, 안 그래? 켄타?!"

그 말을 들은 쪽은 왠지 쑥스러운 듯이 머뭇거리고 있었다.

"나는 딱히 사복 차림도 상관없는데. 덩치가 큰 아사노라면 모를까, 나 같은 게 입으면 에도 시대의 가난한 농가 아들 같아져서 싫었거든⋯⋯."

너무나도 적절한 예시라 무심코 푸흡, 웃음을 터뜨렸다.

유우코가 방긋 웃으며 말했다.

"어~, 엄청 귀여워, 켄타찌~!"

"유, 유우코도……, 호화롭네."

"호화롭다는 감상은 뭐야?!"

"그러니까, 저기."

그 말이 끝나기도 전에.

"으아아아아아아아아아! 유우코, 귀여워어어어어어어어어어어어어어어어."

카이토가 다시 소리쳤다.

"그치? 그치? 좀 더 칭찬해줘! 칭찬해줘! 어떤 분 반응이 좀 시원찮았으니까~."

그런 눈으로 이쪽을 봐도 말이지.

회색 유카타를 은근슬쩍 차려입은 카즈키가 입을 열었다.

"사쿠가 얄팍한 말을 늘어놓지 않았다면 유우코가 상상 이상으로 예뻐서 머릿속이 새하얘졌다는 거야."

"그런 거야?! 사쿠?!"

"실제로 그렇긴 한데. 카즈키가 눈치채니까 열받네."

그렇게 이야기를 주고받으며 주위를 둘러보자 동쪽 공원에도 사람들이 꽤 많이 레저 시트를 깔아두고 있었다.

아무리 여름의 대규모 이벤트라고는 해도 메인 회장인 강가에는 앉을 곳이 전혀 없진 않았다. 뉴스로 본 도쿄의 꽃구경이나 불꽃놀이와 비교하면 텅 비었다고 표현해도 될 정도일 것이다.

하지만 후쿠이 시민의 감각으로 따지면 꽤 붐비는 상태.

바로 근처에 넓게 자리를 잡을 수 있는 공간이 있으니 이쪽도 괜찮겠네, 하고 생각하는 사람이 있더라도 이상할 건 없다.

그런 생각을 하고 있자니.

"야호~, 얘들아~."
"미안, 좀 늦어버렸네."

나나세와 하루가 이쪽으로 걸어오고 있었다.

""""오오~.""""

친구들이 자연스럽게 소리 내어 감탄했다.

나나세의 유카타는 예전에도 본 적이 있었는데, 기억하고 있던 것과 다른 무늬다.

연한 푸른색 바탕에 물방울을 떨어뜨린 것 같은 파문이 퍼져 있고, 수초 사이를 붉은 금붕어가 힘차게 헤엄치고 있었다. 어리게 보일 수도 있는 디자인을 검은 띠와 금빛 오비지메로 다잡아서 어른스러운 분위기를 풍기고 있다.

그날, 이 순간은 두 번 다시 돌아오지 않을 거라고 생각하며 쓸쓸해했던 것이 떠올랐다.

둘이서 신나게 했던 금붕어 건지기.

붉은색과 검정색은, 어쩌면 치토세와 사쿠는. 지금도 사이좋게 지내고 있을까.

나나세가 이쪽을 보고 왠지 도발하는 듯한 달콤한 미소를 지었다.

아, 역시 그렇구나. 절실하게 실감했다.

이제 그날처럼 놀랍지 않고, 그날처럼 들뜨지도 않고, 그날처럼 연인도 아닌데.

……나나세는 그날보다 아름다워 보였다.

"치토세~!"

답답한 마음을 걷어차서 날려버리려는 듯 하루가 나를 불렀다.

나막신은 익숙하지 않을 텐데도 또각또각또각, 재주도 좋게 달려온다.

"선♡배♡애♡ 하루의 유카타, 어떤가요♡"

이쪽은 시원한 흰색 바탕에 여름 그 자체처럼 파랗고 큼직한 나팔꽃이 보란 듯이 넝쿨을 뻗고 있었다. 군데군데 누군가의 미소처럼 눈부신 노란색 나팔꽃이 피어 있었다.

평소보다 우아하게 다듬은 머리카락은 비녀로 장식되어 있었기에 까불어대는 태도와는 달리 정말 여성스러웠다.

사락사락, 마음속 어딘가가 일렁였고.

"예뻐, 정말."

나도 모르게 진심이 슬쩍 새어 나왔다.

그런 대답은 예상하지 못했던 건지.

"뭐———."

하루가 휙, 몸까지 돌려가며 눈을 피했다.

그렇겠지, 나도 이런 말을 할 줄은 몰랐으니까.

"저기……, 고마워."

"그래."

그렇게 어색한 대화에 나나세가 끼어들었다.

"뭐, 그 정도 반응은 보여줘야지. 유카타하고 액세서리, 입혀주는 거랑 헤어 메이크까지 전부 나나세 유즈키가 프로듀스했으니까. 참고로 늦은 원인도 이거야."

"응, 나도 알고 있었어."

얌전히 있던 하루가 '으응?' 하며 이쪽을 보았다.

"잠깐만, 형씨. 그게 무슨 뜻이지?"

"센스가 너무 좋아."

"그건 또 무슨 의미인데! 이 자식아~!!"

유우코와 유아, 남자 녀석들이 그 모습을 보고 깔깔대며 웃었다.

우리는 한없이 화려하고 떠들썩하게, 고2 여름 축제를 시작했다.

*

예상했던 대로 회장인 강가는 아직 빈 곳이 잔뜩 있었다.

적당한 곳에 자리 잡으려 하다가 깔 것을 아무것도 준비하지 않았다는 사실을 눈치챘지만, 당연하다는 듯이 유아가 예전부터 쓰던 가정적인 레저 시트를, 나나세는 멋진 무늬가 들어가 있는 아웃도어 브랜드의 시트를 꺼냈다.

여러 가지 의미로 두 사람답네, 그렇게 생각하며 쓴웃음을 지었다.

누름돌 대신 짐을 남겨두고, 우리는 함께 노점 쪽으로 향했다.

감자튀김과 타코야키, 카라아게와 베이비 카스테라, 사과 사탕, 솜사탕 등 일단 먹을 것들을 사기 시작했다. 사실 사람이 별로 없을 때 처음부터 끝까지 먹을 것들을 사두는 게 현명하겠지만, 그건 너무 촌스러운 짓 같다.

불꽃놀이 도중에 빠져나와서 노점을 둘러보는 것도 청춘의 묘미라고 생각하니까.

그래서 각자 나뉘어서 사는 게 효율이 좋다는 걸 알면서도 아무도 그러자는 말을 꺼내지는 않았다. 다들 예의 바르게 줄을 섰고, 다시 모두 함께 다음 노점으로 향했다.

사과 사탕을 깨물어 먹으며 선두에서 걸어가는 하루는 옆에서 걷는 켄타의 타코야키를 하나 뺏어 먹고 있었다.

그 뒤를 따라가는 나나세와 유아는 사이좋게 뭔가 이야기를 하고 있었고, 카즈키는 약간 떨어져서 그 모습을 느긋하게 지켜보고 있었다.

나와 카이토는 제일 뒤에, 그 바로 앞에 유우코가 솜사탕을 든 채 걸어가고 있었다.

왠지 좋네. 모두의 화려한 뒷모습을 바라보며 그런 생각을 했다.

시끌시끌 떠들 때는 의식하지 못하지만, 예를 들어 켄타와 하루 사이에, 나나세와 유아 사이에, 각각 거리감이나 주고받는 이야기가 있다. 이렇게 문득 당연한 듯이 각자 다른 사람이라는 걸 실감하게 된다.

냉정하게 보면 우리의 성격이나 취미, 취향은 꽤 제각각이다.

하지만 누군가와 누군가 사이에 공통점이 있거나, 또는 자신과는 다른 부분에 흥미를 가지거나, 그렇게 자잘한 인연이 서로 얽힌 결과, 이렇게 회유어처럼 밤을 헤엄치고 있다.

……뭐, 축제 날은 아무래도 이렇게 들뜬 기분과 애절한 기분이 함께 딸려오기 마련이다.

그런 생각을 하고 있자니 카이토가 어깨동무를 해왔다.

"이봐~, 이봐~, 사쿠, 솔직히 말해서 누구 유카타가 제일 취향에 맞아?"

나는 그 팔을 찰싹 때리며 대답했다.

"그렇게 촌스러운 점수를 매기는 남자는 인기 없다고."

"뭐야, 이럴 때 정도는 괜찮잖아."

"너는 어떤데. 아니, 얼굴이 너무 가까워."

카이토는 팔짱을 낀 채 으음, 고민하다가 반대쪽 주먹을 우득우득 쥐었다.

"입학식 때부터 밀어줬던 유우코라고 곧바로 대답하고

싶긴 한데……. 유즈키의 유카타도 영문을 알 수 없을 정도로 야하고, 안타깝게도 하루가 좀 귀엽다고 생각해버리기도 했어. 게다가 모두가 유카타를 입은 와중에 혼자 사복 차림인 웃찌가 오히려 가엾어서 띄워주자는 마음도 들고."

"으음, 이의는 없다."

"이거 굳이 한 명을 고를 필요가 있나?!"

"30초 전의 너한테 물어보고 와라."

둘이서 깔깔 웃었다. 그렇지, 만약에.

진짜로 만약에 오늘 제일 눈길을 빼앗긴 사람이 누군지 고백한다면, 아마도……

앞에서 걸어가던 유우코가 슬쩍 돌아보았다.

그 움직임에 맞춰 솜사탕이 살랑살랑 흔들렸다.

"뭐야, 뭐야, 무슨 이야기해~?"

평소와는 다른 옷차림, 평소와 같은 미소를 향해 나는 말했다.

"유우코가 예쁘다는 이야기."

옆에서 카이토가 소리쳤다.

"바로 그거야!!!"

그럼, 유우코가 그렇게 말하며 살짝 웃었다.

"백점 만점~ ♪"

흙 위에서는 소리가 들리지 않지만.

딸깍딸깍.

또각또각.

그럼에도 불구하고 머릿속에는 나막신 소리가 울렸다.

마지막으로 라무네 병 여덟 개를 산 다음, 우리는 시트가 있는 곳으로 돌아왔다.

*

어느새 주위는 완전히 밤의 입구에 접어들었다.

19시가 지나자 사람도 늘었고, 평소에는 한적한 강가를 다양한 꽃무늬가 장식하고 있었다.

"잠깐, 하루, 다리를 너무 벌렸어."

"어~, 그래도 이거, 움직이기도 힘들고, 늘어나지도 않잖아."

"유카타에 스포츠웨어의 기능성을 추구하지 말라고."

"하루, 옆으로 앉는 것보다 그냥 주저앉는 게 옷이 더 얌전해 보여."

"정말이네! 웃찌, 고마워."

"잠깐, 나도 그거 얼른 가르쳐주지~. 이제 정좌하는 거 힘들어~!"

여자애들 팀의 이야기에 별생각 없이 귀를 기울이며 여름이구나, 하고 생각했다.

뭐라고 해야 하나. 마치 인위적으로 만들어낸 것처럼 올바른 열일곱 살의 여름방학이다.

띠리링, 스마트폰이 울렸다.

화면에는 아스 누나의 이름이 떠 있다.

그러고 보니 도쿄 여행을 거치면서 우리는 전화번호와 라인을 서로 교환했었다.

다음에는 언제 만날 수 있을까 하며 기다리는 그 특별한 시간과 관계성을 잃게 되어버린 건 약간 아쉽지만, 언제까지나 '동경하는 선배와 멋진 후배 남자애'로 지내는 것보다는 훨씬 나을 것이다.

나도, 그 사람도, 모두도, 이렇게 조금씩 변해가는 것 같다.

그렇게 생각하면서 메시지를 열어보니.

"────읔."

거기에는 유카타를 입은 아스 누나의 사진이 떠 있었다.

나도 모르게 터치해서 화면 전체로 확대시켰다.

우아한 남색 바탕에 닿으면 사라져버릴 것 같을 정도로 덧없는 흰색 백합 무늬. 약간 자란 머리카락을 뒤로 살짝 묶고 터콰이즈 블루색 머리 장식을 달았다.

익숙하지 않은 셀카를 찍었기 때문일까.

쑥스러운 듯한 시선이 엉뚱한 방향으로 향해 있어서, 그 약간 허당 같은 느낌이 정말 사랑스럽다.

이런, 나 지금 분명 실룩거리고 있겠는데.

띠리링, 곧바로 메시지가 또 왔다.

『네 유카타 차림도 보내줘, 반드시!!!!!!!!!!!!!!』

도저히 견딜 수 없어졌기에 나는 내 입을 손으로 막았다.

뭐야, 이 사람. 너무 귀여운데.

환상의 여인은 어디로 사라진 거야?

그건 그렇고. 무심코 머릿속으로 태클을 걸면서 생각했다.

이럴 때는 역시 1년이라는 시간의 무게가 실감된다.

아스 누나는 여기에 없다.

그 사람은 내년에 불꽃놀이를 도쿄에서 보려나.

그때, 혹시 곁에는.

"호오?"

슬쩍, 카즈키가 내 스마트폰을 빼앗아갔다.

"으아아아아아아아아아아아아아아아아아앗?!"

나는 무심코 소리쳤다.

"이런 미소녀들에게 둘러싸여 있는 주제에 니시노 선배의 유카타 사진까지 보내 달라고 하다니, 죄가 많은 남자구나~."

"남의 스마트폰을 멋대로 보지 말라고! 무슨 바람기를 의심하는 여자친구냐!"

"네 유카타 차림도 보내달라는데. 그러는 너는 이제 막 사귀기 시작해서 풋풋한 커플이야?"

"소리 내어 읽지마아아아아아아!! 이 자식, 지금 당장 통에 쳐넣고 첫 번째 불꽃놀이로 만들어주마!!"

카즈키에게서 스마트폰을 빼앗으려 하다 보니.

"사~쿠?"

"사쿠 군?"

""치, 토, 세?""

냉동고에서 이제 막 꺼낸 아이스크림처럼 딱딱하고 싸늘한 목소리가 내 이름을 불렀다.

조심조심 그쪽을 보니 유우코가 방긋 웃으며 말했다.

"잠깐 스마트폰 좀 줘볼래?"

"개, 개인적으로 주고받는 이야기니까."

유아, 나나세, 하루까지 옆에서 방긋 웃고 있으니 무섭다.

"아무리 그래도 라인으로 주고받은 메시지까지 체크하진 않아~. 니시노 선배에게 사진을 보낼 거지? 내가 찍어줄게."

카즈키가 팔로 입가를 필사적으로 가리며 유우코에게 스마트폰을 건넸다.

"자, 사쿠, 웃어, 웃어~."

"하, 하하."

나는 입가를 움찔거리며 렌즈를 보았다.

찰칵, 셔터를 누른 유우코는 스마트폰을 유아에게 건
냈다.

"끝난 거 아니야?!"

"사쿠 군, 그럼 다음에는 장난기 어린 표정을 지어보자."

"저기, 유아?!"

찰칵, 그렇게 찍고 나니 다음에는 나나세 차례인 모양
이다.

카이토와 켄타는 움찔움찔거리며 열심히 웃음을 참고
있다.

"치토세, 나랑 유우코 가슴 사이에 끼었을 때 표정 해봐."

"아무리 그래도 너무 심한데?!"

찰칵, 마지막은 하루다.

"음~, 그럼. 치토세, 하루 사랑해, 라고 하는 표정."

"그걸 아스 누나한테 보내는 건 너무 무섭잖아?!"

찰칵. 촬영을 마친 순간, 이제 견딜 수 없다는 듯이 모두
가 웃음을 터뜨렸다.

깔깔깔깔, 크크크크, 떠들썩한 축제 소리보다 더욱 시끄
럽게.

마치 이 순간을 길게 늘어뜨리려는 것처럼, 여름이 끝나
지 않으면 좋겠다고 꿈꾸는 것처럼.

──퓨우우우욱, 첫 번째 불꽃이 올라갔다.

한동안 불꽃놀이를 즐긴 다음, 나는 먹을 것을 사기 위해 노점 쪽으로 왔다.

하루와 카이토 때문에 눈 깜짝할 새에 먹을 것이 떨어져 버렸기 때문이다.

평소에는 항상 가위바위보나 다른 게임으로 당번을 정했지만, 왠지 모르게 다들 말없이 나를 보며 미지근한 눈빛을 보였다.

어? 뭐야?

네가 다녀오라고?

제가 그렇게까지 나쁜 짓을 했나요?

혼자서 노점에 줄을 서봤자 청춘스럽지 않을 것 같은데?

참고로 사진은 네 장 모두 아스 누나에게 보냈더니 엄청나게 좋은 반응이었다.

그런 관계로 나는 혼자서 어슬렁어슬렁, 축제의 밤을 돌아다니고 있다.

주위는 마치 거리 전체의 꼬맹이들 목소리를 한데 끌어모아서 통째로 뒤엎은 것처럼 떠들썩한 소리로 가득했다.

이렇게 회장에서 불꽃놀이를 보는 건 처음이다.

근처에서 들어보니 배에 울리는 듯한 소리 크기 때문에 놀랐다.

모두 함께 떠들어대기에는 딱 좋지만, 그래도 나는 역시 약간 떨어진 곳에서 조용히 바라보는 게 좋구나. 그렇게 생각하며 쓴웃음을 지었다.

흙과 여름 풀 향기를 없애려는 듯 맛있을 것 같은 냄새가 풍기고 있었다.

불꽃놀이가 시작되기 전에는 모든 노점에 긴 줄이 생겨나 있었지만, 지금은 혼자 사러 돌아다녀도 시간이 별로 걸리지 않을 정도로 줄어들었다.

나는 야키소바 두 개, 마루마루야키 세 개, 프랑크푸르트와 초코 바나나를 두 개씩 사서 첫 번째 가게에서 받았던 큼직한 비닐 봉투에 겨우 다 집어넣었다.

프랑크푸르트 소시지와 초코 바나나를 합치면 딱 여자 4인분이지만, 맹세코 좀 전에 당한 걸 복수할 생각이나 다른 의미는 없습니다.

자, 돌아가서 느긋하게 불꽃놀이나 보자.

그렇게 생각하고 돌아서자 왠지 모르겠지만 거기에 나나세가 서 있었다.

"여어."

"도와주러 온 거면 이미 끝났는데."

"음~, 딱히 도와줄 기분은 아닌데."

뭐, 화장실에 갔다가 보여서 기다려준 건가?

내가 살짝 한숨을 쉬고 입을 열자.

"뭐야, 놀리려는 거야?"

"아니, 유괴하려는 거야."

엄청나게 장난기 어린 미소가 돌아왔다.

"있지, 치토세, 둑 위쪽에서 한번 봐보자."

"그 정도로 조금 높아져 봤자 별 차이 없을 텐데."

"괜찮아, 괜찮아."

나는 걸어가기 시작한 나나세가 시키는 대로 그녀를 따라갔다.

잠시 후 도착한 둑 위에서 적당한 자리에 나란히 섰다.

뭐, 아주 약간 아래쪽에서 본 불꽃놀이와는 분위기가 다를지도 모르겠다.

나는 입을 열었다.

"그래서, 이야기할 게 뭔데?"

일부러 이런 곳으로 데리고 올 정도니까.

분명 다른 녀석들이 듣지 않았으면 하는 이야기가 있을 것이다.

그리고 천천히 이쪽을 본 나나세의 표정은……, 깜짝 놀랄 정도로 멍한 표정이었다.

"어라? 아니야?! 회장에서 얀고 녀석들을 봤다든가."

에휴~~~~~~~~~~~~~~~~~~~~~~~, 보란 듯이 기나긴 한숨이 새어 나왔다.

"네가 나를 어떻게 생각하고 있는지 자알 알았어. 아~, 귀찮은 일만 가져오는 여자라 참 미안하게 됐네요."

신기하게도 진짜로 발끈한 모양이었다.

그녀는 흥, 하며 고개를 돌렸다.

"아니, 진짜로 죄송합니다! 그럼……, 뭔데?"

눈을 흘기며 이쪽을 본 나나세가 어이없다는 듯이 말했다.

"친구들이랑 불꽃놀이를 보러 온 여자애가 남자애한테 빠져나가자고 할 이유는 한 가지밖에 없지 않을까?"

반 발짝, 이쪽으로 다가섰다.

"둘이서, 보고 싶었어."

아, 그거 정말, 내가 잘못했네.

"오랫동안 있을 수는 없어. 다들 기다리니까."

"1만 발이나 쏘아 올린대.
그중 10발 정도는 내게 줄 수 있잖아?"

조심조심, 나나세의 손이 내 손 쪽으로 다가왔다.
무의식적으로 손가락이 움찔, 움직였다.

"안 잡아, 이제 애인이 아니니까. 그러니까 소매만 빌려줘."

나나세는 그렇게 말하며 유카타 끄트머리를 꼬옥, 잡았다.

팔랑팔랑, 팔랑팔랑, 꽃이 피어났다.

그럴 때마다 나나세의 예쁜 옆얼굴이 비쳤다.

하나, 둘, 셋.

왠지 울음이 터질 것 같았기에 하늘을 보았다.

넷, 다섯, 여섯.

물구나무선 채 기울어진 하트가 덧없이 사라져갔다.

일곱, 여덟, 아홉…….

한 발만 더, 이제 단 한 발.

나는, 생각했다.

———이 감정에 이름을 붙여줄 수 있을까.

*

"……………으."

*

"늦었잖아~, 사쿠~!"

모두가 있던 곳으로 돌아오자마자 카이토가 말했다.

나보다 뒤늦게 이곳을 떠났던 나나세는 약간 타이밍을 어긋나게 해서 돌아온다고 했다.

"미안, 노점이 붐벼서. 이것저것 사 왔어."

"유우코가 걱정하면서 가던데, 못 만났어?"

"아니? 사람이 꽤 많았으니까."

따끔, 마음에 바늘이 꽂혔다.

만약 노점 근처를 찾고 있는 거라면 미안하게 됐네.

부르러 갈까, 그렇게 생각한 참에.

"아~! 사쿠, 벌써 돌아왔네!!"

"그러니까 내가 말했지? 귀여운 유카타를 입은 여자애라도 구경했던 거라고."

유우코와 나나세가 둘이서 돌아왔다.

"유우코, 나를 찾아다녔다면서? 미안해, 엇갈린 모양이라."

"아니, 괜찮아~. 애초에 사쿠한테 전부 떠넘긴 건 우리니까."

그렇게 말하며 방긋 웃었다.

마침 나나세하고 마주친 건가?

어찌 됐든, 그렇게 오래 헛발길을 하지 않은 모양이라 다행이다.

겨우 한 시간 정도밖에 하지 않는 불꽃놀이.

이러쿵저러쿵하다 보니 벌써 후반에 접어들었다.

"난 사쿠 옆에 앉아야지~!"

유우코가 나막신을 벗고 시트에 올라왔기에 엉덩이를 살짝 옮겨서 공간을 만들었다.

"뭐 사 왔어~?"

"내가 추천하는 건 초코 바나나하고 프랑크푸르트야."

그렇게 말하면서 사 온 음식을 모두에게 나누어주기 시작했다.

"어~? 마루마루야키가 더 좋은데."

"……꼭 그걸 먹어야겠어?"

"응! 이거 정말 좋아해!"

"크윽, 여자애라면 초코 바나나를 그냥 지나치지 않을 줄 알았는데!"

"사쿠, 무슨 소릴 하는 거야?"

그렇게 이야기를 나누고 있자니 카이토가 소리쳤다.

"아, 나, 오랜만에 초코 바나나 먹고 싶어!!"

"아스와가와 건너편까지 날려 버린다?"

"어째서?!"

그 말에는 대답하지 않고 마루마루야키를 젓가락 끝으로 절반 나누었다.

"자, 유우코, 큰 쪽 먹어도 돼."

"네, 아앙~ ♪"

"……저기, 카이토가 피눈물을 흘리면서 이쪽을 보고 있는데요."

"나는 신경 쓰지 마! 아앙 해주는 사쿠를 파묻어버리고 싶은 마음보다 아앙~ 받아먹는 유우코를 보고 싶은 마음이 조금 더 강하니까!"

나 참.

"……몸조리 잘해라(그걸로 되는 거지)?"

나는 다시 한입 크기로 잘라서 젓가락으로 집었다.

"그래, 그래, 아앙~."

눈을 감고 입을 살짝 벌린 유우코의 입가에 가져가자.

"아앙~!"

덥썩, 옆에서 튀어나온 하루가 그걸 먹었다.

"마루마루야키, 맛있다~!! 노른자 부분이 진짜 괜찮은 느낌이야!"

눈을 번쩍 뜬 유우코가 소리쳤다.

"잠깐! 하루?!"

"아, 미안, 먼저 먹고 싶었어?"

하루는 내 젓가락을 뺏은 다음 나머지 전부를 단번에 집어서 유우코의 입으로 가져갔다.

"자, 유우코, 큰 거, 아앙~."

"그런 게! 아니야아아아아아아아아아!!!!!!"

"진정해."

유아가 그렇게 말하며 두 사람을 달랬다.

이런이런, 카즈키가 그렇게 말했다.

"켄타, 어때? 이런 거."

그 말을 들은 켄타는 눈을 반짝반짝 빛내고 있었다.

"장난 아닌데! 나, 지금 여름방학 이벤트를 회수하고 있는 거지?!"

"응, 신이 난 건 잘 알겠는데, 일단 '이벤트를 회수한다'는 말은 하지 말자."

"아니, 불꽃놀이, 축제, 유카타 입은 여자애잖아! 무엇보다 친구들하고 같이!!"

카즈키는 놀리려 하는 표정으로 입을 열었다가 다문 다음, 왠지 모르겠지만 절실한 느낌으로 '그렇지'라고 말했다.

"이제야 이 멤버로 이런 행사에 왔네."

켄타가 의아하다는 듯이 되물었다.

"그냥 나만 늘어난 거 아닌가……?"

카즈키는 천천히 고개를 저었다.

"그렇지 않아. 유즈키나 하루하고 이렇게까지 사이좋게 지내게 된 건 같은 반이 된 이후였고. 그걸 제쳐두더라도 잠깐 놀러 가는 정도라면 모를까, 불꽃놀이 같은 행사에 친구들이 모두 모인 건 사실 귀중한 기회거든."

메마른 이 남자치고는 신기하게도 감성적인 말이었다.

아직 이해가 잘 안 되는 것 같은 켄타를 보고 카즈키가 계속 말했다.

"그렇게 신기한 이야기는 아니야. 클럽 활동 원정이나 가족 여행이 꼈다든가, 다른 친구하고 약속을 해버렸다든가, 그리고 뭐……."

그다음 나온 것은, 왠지 절실한 중얼거림이었다.

"───예를 들어서 누군가에게 연인이 생기기라도 하면, 내년에는 이런 식으로 모이지 못할지도 모르지."

마치 불꽃 사이를 꿰뚫는 것처럼 팍 쏘아 올린 그 말은 분명 이곳에 있던 모두에게 전달되었을 것이다.
어쩌면 켄타가 아니라 다른 누군가에게 한 말일지도 모르겠다.
어쩌면 자기 자신을 타이르고 싶었던 건지도 모르겠다.
잠시 후 떠들썩한 침묵을 잘라내려는 듯이 카이토가 웃었다.
"지금은 그런 거 하지 말자고."
카즈키도 슬쩍 웃었다.
"그렇지, 이제 곧 피날레니까."
끝이 다가오고 있다는 예감이 들게끔, 차례차례 불꽃이 쏘아 올려졌다.

펑펑, 퍼펑.
팔랑팔랑, 팔랑.

유우코, 유아, 나나세, 하루, 카즈키, 카이토, 켄타.
다들 그저 멍하니 밤하늘을 올려다보고 있었다.

만약에 우리가 저 불꽃이라면.

이런 식으로 있는 힘껏 피어나고, 덧없이 끝을 맞이하고, 그러면서도 다시 내년에 똑같은 곳에서 만나자는 약속을 할 수 있을까.

누군가의 마음속에서 컬러풀한 유리구슬이 될 수 있을까.

———휘이익, 마지막 불꽃이 올라갔다.

엄청나게 커다란 수양버들 불꽃이 천천히 만개를 맞이했고, 잠시 후 황매화색 비가 되어 아쉬워하듯 쏟아져 내렸다.

……그렇게 올해 불꽃놀이가 끝났다.

조용하게 찾아온 정적 속에서 마치 엔딩 크레딧 같은 하얀 연기가 새까만 스크린 위로 사라져간다.

"내년에, 또 보자."

누군가가 조용히, 선향 불꽃처럼 중얼거렸다.

3장 파도 너머의 절취선

여름의 따가운 햇빛을 참방참방 쬐면서 검푸른색 바다가 별가루처럼 일렁이고 있었다.

자로 잰 듯한 수평선은 경치를 깔끔하게 절반으로 나누고, 하늘에는 통통하게 살찐 적란운이 널찍하게 퍼져 있었다.

불꽃놀이가 끝나고 며칠이 지난 오전 11시.

우리는 대형 버스를 타고 여름공, 하기 공부 합숙이 진행되는 호텔로 가고 있었다.

누군가가 창문을 연 모양이다. 시원한 차 안에 미지근한 바다 향기가 헤엄치고 있다.

이쪽 자리도, 저쪽 자리도, 왠지 안절부절못하며 들뜬 기분이다.

어젯밤에 잠을 제대로 못 잔 건지, 새근새근 기분 좋게 잠든 숨소리도 들렸다.

이윽고 버스는 도진보를 지나 목적지인 '휴양 여관 에치젠 해안'에 도착했다.

동해를 한눈에 볼 수 있는 이 호텔은 모든 객실이 오션 뷰인 데다, 온천은 물론이고 넓은 부지 안에는 수영장이나 캠프장까지 있다.

바로 옆이 해변 자연 공원이고, 해수욕장까지는 자동차

로 10분 정도 걸리는 입지조건이라 이 계절에는 다른 현에서도 사람이 많이 오는 모양이었다.

자세한 여름공 내용에 대해서는 미리 소책자를 나누어 주었다.

소문으로 들었던 것처럼 호텔에 숙박할 때의 지극히 일반적인 매너만 지킬 필요가 있을 뿐, 기상이나 소등, 식사 시간까지 포함해서 자잘한 규칙 같은 건 거의 없었다.

복장은 첫날 집합할 때와 마지막 날 해산할 때만 모두가 교복. 머무르는 동안은 교복을 그대로 입고 지내도 되고, 사복으로 갈아입어도 되는 모양이다.

어디까지나 '교사에게 질문할 수 있는 자율학습 모임'이라는 느낌인 것 같다.

결과적으로 사흘째에 근처 해수욕장까지 버스가 왕복하고, 밤에는 모두 함께 바비큐를 한다는 노는 일정이 눈에 띄게 되었다.

참고로 방 배정은 기본적으로 학생들에게 맡긴다.

특별한 사정이 없는 한 최소 두 명부터 최대 다섯 명까지.

당연하지만 남녀 합방은 금지.

그렇기 때문에 나는 카즈키, 카이토, 켄타와 같은 방.

여자 쪽도 유우코, 유아, 나나세, 하루가 같은 방을 쓰는 모양이었다.

나는 대표로 쿠라쌤에게 방 열쇠를 받으러 갔다.

그건 그렇고 반바지에 알로하 셔츠, 비치 샌들이라니.

이 사람은 진짜로 공부를 가르쳐줄 생각이 있긴 한 건가?

쿠라쌤이 나른하게 입을 열었다.

"알겠냐, 치토세. 무작위로 교류 파티를 시작할 때는 반드시 인솔자인 내게……."

"학교 밖이라서 표현을 자제하긴 하시네요. 학교 안도 공공장소라는 걸 눈치채셨으면 좋겠어요."

"그리고 바다에서 블루 쓰리 우먼을 할 때는 모래를 조심하고……."

"그 표현은 문제가 있잖아, 됐으니까 열쇠나 달라고."

진짜, 매번 이런 이야기를 해야 성이 차는 건가?

겨우 열쇠를 받은 나는 친구들이 있는 곳으로 향했다.

카이토는 커다랗고 각진 비닐 봉투를 들고 있었다. 아마 여자 농구부 고문인 미사키 선생님에게 도시락을 받아온 모양이다.

참고로 사흘째 바비큐를 제외하면 기본적으로 아침 저녁 식사는 호텔 뷔페다.

점심 식사는 미리 신청하면 이렇게 도시락을 받을 수 있다.

"미안, 쿠라쌤 때문에 애 좀 먹어. 우리는 301호실이구나."

그렇게 말하자 근처에 있던 유우코가 소리쳤다.

"우리는 309호실!"

"뭐야, 그럼 같은 층이네."

"나중에 그쪽 방도 구경하러 갈게~."

"아마 다 똑같을걸?"

서양식 방은 침대가 두 개밖에 없기 때문에 2인 1실인 경우는 그쪽, 세 명 이상인 경우는 전통식 방을 받게 된다.

"일단."

나는 유우코에게 말했다.

"각자 방에서 밥을 먹고, 옷을 갈아입을 녀석은 갈아입은 다음에 넓은 방에 모일까."

"알겠습니다~!"

                    *

휴양 여관이라는 이름에 솔직히 꽤 낡고 분위기가 있는 숙박 시설을 상상했는데, 막상 안으로 들어와 보니 엄청나게 멋진 호텔이었다.

엘리베이터를 타고 3층으로 올라간 다음, 일단 유우코 일행과 헤어졌다.

방으로 들어가자 정겨운 다다미 냄새가 우리를 감쌌다.

내부는 호텔이나 여관에 있는 전형적인 전통식 방이라는 느낌이었다.

"우오오오오오오오오오오!"

견디지 못하겠다는 듯이 카이토가 방 안으로 돌격했다.

보스턴 백을 대충 던져놓고 다다미에 드러누운 다음, 곧바로 '뇨호호호호호' 하며 몸을 마구 비벼대고 있다.

켄타가 옆에서 어이없다는 듯이 중얼거렸다.

"……아사노, 뭐 하는 거야?"

"야생동물이 마킹하는 거잖아, 내버려 둬."

나와 카즈키는 구석에 가방을 나란히 놓고 나서 작은 테이블 맞은편에 의자가 놓여있는 '그 공간', 방 안쪽에 있는 베란다에 앉았다.

카즈키가 달달한 목소리로 말했다.

"이런이런, 이래서 어린애는 안 된다니까."

"진짜 그렇지. 어른스럽게 쉬는 방법도 모르고."

"저거 봐, 사쿠. 바다가, 예뻐."

"흥, 나쁘지 않군. 지친 마음을 씻어주는 것 같아."

"아니, 당신들도 뭐 하시는 건데요!"

켄타의 태클에 세 사람이 푸핫, 웃음을 터뜨렸다.

나는 배를 부여잡으며 말했다.

"왠지 여기 앉으면 쓸데없이 감성적이고 우울한 기분 들지 않아? 내가 어른이 되면 한없이 술을 먹으면서 바다를 보고 감상에 젖을 거야."

카즈키가 이어서 말했다.

"로망이 가득 차 있지. 분명 상대방이 남자든 여자든 상관없이 중요한 이야기를 하게 될 거라고."

카이토가 도마 위에 오른 생선 같은 상태로 이야기에 끼어들었다.

"알겠어? 켄타. 지금부터 유우코와 웃찌, 유즈키, 하루하고 한 지붕 아래에서 나흘 동안 지내게 될 거야. 수영복도 있고! 너는 기대 안 되냐?!"

"……솔직히, 엄청 기대되긴 하는데!"

"그치!!"

그렇게 남자 녀석들끼리 시끌시끌 떠드는 와중에 나도 생각보다 이날을 기대했다는 걸 눈치챘다.

여자애들이 있다는 것도 그렇지만, 이 녀석들하고 여행 온 것도 처음이다.

수학여행을 제외하면 고등학교를 다니는 동안 이럴 기회가 몇 번 있을지는 모르겠다.

그러니 있는 힘껏 즐겨야겠다고 생각했다.

만약 이번이 마지막 기회라 해도, 후회하지 않을 만큼.

*

재빨리 도시락을 다 먹은 다음, 편한 사복으로 갈아입은 우리는 넓은 방으로 향했다.

기간 동안 공부에 이용할 수 있는 곳은 우리 방 말고 세 군데.

연회 같은 것을 할 때 쓴다는 넓은 방, 중간 크기인 회의실, 그리고 날마다 지정된 시간에만 사용 가능한 레스토랑의 빈자리라고 한다.

다다미가 깔린 넓은 방으로 들어가자 낮은 책상과 의자가 보란 듯이 늘어서 있었다.

최대 100명까지 동시에 식사를 할 수 있는 곳이라 그런지 꽤 넓었다.

안에는 이미 공부를 시작한 사람이나 친구들과 도시락을 먹으며 이야기를 나누는 그룹도 보였다.

너무 크게 떠들면 안 되지만, 잡담 정도는 아무도 신경 쓰지 않는 모양이다.

유우코 일행의 모습은 아직 보이지 않았다.

사람들이 다 차기 전에 앉을 곳을 확보하려고 주위를 둘러보던 와중에 툭툭, 뒤에서 누군가가 내 어깨를 두드렸다.

돌아보려 하니 볼에 가녀린 손가락이 꽂혔다.

이런 고전적인 장난을 치는 사람은 유우코일까 하루일까, 그렇게 생각하며 눈을 돌려보니.

"와~, 걸렸다."

"아니, 아스 누나?!"

방긋 웃는 것은 그 사람이었다.

너무 갑작스러워서 동요하며 입을 열었다.

"말도 안 돼, 참가한다는 말은 못 들었는데!"

"나도 마찬가지야. 깜짝 놀라버렸어."

그러고 보니 수험생이니까 이상할 건 전혀 없다.

하지만 둘이 이야기할 때도 화제로 나오지 않았기에 전혀 생각하지 못했다.

"우오오오오오오오!"

옆에 있던 카이토가 목소리를 조절하며 소리쳤다.

쓸데없는 재주가 있구나, 너.

"니시노 선배, 저 기억하시나요? 그, 진로 상담회 때."

아스 누나는 살랑살랑 웃으며 대답했다.

"대학교에서도 농구를 계속하고 싶은 아사노 군이지?"

"할렐루야~~~~!!"

카이토가 호들갑스럽게 하늘을 올려다보며 말했다.

"저기, 혹시 괜찮으시면 저희랑 같이 공부하실래요?"

저번에 불꽃놀이 때 있었던 일이 머릿속에 스쳐서 야, 그만해라고 말리려 하자.

"음~, 미안해. 나도 친구들이랑 같이 와서."

아스 누나가 넓은 방 한구석을 손가락으로 가리켰다.

거기에는 남녀 몇 명 그룹이 뭉쳐 있었고, 그중에는 진로 상담회에 왔던 오쿠노 선배도 있었다.

"NOOOOOOOOOOOO!"

귓속말 같은 절규를 들으며 마음이 약간 풀 죽었다.

나도 카이토를 말리려 했던 주제에 거절당하니 실망하

기는, 정말 어린애 같다.

포기하고 카즈키와 켄타 쪽으로 가는 카이토를 따라가려 하자 티셔츠 소매를 꼬옥, 잡혔다.

아스 누나가 귓가에 입을 가져다 댔다.

"저기, 나흘 동안 언제든. 잠깐이라도 좋으니까 둘이서 공부하지 않을래?"

놀라서 얼굴을 돌아보자 입을 꼭 다물고 고개를 숙이며 머뭇거리고 있었다.

"저기, 이번 기회를 놓치면 너하고 이런 걸 할 기회가 이제 없을 것 같아서."

무슨 말인지는 알겠다.

도서관이나 패밀리 레스토랑 말고, 학교의 분위기를 느낄 수 있다고 해야 하나, 수업의 연장선상 같은 공간에서 함께 공부할 수 있는 건 분명 이번이 처음이자 마지막 기회일 것이다.

"알았어, 약속할게."

내가 그렇게 말하자 아스 누나는 활짝 웃고는 약간 빠른 걸음으로 돌아갔다.

마침 교대하듯이 여자애들 팀이 다가왔다.

유우코가 아스 누나 쪽을 돌아보며 입을 열었다.

"어라, 사쿠. 방금 그 사람, 니시노 선배야?"

"그래. 나도 온다는 건 몰랐는데."

"수험생이니까~. 벌써 진로는 정했나?"

"도쿄라고 하던데."

"도쿄……, 그렇구나."

뭔가 의미심장해 보이는 반응에 표정을 살펴보자 거기에는 평소처럼 밝은 미소가 드리워 있었다.

"자~, 공부하자~!"

착각한 건가? 어깨를 마구 돌려대는 유우코를 보고, 그렇게 생각한 나는 뒤를 따라갔다.

*

곧바로 두 시간 정도 여름방학 숙제와 씨름하다가 딱 괜찮은 느낌으로 피곤해진 나는 쉬러 나왔다.

자판기에서 캔커피를 사서 로비의 의자에 앉았다.

주위를 둘러보니 후지 고등학교 학생들이 방을 꽤 많이 빌려서 일반 숙박객은 그리 많지 않았지만, 그래도 큼직한 여행 가방을 들고 오는 커플이나 가족이 행복하다는 듯이 들뜬 발걸음으로 돌아다니고 있었다.

관절이 굳은 느낌이 들어서 기지개를 쭉 켰다.

역시 현내 제일의 진학교라고 해야 하나, 한번 집중하기 시작하니 넓은 방은 마치 도서관처럼 조용해졌다.

사각사각 샤프를 놀리는 소리나 팔랑팔랑 참고서를 넘기는 소리, 소곤소곤 근처에 있는 사람과 의논하는 목소리 말고는 전혀 들리지 않았다.

공부 진도가 잘 나가긴 하겠네.

무엇보다 주요 교과 선생님들이 이곳에 있다는 메리트가 크다.

대학 수험서를 들고 질문하러 가는 3학년들도 몇 명 보았다.

반바지에 알로하 셔츠를 입고 나른하게 앉은 쿠라쌤 앞에 사람들이 줄을 선 광경이 웃기긴 했지만, 그 사람은 은근히 잘 가르치기 때문에 납득이 되었다.

그런 생각을 하고 있자니 '여' 하며 말을 거는 사람이 있었다.

고개를 들어보니 좀 전에 보았던 오쿠노 선배였다.

"아, 고생 많으시네요."

내가 그렇게 말하자 오쿠노 선배는 '진짜 그렇단 말이지~'라며 쓴웃음을 지었다.

"여기, 앉아도 되나?"

"상관없긴 한데, 다른 자리도 비었잖아요?"

"뭐, 쉴 겸 잡담이라도 같이 해줘."

진로 상담회 때 한 번 이야기해본 게 전부인 사이라 이야깃거리가 있을 것 같진 않은데. 하지만 그런 건 선배도 알고 있을 것이다.

내가 고개를 끄덕이자 작은 테이블을 사이에 두고 맞은편에 앉았다.

키가 크고 다부진 몸, 시원스러워 보이는 짧은 머리, 단

정한 이목구비. 이렇게 새삼 보니 역시 인기가 많을 것 같은 사람이다.

오쿠노 선배가 페트병에 든 물을 한 모금 마신 다음 입을 열었다.

"그래서, 첫 여름공은 어때?"

"나쁘지 않네요, 3학년이 많이 참가한 이유도 이해가 되고요."

"까놓고 말해서 절반 정도는 여름방학 추억 만들기로 참가한 거겠지만."

"오쿠노 선배는 잘 되어가시나요? 수험 공부."

"뭐, 후보까지 합치면 전멸하진 않을 것 같다는 느낌이지."

"지금 단계에서 그렇게 딱 잘라 말할 수 있다는 건 대단하네요."

"벌써 3학년 여름이니까. 시간은 눈 깜짝할 새에 가거든."

눈 깜짝할 새라.

분명 그럴 것이다.

내가 입을 다물고 있자니 오쿠노 선배가 계속 말했다.

"아스카, 도쿄로 정했다던데."

역시라고 해야 하나, 그 이름이 나왔다.

처음부터 이쪽이 본론이었을 것이다.

나는 짤막하게 대답했다.

"그런 모양이네요."

"이제 적어도 내게는 4년 동안 유예가 생겼다는 거지.

후쿠이, 그것도 같은 고등학교 같은 반에서 도쿄로 가는 사람은 얼마 없으니까. 그쪽에서 연락을 주고받거나 둘이서 술을 마시러 갈수도 있을 거야."

"…………."

아스 누나에게 반했다는 사실을 숨길 생각도 없는 것 같았다.

그 말의 의미를 곱씹다가 그대로 이를 갈아버릴 것 같은 초조감에 휩싸였다.

모든 것을 이해하고 그 사람의 등을 떠밀어 준 건데, 그럼에도 불구하고.

하지만 눈앞에 있는 사람에게 화가 나지 않았던 건 그 목소리에 왠지 슬픈 듯한 기색이 담겨 있었기 때문이다.

"막 이래."

오쿠노 선배가 자조처럼 웃었다.

"저번에 아스카에게 고백했다가 깔끔하게 차였어. 그래, 계속 좋아해봤자 앞으로 내게는 가능성 같은 게 없겠구나, 할 정도로 딱 부러지게. 정말 지독했지."

그 말투가 재미있어서 나는 살짝 웃음을 터뜨려버렸다.

"……죄송합니다, 저도 모르게."

아니야, 오쿠노 선배가 약간 편한 말투로 그렇게 말했다.

"이런 이야기를 일부러 들어주고 있잖아. 마음껏 웃어."

"아니, 애초에 그런 이야기를 왜 저한테 하시는 거죠?"

"아까 아스카하고 치토세 군이 이야기하는 모습을 보니

까 나도 모르게 말이지."

아직 이 사람의 의도를 알 수가 없다.

이렇게 차인 사실을 말하는 이상, 견제하려는 것도 아닐 테고.

"치토세 군은 말이야, 아스카하고 이야기하게 된 게 작년 9월쯤이었지?"

"뭐, 그렇죠."

초등학교 때 있었던 일까지 설명할 필요는 없을 것 같아서 그렇게 대답했다.

"나는 1학년 때부터 아스카하고 같은 반이었고, 1학년 때부터 좋아했어. 다시 말해서 1년 반 정도는 치토세 군과 만나지 않은 아스카랑 함께 지낸 거지."

어떻게 대답해야 할지 몰라서 잠자코 있자니 오쿠노 선배가 다리를 쭉 뻗고는 의자 등받이에 몸을 기댔다.

"아~, 좀 더 일찍 고백할 걸 그랬다는 거야. 그랬다면 지금보다 조금이나마 가능성이 있었을지도 모르는데."

나는 무의식적으로 주먹을 쥐고 있었다.

"치토세 군은 나처럼 되지 마."

씨익, 오쿠노 선배가 웃었다.

왠지 탐탁지 않았다.

"다시 묻는 건데요……, 어째서 그런 이야기를 하시는 거죠?"

내가 그렇게 말하자 오쿠노 선배는 잠시 고민하는 듯한

모습을 보인 다음, '글쎄?'라며 고개를 저었다.

"도쿄에 있는 대학교에서 영문도 모르는 녀석이 채갈 바에는 차라리 그렇게 아스카를 웃게 해줄 수 있는 네가 더 낫다고 생각한 건지도 모르지."

방해했구나, 라며 오쿠노 선배가 일어섰다.

떠나가는 그 뒷모습을 보며 그제야 힘을 빼자 손바닥에는 손톱자국이 또렷하게 남아있었다.

남 일처럼 생각하면서 웃어넘길 수 있다면 편할 텐데.

나는 방금 들은 이야기에 그리 멀지 않은 미래의 나를 겹쳐버렸다.

눈 깜짝할 새에 가거든.

그 말이 머릿속에 계속 울리고 있었다.

*

첨벙~.

하루 공부를 마치고 후쿠이 식재료를 잔뜩 써서 만든 저녁 식사 뷔페를 배부르게 먹은 우리는 느긋하게 온천에 몸을 담그고 있다.

딱히 수험생처럼 궁지에 몰린 것도 아니기에 처음부터 낮에는 열심히 공부하고 밤에는 느긋하게 지내기로 결심했기 때문이다.

우리가 왠지 들뜬 기분으로 넓은 방을 나설 때, 아스 누나와 오쿠노 선배는 여전히 필사적으로 참고서를 노려보고 있었다. 그 온도 차가 아무래도 답답했다.

그렇다고 해서 친구들과의 시간을 희생해서 공부에 몰두할 수 있는지 따진다면, 고등학교 2학년인 지금은 역시 그렇게까지 할 수는 없을 것 같다.

아마 1년 정도 시간이 더 지났을 무렵에는 이번 여름의 아스 누나를 좀 더 이해할 수 있게 되겠지.

더 이상 생각하는 걸 그만두고 욕탕 가장자리에 머리를 얹었다.

주위에 건물이 하나도 없는 노천탕 위에는 말도 안 될 정도로 예쁜 밤하늘이 펼쳐져 있었다.

이렇게 다리를 뻗고 어깨까지 몸을 담근 채 바라보고 있자니 마치 나도 별들 사이를 떠다니는 것 같은 기분이 들었다.

이곳에 여행 왔구나라고 실감하는 순간은 사람에 따라 저마다 다르다.

내가 사는 곳에서는 볼 수 없는 경치를 보았을 때, 현지의 맛있는 음식을 먹었을 때, 낯선 억양이 귀에 들어왔을 때…….

나 같은 경우는 왠지 모르겠지만, 예전부터 항상 노천탕에 들어왔을 때였다.

후지 고등학교에서 자동차로 한 시간 정도 걸리는 이런 곳에서조차 '아, 멀리 왔구나'라는 알 수 없는 감동이 솟구

친다.

어쩌면 마음이 무방비해진 건지도 모르겠다.

여자애들을 생각했다.

유우코도, 유아도, 나나세도, 하루도, 그리고 아스 누나도.

이렇게 밤하늘을 올려다보면서 뭔가 생각하고 있을까.

아니면 모두 함께 시끌시끌 떠들고 있을까.

크다거나, 날씬하다거나, 샴푸를 두고 와서 빌려달라거나, 카즈키가 선배를 꼬시려 했다거나, 카이토가 진지하게 공부를 했다거나, 켄타의 사복이 멋져졌다거나……, 아니면 좀 더 진지한 이야기라든가.

그런 걸 상상하니 조금이나마 행복해졌다.

똑같은 밤을 공유하고 있는 것 같아서.

똑같은 하늘에 떠다니고 있는 것 같아서.

그렇게 생각하고 있자니 첨벙, 수면이 파도쳤다.

"으아아아아아악."

"카이토, 좀 조용히 들어오라고."

"무슨 소리야. 이렇게 단숨에 몸을 담그는 게 기분 좋은 건데."

"너, 신이 나서 헤엄치고 그러지 마라."

"180이 넘는 남자가 하기에는 아무리 그래도 보기 좀 그렇지."

카이토가 그렇게 말하며 이야기를 이어나갔다.

"그건 그렇고, 왠지 좋은데~, 이런 거."

"응?"

나는 더 이상 말하지 않고 계속 이야기하게끔 했다.

"아까 문득 생각했거든. 내가 이야기해본 적이 있는 녀석이든 없는 녀석이든, 남자든 여자든, 선생님처럼 나이 차이가 많이 나는 사람까지. 같이 여행을 올 기회는 고등학교를 졸업하면 없겠다 싶어서."

"그러고 보니 그렇긴 하네."

대학교에 가더라도 서클이나 세미나 여행이 있을 테고, 사회인도 연수 여행 같은 게 있을지도 모른다.

하지만 그건 역시 좀 다른 것 같다.

카이토가 머리 위에 얹어두었던 수건으로 얼굴을 한 번 닦은 다음, 아무렇지도 않게 말했다.

"이봐, 사쿠. 솔직히 말해서 카즈키하고 켄타는 좋아하는 여자애가 있을까?"

"뭐야, 갑자기."

"괜찮잖아. 여행 날 밤의 정석이라고, 이런 이야기."

뭐, 그렇긴 하지.

모처럼 나온 이야기니 잠깐 생각해 보았다.

"켄타는 글쎄. 연애 때문에 틀어박히기까지 했으니까 역시 아직 좋아하는 애는 없지 않을까?"

"그럼 친구들 중에서는 누가 제일 이상형에 가까울 것 같은데?"

"음~, 제일 가능성이 높은 건 유아, 제일 의외일 것 같은 건 하루."

"아~, 왠지 알겠다! 웃찌는 뭐, 말 그대로고, 하루는 섹시하지 않아서 오히려 안심이 되는 느낌?"

"하루는 섹시한데."

"진짜로?!"

……아차.

그냥 넘기면 될 것을 왠지 발끈해서 조건반사적으로 말해버렸다.

계속 캐묻지는 말았으면 했기에 화제를 바꾸었다.

"카즈키는 전혀 모르겠어. 우리가 모르는 곳에서 은근슬쩍 여자친구를 만들었다가 헤어지는 걸 반복할 것 같기도 하고, '그런 건 귀찮으니까'라고 할 것 같기도 해."

카이토가 크하하, 호쾌하게 웃었다.

"그 녀석, 다른 사람은 신이 나서 놀려대는 주제에 자기 이야기는 안 하니까. 1학년 때부터 알고 지냈는데 여전히 무슨 속셈인지 모르겠어."

그렇긴 하지, 라며 나도 웃었다.

저번 불꽃놀이 때, 카즈키가 그런 말을 꺼낸 건 솔직히 놀라웠다.

그 녀석도 나름대로 지금 같은 관계를 꽤 마음에 들어하는 건지도 모르겠다.

"뭐야, 뭐야, 무슨 이야기하는데?"

그런 이야기를 하고 있자니 장본인이 욕탕 안으로 들어왔다.

켄타도 그 뒤를 따라왔다.

카즈키의 물음에는 카이토가 대답했다.

"아니, 카즈키하고 켄타는 좋아하는 사람이 있나 해서."

발끝으로 물 온도를 확인하며 켄타가 입을 열었다.

"나, 나는 아직 좋아한다고 말할 정도인 사람은……."

"있어."

뭐, 역시 그렇겠지.

좋아한다고 말할 정도까지는 아니지만, 그럭저럭 신경 쓰이는 사람은 있다는 건가?

응……?

나는 그럴 리가 없다고 생각하며 확인했다.

"카즈키, 방금 뭐라고 했어?"

"그러니까, 있다고."

"뭐가?"

"내가 좋아하는 사람 얘기 아니었어?"

"…….."

"………….."

"……………."

""뭐어어어어어어어어어어어어어어어어어어어어어어어어어어어?!?!?!?!""

나와 카이토가 무심코 소리쳤다.

켄타는 입을 뻐끔거리고 있었다.

"아니, 물어보길래 그냥 대답한 것뿐인데."

카즈키는 아무렇지도 않다는 듯이 웃고 있었다.

나는 한 손으로 물을 쳐서 그 얼굴에 끼얹었다.

"아니, 카즈키 주제에 순순히 대답하지 말라고! 깜짝 놀
랐잖아!"

젖은 앞머리를 쓸어올리며 카즈키가 말했다.

"뭐, 이런 밤이니까. 가끔은 괜찮을 것 같아서."

"우와~, 왠지 기분 나빠."

"이봐."

그렇게 이야기를 주고받고 있자니 카이토가 곧바로 달
려들었다.

"그런데, 누구야. 우리도 아는 애냐?"

"알기만 하는 거면 알지 않을까?"

"떴다아아아아아아아아아아!"

"뭐, 이름까진 말하지 않을 거지만."

"뜨지 않았다아아아아아아!"

카즈키가 덧붙였다.

"아니, 정확히 말하자면 좋아**했던** 애라고 해야 하나?"

몸에 열이 올랐는지 욕탕에서 나와 가장자리에 앉은 카
이토가 되물었다.

"뭐야, 벌써 차여버렸어?"

"차일 틈도 없었지."

"그 사람한테 남자친구가 있었던 거야?"

아니, 카즈키는 그렇게 말하며 살짝 고개를 젓고는.

"———나는 그 애가 다른 남자에게 반하는 모습을 보고 반했거든."

좀처럼 보여주지 않는 표정으로 푸하핫, 웃었다.

…………잠깐만, 기다려봐.

그건, 혹시, 아니, 설마.

생각하다 보니 카이토가 말했다.

"무슨 소릴 하는 건지 전혀 모르겠어!"

"그렇겠지, 내게도 꽤 귀중한 경험이었어. 다시 말해서, 사랑에 빠진 순간에 사랑이 끝났다는 이야기지."

"그러니까 이런 거야? 카즈키는 축구 시합을 열심히 응원하는 여자애를 보고 반했는데, 그 순간 슛을 넣은 상대팀 에이스에게 뺏겼다, 이런 거?"

"아, 의외로 괜찮게 잡은 것 같은데. 예리하구나, 카이토."

"그래도 그 사람이 아직 사귀지 않는 거면 기회가 있는 거 아니야?"

욕탕 가장자리에 머리를 얹고 머나먼 밤하늘을 바라보며 카즈키가 대답했다.

"사쿠하고 켄타에게는 말한 건데, 뜨거워지는 건 내 성격하고 안 맞아. 이래 봬도 그날은 나도 나름대로 잠을 못 잘 정도로 엄청나게 고민해봤거든. 그런데 뭘 어떻게 생각해봐도 승산이 요만큼도 없었어. 신문 배달 소리가 들릴 때쯤에는 이미 내 마음에 선을 그었지."

카즈키는 그렇게 말한 다음.

"――진심으로 반하더라도 내게 반해주지 않을 테니 이쯤 하자고 말이야."

목욕탕 연기 너머로 거들먹거리는 미소를 지으며 이쪽을 보았다.

아, 역시 그런 거였구나.

진짜, 고민이 있으면 그런 표정 정도는 지으라고.

갑자기 그런 말을 하면……, 힘들단 말이다, 멍청아.

이야기를 마무리 지으려는 듯 카이토가 씨익 웃었다.

"뭐, 이해가 안 되는 건 아니야."

다들 참.

어째서 그렇게 강한 척할 수 있는 거야.

어떻게 자기 마음이 있는 곳을 확실하게 알 수 있는 거냐고.

슬슬 머리에 열이 오를 것 같았기에 나는 재빨리 욕탕에서 나왔다.

목욕을 하고 나온 뒤, 왠지 모르겠지만 남자 넷이서 거울 앞에 나란히 서서 허리에 손을 대고 커피 우유를 단숨에 마신 다음 방으로 돌아갔다.

*

머리카락을 말리고 탈의실에서 간단히 토너만 바른 나, **히이라기 유우코**는 웃찌, 유즈키, 하루와 함께 방으로 돌아왔다.

꼼꼼하게 머리카락과 피부 관리를 해준 뒤, 지금은 이불위에서 느긋하게 시간을 보내고 있다.

옷차림은 젤라또피케 티셔츠에 펑퍼짐한 보더 반바지. 같은 무늬 파카도 가지고 오긴 했지만, 너무 더워서 방에 오자마자 벗어버렸다.

유즈키도 나와 마찬가지로 젤라또피케다. 역시 취향이 맞는다는 생각이 들었지만, 그쪽은 새틴 원단에 캐미솔하고 반바지가 일체화된 올인원이었다.

잠깐, 그걸 유즈키가 입으면 지나치게 섹시하잖아!

가슴골이 엄청 보이고.

뭐, 본인도 자각하고 있긴 한 건지 복도를 돌아다닐 때는 나하고 마찬가지로 펑퍼짐한 파카를 입었다.

웃찌는 푸른색 새틴 원단에 흰색 별무늬가 들어간 셋업 파자마. 예전에 젤라또피케에서 같이 산 리본이 달린 헤어밴드를 차고 있다. 디자인이 좀 다르긴 하지만 나도 차고 있으니까 왠지 한 쌍인 것 같아서 기쁘다.

하루는 챔피언 반팔 원피스.

머리카락을 묶은 모습만 봤는데, 내리니까 여자애 같아져서 놀랐다. 나중에 머리 다듬는 법을 가르쳐줘야지.

그렇게 망상에 빠져 있자니.

"유우코, 바디 크림 가지고 왔어?"

유즈키가 약간 쑥스러워하며 말했다.

"응, 있어~."

"미안, 사실 깜빡했거든. 다음에 뭔가 다른 형태로 보답할 테니까 여름공 동안 같이 좀 쓰면 안 될까?"

"그치~, 바디 크림은 깜빡하기 쉬우니까~."

"맞아, 맞아. 클렌저나 토너는 절대로 잊어버리지 않는데."

"물론 상관없지, 써~."

나는 파우치에서 꺼낸 바디 크림을 건넸다.

"아, 유우코는 질스튜어트 꺼 쓰는구나."

"응! 냄새 맡아봐, 엄청 좋은 향기가 나거든."

유즈키는 뚜껑을 열고 코를 가져다 댔다.

"정말이네. 이 향기 진짜 좋은 것 같아."

"그치! 그치! 유즈키는 어디 거 써?"

"나는 폴앤조 거."

"아, 엄청 신경 쓰이던 건데."

"그럼 다음에 빌려줄게."

"정말?! 옷 말고 화장품 같은 것도 같이 사러 가고 싶은데~."

"――저기!!"

그런 이야기를 하고 있자니 하루가 손을 들고 이쪽을 불렀다.

"왜 그래?"

왠지 모르겠지만 쑥스러운 듯이 머뭇거리고 있다.

"그거, 나한테도 빌려달라고 해야 하나, 쓰는 법 같은 걸 가르쳐주실 수 없을까요?"

유즈키가 푸흡, 웃음을 터뜨렸다.

"너, 항상 목욕하고 나와서 시브리즈 쓰잖아."

"아니, 그렇긴 한데! 시브리즈를 사랑하긴 하는데!! 그래도……."

그때 나는 감이 딱 와버렸다.

"모레 수영복을 입으니까 관리하고 싶은 거지?"

"으으……, 맞아, 요. 그리고, 지금부터는 그런 것도 좀 배워볼까 해서."

유즈키가 다시 하루를 놀렸다.

"관리가 아니라 벼락치기 아니야?"

"으아앗~, 유즈키! 시끄러워!"

그 모습을 보고 있던 웃찌가 즐겁다는 듯이 쿡쿡 웃었다.

"아무리 그래도 셋이서 써버리면 다 떨어질 것 같으니까, 하루에게는 내 걸 빌려줄게. 목욕하고 나와서 관리하는 법도 이것저것 가르쳐주고."

"웃찌이~."

그렇게 말하며 꽈악 끌어안았다.

웃찌는 쑥스러운 듯이 볼을 긁었다.

"이렇게 말하는 나도 유우코에게 배운 것뿐이지만 말이야."

나는 1년 정도 전에 있었던 일이 생각나서 정겨워졌다.

"어~, 처음에는 그렇긴 했지만, 웃찌는 눈 깜짝할 새에 배웠고, 금방 내 조언 같은 게 필요 없어져서 좀 슬펐어."

"그, 그렇지 않아아."

그렇게 이야기를 하면서 생각했다.

이런, 엄청 신나!

이게 바로 여자애들의 여행이라는 느낌.

수학여행이나 숙박 학습을 제외하면 외박 모임 같은 것에 초대받아본 적이 거의 없었다.

딱히 따돌림을 당한 건 아니지만, 나중에 알고 '나도 가

고 싶었는데~!'라고 하면 '미안해, 우리가 초대하면 폐가
될 것 같아서……'라고 하는 느낌.

그래서 이렇게 한없이 평범한 청춘이 지금은 진심으로
사랑스러워.

*

띠리링♪

하루네 스킨 케어가 대충 끝나서 느긋하게 지내고 있자
니 누군가의 스마트폰이 울렸다.

이불 위에 엎드려 있던 유즈키가 화면을 확인하고는.

"저기, 저기, 미즈시노가 뭔가 보냈어."

슬쩍슬쩍 손짓을 하길래 나와 웃찌, 하루가 그 주위에
모였다.

보내온 건 동영상 같다.

유즈키가 재생 버튼을 터치하자 벽 쪽에 카즈키, 카이토,
켄타찌가 왠지는 모르겠지만 다들 팔짱을 끼고 서 있었다.

건너편에서는 사쿠가 녹화 버튼을 누른 모양이었다.

곧바로 스마트폰에서 떨어지자 온몸이 보였다.

파자마는 다들 땀받이 셔츠나 운동복 같은 반바지에 반
팔 티셔츠.

그건 그렇고.

"잠깐, 이게 뭐야, 웃긴다!"

나는 무심코 그렇게 말했다.

하루가 이어서 말했다.

"어? 왜 티셔츠를 바지에 넣어서 입은 거야? 촌스러워!"

그렇다, 다들 왠지 모르겠지만 티셔츠를 바지에 넣어서 입었기에 초등학교 운동회 같은 느낌이었다.

웃찌가 필사적으로 웃음을 참고 있었다.

"자, 잠깐만, 미안해. 난 이거 도저히 못 보겠어."

뭔가 이상하게 취향에 들어맞은 모양이다.

그러던 와중에 사쿠가 페트병을 마이크 대신 잡고 말하기 시작했다.

『자, 드디어 시작되었습니다. 최강의 남자를 정하는 제전, 이름하여?』

다른 세 사람이 한목소리로 말했다.

『Ⅲ구두룡왕은 누구냐?!ㅛ

에? 그 네이밍 센스는 대체 뭐야? 쿠즈류가와에서 따온 거야?

아니, 뭘 하려는 건지 전혀 모르겠는데.

"으으으읍."

옆에서 웃찌가 배를 잡고 움찔움찔 경련하고 있다.

사쿠가 계속 말했다.

『엔트리 넘버 원. 외모도 훈남이지만 축구부의 믿음직한 사령탑. 그 미목수려한 외모로 인해 그는 이렇게 불리고 있다. 후지 고등학교의 국화 인형, 미즈시노오오오오오 카즈키이!!』

───푸와아악, 웃찌가 웃음을 터뜨렸다.

참고로 국화 인형은 후쿠이현 다케후에서 해마다 이벤트가 개최되는 현지 특산물 같은 거다.

이름이 불린 카즈키가 우아하게 빙글 돌아서 윙크했다.

유즈키가 어이없다는 듯이 웃었다.

"뭐 하는 거지? 이 녀석들."

사쿠가 다시 입을 열었다.

『엔트리 넘버 투. 남자 농구부의 에이스이자 레이와에 나타난 피지컬 몬스터. 힘이 바로 정의라고 하는 듯한 파이트 스타일은 보는 사람들을 전율케 한다. 후지 고등학교의 보르가 라이스, 아사아아아아아아아아아아아노오오오오오오오오 카이토오!!』

───어흑, 어흑, 웃찌가 숨을 제대로 못 쉬고 있다.

왜 특산물로만 비유하는 거지?

카이토는 고릴라처럼 우락부락한 자신의 가슴을 두드리고 있다.

하루가 자기 허벅지에 팔꿈치를 괴고 중얼거렸다.

"아~, 오랜만에 먹고 싶어지네."

사쿠가 켄타찌를 처억, 손가락으로 가리켰다.

『엔트리 넘버 쓰리. 예전에는 비만 은톨이. 지금은 자랑스러운 몸매. 두꺼운 껍질을 벗어던진 경량급은 이번 다크호스가 될 것인가? 후지 고등학교의 하부타에모찌, 야마자아아아아아아아아아아아아아아아아키 켄타!!』

───웃찌가 퍽퍽, 이불을 때리고 있다.

참고로 하부타에모찌는 후쿠이의 유명한 과자다.

켄타찌는 '오, 오오오!'라고 소리치며 알통을 만드는 포즈를 취하고 있다.

그런데 알통이 전혀 안 보이거든?

사쿠가 말했다.

『그리고, 마지막으로 엔트리 넘버 포. 어릴 적부터 체력 테스트를 하면 진 적이 없고. 지금까지 수많은 도전자들을 물리쳐온 자칭 일본 제일의 남자. 아름답게 살지 못하는 건 죽은 것과 다름없다. 나야말로 후지 고등학교의 이치호마레, 치토세에에에에에에에에에에에에 사아쿠우!!』

───웃찌가 이불을 둘둘 말고 몸부림치기 시작했다.

참고로 이치호마레는 포스트 코시히카리라 불리는 후쿠이의 쌀이다.

그렇게 모두가 벽 쪽으로 돌아서자 사쿠가 '레디?'라고 말했다.

『"""고~!!ㅛㅛ

그 신호에 따라 모두가 일제히 다다미에 손을 대고 다리를 들어 올렸다.

나는 그제야 이 승부의 취지를 이해했다.

뭐라고 해야 하나……, 그냥 물구나무 서기 대결이었네?!

티셔츠를 바지 안에 넣어서 입은 건 그냥 옷이 뒤집어지기 때문이었잖아?!

참고로 서 있는 순서는 오른쪽부터 카즈키, 카이토, 켄타찌, 사쿠 순서다.

각자 적당한 거리를 유지하고 있다.

30초 정도 지나자 사쿠가 말했다.

『켄타, 팔이 부들부들 떨리는데.』

『아, 안 떨리거든요. 웨이트 트레이닝도 계속 하고 있으니까.』

『흥, 허약한 녀석 같으니. 카이토라면 이대로 팔굽혀펴기도 할 수 있다고, 안 그래?』

『어? 내가?!』

『참고로 이 동영상은 나중에 여자애들 팀에게 보낼지도 몰라.』

『좋았어, 내게 맡기라고오오오오오!』

카이토는 곧바로 진짜로 팔굽혀펴기를 하기 시작했다.

"대단하네!"

내가 무심코 그렇게 말하자 유즈키가 쓴웃음을 지었다.

"치토세 말에 완전히 넘어갔네."

그러던 와중에 사쿠는 물구나무를 선 채 손을 슬쩍슬쩍 움직여 마치 게처럼 켄타찌 쪽으로 다가갔다.

저거, 은근히 힘들 것 같은데, 이렇게 보니 그냥 기분 나쁘다.

『뭐, 뭔가요, 신이시여. 위험하니까 오지 마세요.』

사쿠는 그 말을 듣고 씨익 웃었다.

입술을 삐죽대며 고개만 옆으로 돌리고는.

『──아히익.』

켄타찌가 이상한 소리를 내며 쓰러졌다.

『좋아, 우선 한 명.』

『귀에 숨을 불어넣다니, 더럽잖아! 신 이 자식아! 스포츠맨십은 어디 갔어?!』

『어설프구나, 켄타. 반칙(규칙) 같은 건 정한 기억이 없는데.』

『당신, 그러면서도 자신을 자랑스럽게 여길 수 있어?』

푸웁, 나는 무심코 웃음을 터뜨렸다.

알고 있긴 했지만, 이 두 사람은 어느새 사이가 정말 좋아졌다.

문 너머로 켄타찌와 이야기를 하던 때가 그립다.

사쿠는 여전히 열심히 팔굽혀펴기를 하고 있던 카이토 옆으로 이동했다.

『카이토, 켄타에게 맞춰서 벽에 기대고 있는데, 모처럼 축구부, 농구부, 전 야구부의 중심 선수들이 모였잖아. 벽에 기대지 않고 물구나무서는 걸로 바꾸지 않을래?』

『그, 그건 그런데 난, 팔굽혀펴기를 해서 체력이 좀…….』

『……요즘 여자애들 사이에서는 물구나무서기를 하는 남자가 은근히 인기 있다던데.』

『내가 딸기라고ㅇㅇㅇㅇㅇㅇㅇㅇㅇㅇ!!』

아니, 아니, 그런 이야기는 들어본 적도 없는데.

신이 난 카이토가 벽에서 다리를 뗀 순간.

『으아앗?!』

사쿠가 카이토를 걷어찼다.

균형을 잃은 카이토는 어떻게든 버티려 했지만, 손을 부들부들 떨면서 천천히 무너져내렸다.

『이 자식, 사쿠!!』

『흐하하하하! 코어 근육 단련이 어설픈 거 아닌가? 아사노 군.』

『물구나무서기를 하는 남자가 인기 있다는 것도 거짓말이야?!』

『아니, 오히려 왜 진짜라고 생각한 건지 궁금한데?』

그렇게 이야기를 주고받던 와중에 몰래 사쿠에게 다가가는 그림자가 있었다.

『위험하잖아!』

휘익, 카즈키가 뻗은 다리를 사쿠가 벽에서 물러나며 피했다.

은근히 대단하네!

운동부 남자애들이라면 저런 게 보통일지도 모르겠지만, 진짜로 벽에 기대지 않아도 할 수 있구나.

『축구부의 다리를 피하다니, 대단하군.』

카즈키도 그렇게 말하며 벽에서 물러났다.

『야, 잠깐만, 너, 너무 여유로운 거 아니야?』

『글쎄, 무슨 소린지.』

솔직히 우리에게는 뻔히 보였는데, 카즈키는 사쿠가 이것저것 하고 있을 때 계속 머리를 바닥에 댄 채 쉬고 있었다.

항상 거들먹거리던 카즈키가 은근히 얼빠진 모습이라 웃겼다.

『좋았어, 걷어차 주마!』

『여기에서 사쿠에게만은 지고 싶지 않은데.』

사쿠는 물구나무를 선 채 다리를 휙휙 움직이며 카즈키에게 다가갔다.

"""으아, 기분 나빠!"""

나, 유즈키, 하루의 목소리가 자기도 모르게 겹쳤다.

―――웃찌는 마치 사쿠의 흉내를 내는 것처럼 다리를 버둥거리고 있었다.

『그러니까.』

카즈키가 씨익 웃었다.

『켄타 씨, 카이토 씨, 해치워버리세요.』

『……뭐?』

『내게 맡겨!!』

켄타찌가 싱글싱글 웃으며 사쿠에게 다가갔다.

『야, 더럽다!』

『어라~? 진 사람이 참전하면 안 된다는 반칙 같은 건 정한 기억이 없는데요?』

카이토가 이어서 말했다.

『자~, 치토세 군의 코어 근육은 어느 정도인지 확인해보자고.』

『야, 그만둬, 야———, 으햐햐햐햐학.』

켄타찌와 카이토가 옆구리와 발바닥을 간지럽히자 사쿠는 철푸덕, 만화처럼 꼴사나운 모습으로 쓰러져버렸다.

마지막으로 화려하게 착지한 카즈키가 씨익 웃고는 키스를 던지며 마무리했다.

*

"———대체 우리가 뭘 본 거지?"

동영상이 끝나자 유즈키가 어이없는 듯한 목소리로 말했다.

하루는 이불에 드러누우며 입을 열었다.

"진짜 그렇다니까. 바보다, 바보다, 생각하긴 했는데, 상상 이상이었어…….."

"남자애들은 정신연령이 초등학생 정도에 멈춰 있는 거 아닐까?"

"진짜, 내일 반드시 따질 거야. 사쿠 군, 푸흡."

유즈키가 엎드려서 턱을 괴고 싱글거리며 입을 열었다.

"웃찌는 그렇게 웃기도 하는구나. 항상 얌전했으니까 뜻밖이었어."

"창피하니까 그러지 마아. 난 왠지 웃음 포인트가 다른 사람하고 다르고, 한번 스위치가 켜지면 멈출 수가 없거든."

"뭐, 그래도 항상 폼만 잡는 치토세하고 미즈시노의 어린애 같은 반바지 차림은 웃기긴 했지. 그 이상으로 카이토하고 야마자키가 이상하게 위화감이 없어서 웃었고."

"자, 잠깐만. 생각나면 또 파도가 와버릴 것 같아."

그건 그렇고, 하고 유즈키가 말했다.

"걔네 셋은 사이가 좋단 말이지~. 야마자키가 어느새 그 분위기에 오염된 것도 재미있는데, 1학년 때부터 그런 느낌이었어?"

웃찌는 입가를 막고 필사적으로 웃음을 참고 있었기에 내가 대신 대답했다.

"입학하고 나서 바로 친해졌던데. 그 이후로는 계속 저런 느낌이야."

"호오? 싸우거나 그런 적은?"

"오늘처럼 장난스럽게 투닥대는 경우는 항상 있는데, 진짜로 싸운 적은 없을 것 같네~."

"뭐, 싸울 이유도 없으려나."

하루가 싱글거리며 끼어들었다.

"저기, 저기, 저쪽에서는 무슨 이야기를 하고 있을까? 온천에 들어갈 때나 자기 전에."

"글쎄? 아까 그 지능 지수를 생각하면 어차피 우리 가슴 이야기 같은 거나 하겠지……, 앗."

"야, 나나, 이쪽 보고 '앗'이 뭐야, '앗'이. 껄끄럽다는 표정 짓지 말라고, 야."

그런 이야기를 들으며 티셔츠 옷자락을 꼬옥 쥐었다.

나는 아까부터 계속.

아니, 사실은 여기에 오기 훨씬 전부터 계속———.

웃찌하고, 모두하고 이 밤에 해보고 싶었던 게 있다.

그건……, 바로 걸즈 토크!

그래서 계기를 만들기 위해 입을 열었다.

"그리고, 그리고, 좋아하는 애 이야기라든가?!"

내가 기운차게 말하자 다들 깜짝 놀라며 얼굴을 서로 마주 본 다음, 유즈키가 푸웁, 웃음을 터뜨렸다.

"듣고 보니 정석이긴 하네. 아니, 애초에 미즈시노 같은 애는 그냥 여자친구가 있을 것 같은데."

하루가 그 말에 대답했다.

"그런데 그 녀석 왠지 묘하게 유즈키에게 시비를 걸곤 하잖아. 사실 좋아하는 거 아니야?"

으엑, 하고 유즈키가 인상을 찌푸렸다.

"아니, 그건 아니지. 아무리 생각해도 진짜로 노리는 여자라면 좀 더 스마트하게 꼬실 타입이잖아. 좋아하는 애를 괴롭히다니, 그런 초등학생 남자애 같은 짓은 안 하지. 그건 순수하게 놀리는 것뿐이야."

"뭐, 그렇긴 하지. 카이토라면 모를까."

"애초에 나는 나를 좋아하는 사람은 금방 알아보니까."

"그건 그것대로 열받는데요……."

애초에, 하고 나는 말했다.

"다들 지금까지 남자친구 있었던 적 없었어?"

유즈키가 제일 먼저 대답했다.

"없어. 나보다 매력적인 남자애가 없었으니까."

하루가 이어서 말했다.

"없어! 나보다 뜨거운 남자가 없었어!"

마지막으로 웃찌.

"없어. 촌스러웠으니까."

"잠깐만, 웃찌, 갑자기 슬퍼지는 말 하지 말아줄래?!"

모두가 일제히 깔깔대며 웃었다.

유즈키가 영차 소리를 내며 몸을 일으켰다.

"그러는 유우코는?"

"나도 없어~. 다들 특별 취급만 하니까."

"호오?"

농담처럼 말했다고 생각하는데, 묘하게 빤히 바라본다.

잠시 후 유즈키가 부드러운 미소를 지었다.

"이해가 되네. **유우코는 특별하게 있을 수 있었구나.**"

"어……?"

무슨 말인지 확인하기도 전에 '아니'라고 이야기를 이어가 버렸다.

약간 아쉽긴 하지만, 그것보다.

"이렇게 예쁘게 생긴 여자들이 모였는데 한 명도 없다는 건 좀 아니지 않아?"

지금이라고 생각했다.

제일 물어보고 싶었던 것, 확인하고 싶었던 것.

사실은 물어보고 싶지 않지만, 확인하고 싶지 않지만……, 그래도.

나는 손을 번쩍 들었다.

"그래, 그래~, 그럼 다들 지금 좋아하는 사람 있어?! 참고로 **나는 사쿠**!!"

"너무 뻔해서 전혀 신선하지 않은데?"

"완전히 동의."

"저기, 하하…….'

유즈키, 하루, 웃찌 순서로 반응을 보였다.

아니, 예상은 했지만 반응이 너무 약한데? 뭐, 상관없어. 중요한 건 그게 아니니까.

"그럼, 그럼, 유즈키는?"

나는 물어보았다……, 물어봐, 버렸다.

답 같은 건 이미 알고 있는데도.

유즈키는 신기하게도 깜짝 놀란 표정을 짓고 나서, 잠시 생각에 잠겼다.

"저기, 하루는? 웃찌는?!"

나는 곧바로 연달아 물었다.

평소처럼 별생각 없이 웃으면서, 말의 나이프로 베는 것처럼.

"…………."

"……………."

"……."

갑자기 찾아온 침묵이 흐른 다음, 제일 먼저 하루가 이빨을 드러내며 웃었다.

"나는 **아직까진** 농구가 애인이야!"

그 말을 들은 유즈키가 숨을 크게 들이마신 다음, 내쉬었다.

완벽한 미소녀 같은 표정으로.

"나도……, **그냥 좋아한다고** 말할 수 있는 상대는 없는 것 같네."

미소를 지으며 고개를 갸웃거렸다.

웃찌는 한없이 웃찌인 채로.

"나는 없어."

그날과 마찬가지로 부드럽게 미소지었다.

그래서 히이라기 유우코가 말했다.

"다들 너무 메말랐어~!!"

"하루에게 여자력을 지도해줄 상황이 아니었네."

"나는 아직 사랑을 할(싸울) 준비가 되어 있지 않았어."

"너무 그러지 마……."

아, 역시나.

유즈키, 하루, 웃찌.

———고마워, 미안해.

＊

"목이 말라서, 잠깐 자판기 좀 다녀올게."

방을 나선 나, **나나세 유즈키**는 그제야 제대로 숨을 쉬었다.

커흑, 크게 숨을 내쉰 다음, 흡, 흡, 얕은 호흡을 반복했다.

이거, 좀 실수했다.

아~, 이런, 완전히 기습당했다.

『나도……, **그냥 좋아한다고** 말할 수 있는 상대는 없는 것 같네.』

적어도 거짓말은 하지 말자는 생각으로 있는 힘껏 쥐어짜낸 말.

나는 치토세를 '그냥 좋아하는 게' 아니라 '정말 좋아한다'.

운명의 남자(사람)라는 생각도 든다.

'그냥 좋아한다고 말할 수 있다'라는 선으로 구분 짓는다면, 그 녀석 앞에서 그냥 좋아한다고 말할 수는 없다. 내 캐릭터하고는 너무 다르니까.

하지만 이런 말장난은 아슬아슬하게 거짓말만 하지 않았을 뿐, 비겁하게 도망치는 거나 마찬가지다.

치토세네 집에서 느꼈던 감정이 솟구쳤다.

상대방이 이름도 모르는 여자라면 좋았을 텐데.

나는 나나세 유즈키야, 라고 당당하게 말할 수 있을 테니까.

너는 그 사람에게 어울리지 않아, 라고 도발 같은 것도 할 수 있다.

하지만, 하지만⋯⋯.

하루가 치토세에게 반했다는 걸 깨달았을 때는 그런 기분이 들지 않았다.

역시 그 녀석은 파트너고, 언젠가 뛰어넘고 싶은 라이벌이니까.

사랑도 정면에서 정정당당하게 싸우자고 생각했으면서.

뭐야, 나도 어린애잖아.

유우코의 한없이 티 없는 미소가 머릿속에서 떠나질 않는다.

어렸을 때부터 특별한 여자애였던 나는 그 때문에 주위 사람들의 질투나 멋대로 품은 환상, 실망, 그런 것들을 떠안으며 재주 좋게 대처하는 방법을 익혔다.

하지만 그 특별한 여자애는 분명 나보다 순수하고, 따스하고, 자상하고, 그래서 모두에게 사랑받으며 올곧게 살아왔을 것이다.

……그게 얼마나 위험한 건지 나는 뼈저리게 이해할 수 있다.

이런 성격이니 일부러 본인에게 말하진 않겠지만, 사실 2학년이 되어서 유우코와 친구가 되자 은근히, 그리고 꽤 많이 기뻤다.

예전부터 여자 농구부 친구들과 노는 경우가 많았기에 패션이나 미용 같은 것들은 내가 가르쳐주는 입장이 되곤 했으니, 서로 옷을 골라주거나 마음에 드는 것들을 서로 빌려주고 하는 여자애 같은 관계를 좀 동경했기 때문이다.

둘이서 쇼핑 같은 걸 하면 분명 즐겁겠지.

하지만, 이런 생각도 든다.

내가 치토세를 애타게 생각하면 할수록, 다가가려 하면 할수록, '사쿠의 정처는 나거든!'이라고 천진난만하게 **말해버리는** 유우코의 마음을 짓밟게 된다.

머리로는 제대로 이해한 줄 알았다, 원래 그런 거라며 각오한 줄 알았다, 하지만…….

──어쩌면 특별한 저 애를 제일 먼저 배신하고 상처 입히는 건 나일지도 몰라.

아, 그렇구나.

누군가를 진심으로 사랑하는 건 이런 거였구나.

*

여름공 이틀째.

나, **치토세 사쿠**는 아침 뷔페를 다 먹은 뒤에도 레스토 랑에 계속 남아있었다.

사흘째는 바다에서 바비큐를 하고, 마지막 날은 또 나름 대로 정신이 없을 것 같아서 아스 누나와 공부를 하기엔 오늘이 제일 나아 보였기 때문이다.

팀 치토세 친구들은 어제 그랬듯이 넓은 방에서 공부하 는 모양이었다.

이유와 함께 따로 행동하겠다고 말하자 카이토는 항상 그랬듯이 미쳐 날뛰었지만, 왠지 여자들은 '알겠어'라고 담 담한 반응을 보였다.

유우코만 방긋 웃으며 '다녀와'라고 손을 흔들어 주었다.

평소처럼 싸늘한 눈빛으로 바라보는 느낌이 아니었기에 그것도 나름대로 약간 불길하다고 해야 하나, 그 녀석들, 무슨 일 있었나?

"좋은 아침."

그런 생각을 하고 있자니 어느새 아스 누나가 테이블 앞에 서 있었다.

"그 옷……."

나는 무심코 그렇게 중얼거렸다.

아스 누나가 입고 있던 것은 목에 작은 리본이 장식된 반팔 원피스였다. 여름 바다 같은 코발트 블루에 자잘한 물방울 무늬. 도쿄 여행을 갔던 날, 다카다노바바 헌 옷 가게에서 내가 사준 옷이었다.

아스 누나가 몸 앞에 깍지를 끼고 머뭇거리며 말했다.

"사실은 말이지, 왠지 너하고 만날 수 있을 것 같은 기분이 들었어."

"만약에 만나지 못하면?"

"안 입었겠지. 다른 옷도 가지고 왔으니까."

그 모습이 너무 귀여워서 나도 모르게 실룩거릴 것 같은 입술을 꽉 다물었다.

그런데, 하고 아스 누나는 조심조심 말했다.

"혹시, 너도……?"

꿀꺽, 침을 삼켰다.

내가 입고 온 것도 그날 아스 누나가 사준 복고풍 무늬 셔츠였다.

"으, 응……, 맞아. 물론, 정말로, 맹세코."

눈을 피하며 대답했다.

"……흐음?"

한 발짝, 두 발짝, 아스 누나가 이쪽으로 다가와 내 얼굴을 빤히 들여다보았다.

그리고 살짝 웃으며 입을 열었다.

"잠깐 네 방에 갈까?"

"쿠, 쿠라쌤이 불순 이성교제는 하면 안 된다고 못을 박아서…….'"

"괜찮아, 괜찮아. 예비 셔츠가 있는지 없는지 확인만 할 거니까."

"———죄송합니다아아아아아아아아아!"

나는 이마를 테이블에 따악, 부딪혔다.

아스 누나가 왠지 평소보다 달달한 목소리로 말했다.

"그날, 같이 산 옷을 입고 데이트를 하자고 했었지? 그래서 너한테 제일 먼저 보여줘야 할 것 같아서 친구들이 모두 나간 다음에 갈아입고, 다른 사람이 보지 않게끔 조심해서 여기까지 왔거든?"

"저, 정확히는 그걸 입은 아스 누나하고 데이트하려고 한 거지, 나까지 이 옷을 입는다는 말은 한마디도…….'"

방긋 웃는 미소가 이쪽을 보고 있다.

"갈래."

"농담이야, 내가 잘못했어요, 미안해, 잠깐만 기다려!"

"흥~."

토라진 아스 누나를 겨우 달랜 다음, 점심 식사를 한 뒤 해변을 잠깐 산책하자고 제안하자 그제야 마음을 풀어주었다.

참고로 내가 확보해준 곳은 창가 4인석.

여기서도 바다를 한눈에 볼 수 있기 때문에 꽤 사치스러운 자습 장소다.

아스 누나는 잠시 망설이다가 내 오른쪽 옆에 앉은 다음 입을 열었다.

"왜, 왠지 이상한 느낌이네."

"나도 그렇게 생각했어."

나란히 앉은 적은 여러 번 있었지만, 이렇게 둘 다 테이블 위에 교과서 같은 걸 펼쳐놓으니 신기한 기분이 들었다.

"만약 우리가 같은 반이었다면 이렇게 하기도 했을까? 자리 바꾸기 전날에는 네 옆에 앉을 수 있게끔 기도하거나."

"그건 너무 귀여워서 곤란한데요……."

"그리고 말이지, 이런 식으로."

아스 누나가 이어폰 한쪽을 내 오른쪽 귀에 끼웠다.

"마음에 드는 곡을 발견하면 방과 후에 둘이서 같이 듣기도 하는 거야."

흘러나온 곳은 귀에 익은 BUMP OF CHICKEN의 '같은 문을 지나면'이었다.

시험 삼아 눈을 감아보니 정말로 둘이서 방과 후 교실에 있는 것 같았다.

"……어제, 오쿠노 선배하고 이야기했어."

내가 그렇게 말하자 아스 누나는 동요한 표정으로 이쪽

을 보았다.

"무, 무슨 말을 들었는데?"

약간 망설였지만, 딱히 말하지 말라고 한 것도 아니고, 애초에 마음 정리가 안 된 상태였다면 일부러 이야기를 꺼내지도 않았을 것이다.

"아스 누나한테 차였다고."

"그것 말고는?!"

"괜찮아, 무슨 이유로 차였는지는 말하지 않았어. 그런데 좀 더 일찍 고백할 걸 그랬다고 하더라."

"그렇, 구나……."

"이 이야기, 계속해도 돼?"

솔직히 지금 같은 관계는 아무래도 애매하다고 생각한다.

동경하는 선배와 멋진 후배 남자애가 아니게 되었다.

너와 아스 누나의 관계도 아니고, 너와 사쿠 오빠로 돌아간 것도 물론 아니다.

양쪽 다 이성으로 의식하기 시작하게 된 건 형편 좋은 착각이 아닌 것 같지만, 겨우 몇 달 뒤에 찾아오게 될 이별을 앞두고 거리감을 잡지 못하고 있었다.

무언가가 확실하게 바뀌었는데도 표면상으로는 변함없는 이야기를 주고받고 있다.

……뭐, 어린애 같은 구석이나 덜렁이 같은 구석은 숨기지 않게 되었지만.

그래서 지금까지와 마찬가지로, 예를 들어 고민이나 그

날 있었던 이야기 같은 걸 하면서 아스 누나의 의견을 듣는다, 라는 두 사람의 모습으로 돌아가도 될지 사실 망설이고 있었던 것이다.

쿡쿡, 개울물이 흐르는 듯한 웃음소리가 새어 나왔다.

"응. 남은 시간 동안 나는 너하고 최대한 오래, 최대한 많은 이야기를 하고 싶은데."

그 말이 눈 안쪽에 찡하게 스며들었지만, 들키지 않게끔 말했다.

"고백하는 타이밍이란 건 참 어려운 것 같지 않아?"

다 말하고 나서야 생각 없이 말했나 하고 후회했지만, 아스 누나는 신경 쓰지 않는 것 같았다.

"문맥으로 보면 좋아하는 사람에게 마음을 전하는 고백이겠지?"

왠지 망설이는 듯한 시선에 나는 고개를 끄덕였다.

좋아하는 사람에게 연인이 없다는 전제로, 이야기를 시작했다.

"예를 들자면 좋아하게 되고 난 직후는 어떨까. 뭐, 잘 풀릴 가능성은 별로 없겠지만, 그만큼 꾸물거리는 동안에 상대방이 연인을 만들어버렸다, 하는 사태를 피할 수 있겠지."

"그리고 좋아한다는 말을 듣고 나서 좋아하게 되었다는 이야기도 있지. 아무래도 의식하게 될 수밖에 없으니까."

그야 그렇겠네.

그런 건 누구나……, 그때 머릿속에 떠오른 포니테일을 넓은 방으로 몰아내고 계속 이야기를 들었다.

"또 예를 들자면 상대방도 나를 좋아한다는 걸 거의 확신하고 난 뒤에 하는 건? 제일 확실하긴 하지만 나름대로 시간이 꽤 걸릴 테고, 좀 전과는 반대로 새치기를 당할 확률이 올라가겠지."

"아무리 시간이 지나도 돌아봐 주지 않을 경우도 있고. 그러면 좋아한다는 마음을 계속 마음속 서랍에 넣어둔 채 풍화시키게 되려나……?"

분명 오쿠노 선배는 그런 식으로 한구석에서 조금씩 스륵스륵 사라져가는 좋아하는 마음을 계속 두고 볼 수가 없었을 것이다.

그리고, 라며 나는 말을 이었다.

"또 예를 들자면 자기 마음을 억누를 수 없게 되었을 때 같은 건? 감정이 북받친 기세를 못 이기고 자기도 모르게 말해버린다든가."

이런, 이것도 포니테일이 떠오르는데.

아, 잘 생각해보니 그보다 전에…….

"한 가지 더."

내 생각을 가로막으려는 듯이 아스 누나가 말했다.

"예를 들자면 그렇게 할 수밖에 없는 상황에 몰렸을 때. 다른 누군가가 좋아하는 사람에게 고백하려 한다는 사실을 알게 되거나, 좋아하는 사람이 전학 가게 되어서 없어지게 되는 경우, 또는……, 내가 없어지게 되어버리는 경우.”

나도 모르게 옆을 보았다.

아스 누나의 시선은 나를 지나쳐서 바다를 헤엄치고 있었다.

눈 깜짝할 새에 지나가거든, 오쿠노 선배는 그렇게 말했다.

그렇지 않아, 라는 말은 아무도 해주지 않았다.

후후, 아스 누나가 웃으며 장난기 어린 표정으로 이쪽을 보았다.

“저기, **사쿠**, 잠깐 노트 좀 보여줄래?”

그 의도를 이해할 수 있었기에 나는 입가를 치켜올리고 대답했다.

“그래, **아스카**. 그렇게 깔끔하진 않지만.”

“사쿠, 포스트잇 있어?”

“있긴 한데, 꼭 돌려줘야 해, 아스카.”

지금만은.

적어도 이렇게 나란히 앉아서 공부하는 동안 정도는 우리도 동급생으로 지내자.

처음이자 마지막으로, 옆자리 짝꿍으로 지내자.

어차피 금방 자리를 바꾸는 제비를 뽑아야 할 테니까.

＊

단둘이 스터디 모임을 마치고 나서 그대로 함께 도시락을 먹고, 해안을 따라 나 있는 보도를 잠깐 산책한 다음 우리는 호텔로 돌아왔다.

　아스 누나는 레스토랑에서 계속 공부를 할 모양이었기에 로비에서 해산했다.

　넓은 방으로 돌아가서 모두와 합류하려고 걸어가기 시작한 참에.

　"사쿠우~!!"

　유우코의 목소리를 듣고 멈춰 섰다.

　주위를 두리번거리다 보니 키가 큰 남자가 손짓하고 있었다.

　"야~, 사쿠, 이쪽이야, 이쪽."

　유우코와 카이토가 있던 곳은 매점 안이었다.

　"뭐 해? 휴식 중?"

　내가 그렇게 말하자 유우코가 대답했다.

　"쉴 겸 나온 거긴 한데, 엄마한테 선물을 사가야 할 것 같아서."

　"아, 코토네 씨."

　잠깐 만나긴 했지만 인상에 또렷하게 남은 사람이었다.

　카이토가 뜻밖이라는 듯이 말했다.

　"어? 뭐야, 너 설마 벌써 유우코네 어머니를 소개받았어?!"

　"소개받았다기보단 유괴당한 것에 가깝지."

　"어떤 사람인데?! 미인이야?!"

"엄마라기보다는 유우코네 언니라고 해도 될 정도로 닮았던데."

"우ㅇㅇㅇㅇㅇㅇㅇㅇㅇㅇㅇ! 유우코, 나도 소개해주면 안 돼?!"

그 말을 들은 유우코가 차가운 눈빛을 쏘았다.

"아무리 그래도 엄마를 그런 눈으로 보는 건 너무 싫어. 그리고 소개할 이유도 없고."

"그냥 친구로서 소개해주면 되는데?!"

유우코는 카이토가 하는 말을 적당히 받아주면서 '그쪽은'이라고 말했다.

"바람 다 피우고 속이 시원해졌어?"

"공공장소에서 오해를 살 만한 표현은 하지 마."

"정처인 나를 내버려 두고 연상 여자랑……."

"이봐, 아침부터 왠지 이상하지 않아?"

왠지 우리답지 않은 대화가 마음에 걸려서 말했다.

나나세와 하루라면 모를까, 유우코는 이런 농담을 거의 하지 않는다.

내가 먼저 그런 농담을 한 적은 있지만 그 반대는 거의 없었을 것이다.

유우코가 깜짝 놀란 듯이 이쪽을 보았다.

"어? 뭐가……?"

"얼마나 함께 지냈는데. 그 정도는 알지."

이러쿵저러쿵했어도 이제 곧 1년 반.

나, 유우코, 카즈키와 카이토.

넷이서 고등학교 생활의 대부분을 함께 지내왔다.

"그렇구나, 사쿠는 알아버리는구나."

살랑살랑, 유우코가 왠지 덧없이 웃었다.

그 모습을 본 카이토가 살며시 눈을 내리깔았다.

"하하, 나는 평소하고 똑같아 보이던데."

갑자기 분위기가 미묘해졌기에 나는 화제를 돌리려고 입을 열었다.

"그래서, 선물은 골랐어?"

유우코와 카이토 둘 다 그 말을 듣고 표정이 원래대로 돌아왔다.

이런 것도 익숙해졌구나, 하는 생각에 쓴웃음을 지었다.

"엄마 선물은 골랐어! 모미와카메!"

"저, 정말 중후한데……."

참고로 모미와카메는 도진보 근해, 다시 말해 이 근처 특산품이다. 천연 미역을 햇빛에 말린 다음 손으로 주물러 서 부스러뜨린 음식이다.

밥에 뿌려 먹으면 바다 향기가 퍼지고 약간 소금기가 도 는 게 정말 맛있다.

나는 입을 열었다.

"그럼 뭘 망설이는데? 자신에게 주는 선물?"

유우코가 깜짝 놀라며 고개를 갸웃거렸다.

"사쿠에게 줄 여행 기념품인데?"

"뭐? 아니, 우리 같이 왔잖아?"

"그래도 모처럼 왔으니까 뭔가 주고 싶어서. 서프라이즈로!"

"서프라이즈의 개념은 또 어디 갔는데……?"

나는 어이없다는 듯이 웃었다.

유우코와 카이토 옆으로 다가가 보니 두 사람이 보고 있던 건 열쇠고리 코너였다.

후쿠이현 공식 공룡 브랜드 캐릭터인 '쥐라틱'이나 게 탈을 쓴 지역 캐릭터 같은 게 진열되어 있었다.

"미안하지만, 가방에 열쇠고리 같은 건 안 다는 주의라서."

그치~, 유우코가 그렇게 말했다.

"한 쌍으로 사고 싶었는데……."

"굳이 선물 가게에서 억지로 맞출 필요는."

"―――아니. **지금, 여기서 맞춰야** 하는 거야."

왠지 절실한 듯한 목소리가 돌아왔다.

뭔가 생각한 게 있는 모양이다.

"……그럼 이런 건 어때?"

그렇게 말하면서 유우코에게 들어 보인 것은 퍼즐 조각을 본떠 만든 가죽 열쇠고리.

몇 종류 색이 있으니 멋을 부리는 유우코가 달고 다니더라도 위화감이 없을 것이다.

진짜 퍼즐처럼 열쇠고리를 연결할 수도 있는 모양이다.

유우코는 그걸 들고 빤히 바라보다가.

"이걸로 할래!"

기쁜 듯이 말했다.

"내 건 사쿠가 사서 선물해줘! 사쿠 거는 내가 사서 선물할 테니까!"

"뭐, 상관없긴 한데. 카이토는 어떻게 할래?"

에취, 일부러 한 듯한 재채기가 돌아왔다.

"나는 그런 건 안 맞으니까 됐어. 잠깐 화장실 좀 다녀올게!"

진짜. 나는 그렇게 말하며 숨을 살짝 내쉬었다.

이런 기회는 별로 없을 텐데.

"유우코는 무슨 색이 좋아?"

"음~, 사쿠가 골라줬으면 좋겠어!"

"그럼, 이거겠지."

내가 든 것은 주황색 퍼즐 조각이었다.

뭐 이름의 이미지라는 것도 있지만, 따스하고, 밝고, 유우코에게 잘 어울릴 것 같았다.

"응! 기뻐."

"그럼 내 거는 유우코가 골라줘."

"음……, 이게 사쿠 같은데!"

유우코는 초승달 같은 감청색 조각을 들었다.

시험삼아 두 조각을 맞춰 보니 마치 원래 한 장의 가죽이었던 걸 잘라낸 것처럼 딱 들어맞았다.

각자 계산을 마치고 봉투를 교환했다.

곧바로 알맹이를 꺼낸 유우코가 가슴 앞에 들어 올리고 꼬옥, 쥐었다.

소중한 보물을 살며시 넣어두는 것처럼———.

"있지, 사쿠?"

유우코가 반짝반짝 웃었다.

"앞으로 계속, 잊지 않을 거야."

어째서일까.

그 말이 작별인사로 들렸기에 순순히 고개를 끄덕일 수가 없었다.

＊

그날 밤, 저녁 식사를 마치고 숨을 돌린 나는 운동용 티셔츠와 반바지로 갈아입었다. 카즈키, 카이토, 켄타는 온천에 갔지만, 모처럼 바닷가에 왔으니 근처를 가볍게 뛰고 올 생각이었던 것이다.

방을 나서자 마침 유우코네 여자애들 팀이 걸어오고 있었다.

그쪽도 온천에 가려는 모양이었다.

"어라, 치토세, 뭐 하는 거야?"

선두에서 걸어오던 하루가 의아하다는 듯이 말했다.

"살짝 런닝이라도 하고 올까 해서. 이틀이나 운동을 안 했더니 왠지 기분이 안 좋아."

나나세가 인상을 찌푸리며 입을 열었다.

"으엑, 그렇게 체력이 남아돌면 여자 농구부 아침 연습 좀 대신 해줘. 오늘도 모두가 우아하게 아침 뷔페를 먹고 있던 동안 얼마나 뛰었는데."

진짜로 했구나, 그거.

레스토랑에 늦게 올 만도 하네.

그런 생각을 하고 있자니 하루가 '저기, 치토세'라고 말했다.

"바로 갈아입고 올 테니까 로비에서 잠깐만 기다려."

"으응?"

"나도 같이 뛰고 싶어!"

나나세가 어이없다는 듯이 웃었다.

"제정신이야?"

내 대답도 듣지 않고, 하루는 방으로 재빨리 돌아갔다.

호텔 밖으로 나오자 여름밤을 통째로 뒤엎고 휘저은 듯한 공기가 떠돌고 있었다.

활기가 넘치는 풀과 나무, 소금기를 머금은 바닷바람, 캠프장 쪽에서는 모닥불 향기도 흘러들어오고 있었다.

"몸을 풀 필요는 없겠지?"

나는 옆에서 걷는 하루에게 말했다.

"뭐, 기온이 이러니까."

솔직히 약간 안심했다.

예전에 동쪽 공원에서 같이 스트레칭을 한 적이 있는데, 지금도 아무렇지도 않게 똑같은 걸 할 수 있냐고 물어본다면 약간 자신이 없다.

가볍게 달리기 시작하자 하루가 오른쪽 옆으로 따라붙었다.

"치토세, 페이스를 좀 더 올려도 괜찮아."

"여행지에서 온 힘을 다해 운동할 필요는 없잖아. 이야기라도 하면서 느긋하게 가자고."

"뭐, 그렇긴 하지."

부지 밖으로 나서자 바다 향기가 훨씬 강해졌다.

쏴아, 쏴아, 파도 소리가 울렸다.

탁, 탁, 타닥, 두 사람의 발소리가 튀었다.

가로등이 거의 없는 길에서는 랜턴 대신 희미한 초승달이 웃고 있다.

조용하고 얌전한 밤이었다.

손을 살짝 뻗기만 해도 사락사락 별사탕 같은 별을 쓸어 담을 수 있을 것만 같다.

"……하루."

나는 옆에서 뛰어가던 자그마한 어깨를 끌어안고.

"잠깐만, 이런 곳에서 갑자기."

훌쩍 위치를 맞바꾸었다.

"……흐에?"

하루가 얼빠진 목소리를 냈다.

"꽤 어두우니까. 일단 내가 차도 쪽으로 뛸게."

"―――윽, 기쁘긴 한데, 헷갈리잖아!"

나는 웃고 넘기면서도 마음속으로 약간 동요하고 있었다.

기쁘다는 말은 무의식적으로 한 거겠지.

남자인 친구 녀석들 같은 관계였을 때처럼 갑자기 어깨를 끌어안은 나도 잘못했지만, 헷갈렸다니, 다른 상황을 상상한 것처럼 들리잖아.

하루에게 그런 말을 들으니 뭐라고 해야 하나, 이상한 곳에 날아와 박히는 것 같다.

나는 고개를 살짝 저으며 화제를 돌렸다.

"그 이후로 팀은 괜찮아?"

"정말 완벽해! 연습 시합도 할 때마다 이겼고, 기세가 멈추질 않아."

"그거 대단하네. 다음은 아시 고등학교 타도겠네."

"그렇고말고!"

하루는 뛰어가며 방긋 웃고 계속 말했다.

"아시 고등학교라고 하니 말인데, 그날부터 마이가 엄청 연락해서 짜증 나."

"마이라니, 토도 마이 말이야?"

아시 고등학교 여자 농구부의 에이스.

연습 시합 때 보여준 화려한 플레이는 여전히 생생하게 기억난다.

"맞아, 맞아. 틈만 나면 1 on 1을 하자고 하거든."

"현내 톱 플레이어랑 일상적으로 연습을 할 수 있다니, 최고잖아."

"뭐, 그건 분명 그렇긴 한데 말이지⋯⋯."

마침 그때, 어선용 항구로 이어지는 샛길이 보였다.

뛰기 시작한 지 얼마 안 되었지만.

"모처럼 온 김에 내려가 볼까?"

"찬성~!"

완만한 내리막길을 내려가기 시작하자 갑자기 막다른 곳에 묘지가 보였다.

"⋯⋯아, 아니, 반대."

하루는 뛰어가며 내 티셔츠를 잡았다.

"이렇게 어두우니 꽤 분위기가 있는데."

"이런 분위기를 원한 게 아닌데요?!"

그럼 어떤 분위기를? 그렇게 말하려다 그만두었다.

역시 아무래도 마음이 뒤숭숭하다.

재빠르게 묘지를 지나친 다음, 우리는 페이스를 조금씩 늦추며 걸어가기 시작했다.

어선용 항구의 파도는 천천히 일렁이고 있다.

소형 어선이 둥실둥실, 마치 조는 것처럼 흔들리고 있었다.

사실 방파제 위에라도 앉으면 기분이 좋을 것 같은데, 이렇게 어두운 상황에서 만에 하나라도 발이 미끄러지면 위험할 테니 포기했다.

그 대신 자그마한 모래사장이 있었기에 그곳으로 내려가 보았다.

"저기, 저기, 치토세."

파도치는 물가에서 하루가 손을 흔들며 불렀다.

옆에 앉으니.

"잠깐 빌릴게."

내 손에 자기 손을 겹친 다음, 곧바로 바다에 첨벙, 담갔다.

"헤헤, 우리가 1등이야."

그 티 없는 미소에 두근, 심장이 크게 뛰었다.

"……."

"…………."

잠시 동안 말없이 서로 바라보던 우리는 뭔가 생각난 듯이 후다닥, 떨어졌다.

"아, 미안. 먼저 와서 운이 좋았다고 생각했을 뿐이지, 심각한 의미는……."

"나, 나도 알아. 그러고 보니 토도 마이가 뭐라고? 아까 뭔가 말하려 했잖아."

나는 억지로 화제를 돌렸다.

"마, 맞아! 맞아! 농구 관련 이야기라면 딱히 상관없는데, 그 녀석이 치토세 이야기를 엄청 물어보거든."

"내, 이야기……?"

"───윽."

하루는 완전히 말실수를 해버렸다는 표정을 짓고 있었다.

얼굴을 새빨갛게 물들인 채 돌리고는, '아, 진짜!'라고 하면서 머리를 벅벅 긁었다.

그리고 째릿, 이쪽을 노려보았다.

"치토세, 지금 우리, 왠지 기분 나쁘지 않아?"

"완전히 동의."

"그건 역시, 내가 둘러대려 하기 때문인 것 같거든. 뭐라고 해야 하나, 제대로 지금 우리의 위치에 대해서라고 해야 하나, 대하는 방법 같은 걸 잘 모르니까 답답하단 말이지."

나는 주먹을 꽉 쥐고 하루의 눈을 바라보았다.

"솔직히 나도 그래. 나는 하루의 마음에 어떤 대답을 내놓는 게 좋을까라는 생각이야."

"───으으윽."

하루는 왠지 울상처럼 눈을 내리깔고 입을 열었다.

"저기, 그게, 그건 기세를 못 이겨서라고 해야 하나. 네시합을 보고, 마이네 학교랑 시합을 마치고, 머리하고 마음이 엄청 뜨거워진 채로 행동해버렸다고 해야 하나……."

그 목소리가 점점 약해지고, 가늘어졌다.

"그러니까 그날 있었던 일은 신경, 신경……."

쓰지 말아줬으면 한다, 그렇게 말이 이어질 것을 각오하고 있자니.

저벅, 하루가 힘차게 한 발짝 내디디며 내 눈을 똑바로 보았다.

그리고 있는 힘껏 숨을 들이마시고, 주먹을 쥔 다음.

"———신경 써줬으면 좋겠어어어어!!!!!!"

쥐어 짜내는 듯이 소리쳤다.

"없었던 일로 하는 건, 못해! 네가 나를 남자 녀석들처럼 대할 수 있는 상대가 아니라, 연애 대상인 여자애로서 제대로 봐줬으면 좋겠어!!"

허억, 허억, 뛰어올 때보다 숨을 더 헐떡이면서.

"하지만 사귀어 달라고 하기 전에 확실하게 **마무리**해두어야 할 것 같은 것도 있고, 나도 기세에 맡기는 게 아니라 확실하게 진심으로 그 말을 전하고 싶어."

하루는 씨익 웃었다.

"기다리라고 하진 않을게. 하지만, 언젠가 내가 너한테 진심으로 승부를 도전할 때는 도망치지 말고 받아줘야 해?"
진짜, 정말, 너는 참.

"흥, 그때가 되면 인정사정없이 해치워주지."

그 반짝임에 눈을 감아버리지 않게끔, 있는 힘껏 웃으며 대답했다.

이 이야기는 끝이라는 듯 하루가 입을 열었다.
"그럼, 뛰어볼까요."
나는 등을 쭉 폈다.
"마음이 바뀌었어. 온 힘을 다할 테니까 따라오라고."
"무덤 있는 곳 지날 때까지만 기다려!"
푸슉, 부드러운 모래사장을 박차고 한 발짝 내디뎠다.
역시 이러는 게 우리답지.
멈춰 서지 말자. 눈을 돌리지 말자.
하지만 소중한 거니까, 제대로 소중히 여기고 싶거든.

＊

호텔로 돌아오자 방은 불이 꺼진 채 어두웠다.

세 사람은 아직 온천에 있나 했지만, 잘 살펴보니 안쪽에 있는 '그 공간'의 백열전구만 켜져 있었다. 거기서 카이토가 멍하니 창밖을 바라보는 중이었다.

나는 곧바로 불을 켜지 않고 안으로 들어갔다.

내가 온 걸 눈치챈 카이토가 '오' 하며 손을 들었다.

오늘은 방에 있던 유카타를 입고 있는 것 같다. 띠를 정말 대충 묶었는데도 이 녀석은 키가 크니까 그럴싸하다.

"카즈키랑 켄타는?"

"아직 온천. 그 녀석들, 목욕 오래 한단 말이지. 사우나도 몇 번이나 드나들고. 나는 같은 곳에 계속 있는 게 힘들어서 먼저 나왔어."

"아, 왠지 알겠네."

나는 그렇게 말하며 런닝용 티셔츠를 벗은 다음, 수건과 데오드란트 시트로 몸을 닦고 나서 마무리로 시브리즈를 차박차박 발랐다.

클럽 활동이 끝났을 때를 연상케 하는 향기가 찡하게 피어올랐고, 에어컨 바람이 닿은 부분이 차가워졌다.

땀에 젖은 티셔츠보다는 낫겠다는 생각에 일단 어젯밤에 파자마 대신 입었던 티셔츠를 입었다.

사실 온천으로 바로 갈 생각이었지만, 별생각 없이 곧바로 카이토 맞은편에 앉았다.

창밖을 보니 바다는 검은색 페인트를 부은 것처럼 새까

만 색이었다.

나는 별생각 없이 입을 열었다.

"하루랑 뛰고 왔어. 출발할 때 딱 마주쳤는데 같이 가고 싶다고 하더라고."

카이토가 어이없다는 듯이 입가를 치켜올렸다.

"그 녀석답다고 해야 하나, 뭐라 해야 하나."

곧바로 팔꿈치를 괴고 볼을 얹은 다음, 계속 말했다.

"야, 사쿠, 좀 물어봐도 되냐?"

"안 돼."

"그럴 줄 알았어."

카이토는 흥, 하고 웃으면서도 이야기를 그만두려 하진 않았다.

"유즈키랑 하루랑 니시노 선배. 솔직히 뭔가 있는 거야?"

"⋯⋯뭔가라니, 무슨 소린데."

"그야, 연애 이야기 같은 거 말이야."

"⋯⋯⋯⋯⋯."

나나세, 하루하고 있었던 일은 대충 개요만, 아스 누나에 대해서는 거의 아무것도 모를 것이다.

요즘은 왠지 사이가 좋네, 하는 생각으로 마음 편히 물어보는 건지도 모르고, 아니면 뭔가 생각하고 있는 게 있을지도 모른다.

⋯⋯어찌 됐든, 안 그래도 쓸데없이 신경 쓰게 만들고 있는 카이토에게 더 이상 쓸데없는 짐을 짊어지게 하고 싶

지 않았다.

　고등학교에 입학한 뒤 계속 알고 지냈지만, 이 녀석은 진짜 좋은 녀석이다.

　누구에게나 올곧고, 솔직하고, 한없이 친구를 챙겨준다.

　다른 사람에게 슬픈 이야기나 괴로운 이야기를 들으면 마치 자기 일처럼 슬퍼하고, 괴로워하면서 어떻게든 힘이 되어주려 한다.

　뭐, 나중 일을 전혀 생각하지 않는다는 게 옥에 티라고 해야 하나, 그냥 내버려 둘 수는 없지만.

　그러고 보니 켄타 이야기를 들었을 때 제일 먼저 화를 낸 건 카이토였다.

　도서관에서 얀고 녀석들이 시비를 걸었을 때, 제일 먼저 달려와 준 건 카이토였다.

　혼자 가겠다고 가게를 나선 나나세를 제일 먼저 쫓아간 건 카이토였다.

　배팅 센터에 갔다가 들른 8번에서 아스 누나 이야기가 나왔을 때, 누군가를 위해 뜨거워졌던 것도 역시 카이토였다.

　히어로라는 건 이런 녀석을 위해 있는 말이겠지.

　그러니까 내가 스스로 마주해야 할 것을 카이토에게 말할 수는 없다.

　또 자기 일처럼 고민하고, 슬퍼하고, 괴로워해 줄 테니까.

　왠지 우스워져서 쿡쿡 웃었다.

"없어, **아직 아무것도.**"

카이토가 아무런 의심도 하지 않는다는 듯이 씨익 웃었다.

"그렇지! 왠지 안심되네!"

"뭐가."

"그야, 뭐……."

잠시 머뭇거리다가 시원스럽게 말했다.

"아니, 그냥 그만둘래."

카이토가 갑자기 진지하게 말했다.

"야, 사쿠. 한 가지만 약속해주면 안 되냐? 내가 이런 말을 할 입장은 아니지만, 언젠가 **그 녀석**의 마음에 정면으로 마주해줬으면 하거든. 적당히 흘려넘기거나 도망치지 말고 말이야."

"꽤나 시적이네."

"아니, 그런 공간이잖아, 여기."

우리는 얼굴을 서로 마주 보며 푸흡, 웃음을 터뜨렸다.

'그렇긴 하네', 라고 나는 말했다.

"알았어, **남자의 약속**이야. 그때가 오면 너한테도 보고 할게."

하루의 말을 빌리자면, 어차피 피해 갈 수 없는 마무리다.

카이토가 씨익 웃었다.

"미리 말해두지만, 나한테 의논해도 조언 같은 건 못 해준다?"

"오히려 왜 그런 걸 기대할 거라 생각한 건지 궁금한데?"

남자 녀석 둘이서 깔깔대며 어깨를 들썩였다.

약속할게.

그게 한없이 상냥한 너한테 해줄 수 있는, 나 나름대로의 성실함이니까.

*

그렇게 맞이한 사흘째 낮.

우리는 호텔에서 버스를 타고 10분 정도 걸리는 거리에 있는 미쿠니 선셋 비치에 와 있었다.

한창 시즌이라 그런지 평일인데도 사람들이 꽤 많이 와서 붐볐다. 컬러풀한 팝업 텐트가 늘어서 있고, 그 이상으로 컬러풀한 수영복을 입은 누님들이 주위를 오가고 있었다.

우리 남자들은 처음부터 수영복에 티셔츠만 입고 왔기에 버스 안에서 재빨리 벗어던지고는 맨발로 모래사장으로 뛰어나갔고.

"""""앗, 뜨거?!"""""

곧바로 돌아와 각자 샌들을 신었다.

클럽 활동 때문에 바빠서 해수욕 같은 건 몇 년 만에 하는 건지 모르겠다.

여름 모래사장이 뜨겁다는 걸 완전히 잊고 있었다.

그건 카즈키나 카이토도 마찬가지였던 것 같고, 켄타는 아무리 생각해도 해마다 바다에 올 타입이 아니다.

마치 블루 하와이 시럽처럼 맑은 하늘엔 방금 갈아낸 빙수를 늘어놓은 것 같은 적란운이 뭉게뭉게 떠다니고 있었다. 햇빛은 반짝반짝 눈부셨고, 바다의 집에서 파는 오징어구이처럼 살을 그을리려 하고 있었다.

우리는 미리 신청해둔 대여용 비치 파라솔과 팝업 텐트를 적당한 곳에 설치했다. 전자 아래에 레저 시트를 깔고, 후자 안에 우리 짐을 던져 넣었다.

그렇게 여름방학이라든가, 여행이라든가, 무엇보다 여자애들 팀의 수영복으로 인해 부풀어 오르는 기대감이라든가, 그런 것들을 참을 수가 없어서 파도치는 물가까지 뛰어간 다음.

"""야호~!"""

나, 카이토, 켄타가 소리쳤다.

"아니, 그건 산에서 하는 거잖아."

카즈키가 어이없다는 듯이 태클을 걸었다.

"""바보 자식아~!!"""

"그런 문제가 아니거든."

풋핫, 모두 함께 일제히 웃음을 터뜨렸다.

눈앞에 펼쳐진 동해는 눈이 번쩍 뜨이는 코발트 블루색과 에메랄드 그린색, 이라고 빈말로도 말할 순 없을 것이다.

투명도는 그렇게 높지 않고, 푸른색도 약간 탁해 보였다.

그래도 이게 어렸을 때부터 익숙해진 우리의 여름색이

었다.

옆에 서 있던 켄타에게 말을 걸었다.

"왠지 너, 진짜로 근육이 좀 붙기 시작한 것 같은데."

다이어트에 성공했을 때는 그냥 홀쭉한 인상이었는데, 아주 약간 몸집이 커졌다고 해야 하나, 두터워졌다는 느낌이다.

켄타는 에헴, 하며 가슴을 폈다.

"요즘은 웨이트 트레이닝 같은 걸 조사해가면서 도전하고 있거든요. 처음에는 진짜 싫었고, 고통스럽기만 했는데, 왠지 점점 버릇이 되어서요."

"호오? 그거 좋네. 너무 지나치지 않게끔 조심하라고."

"부상 같은 거 말인가요?"

"아니, 그냥 우락부락한 마초가 된 켄타는 보고 싶지 않거든."

"바뀌기 위해서 노력하라고 한 건 당신이잖아."

소리를 지르고 나서 마음이 시원해진 우리는 일단 파라솔 아래로 돌아왔다.

여기서 기다리지 않으면 유우코 같은 애들은 어딘지 모를 테니까.

그건 그렇고.

"조마조마하네요."

""""무슨 소린지 알겠어.""""

내가 그렇게 말하자 신기하게도 카즈키까지 포함해서

다른 세 명이 한목소리로 말했다.

아무리 평소에는 폼을 잡는다 해도 어차피 브래지어 끈 하나만으로도 두근두근 불끈불끈해버리는 건전한 남자 고등학생.

동급생, 그것도 엄청난 미소녀가 모여 있는 친구들의 수영복 차림을 곧 볼 수 있게 되는데 평상심을 지니라니, 도저히 불가능한 이야기다.

"야, 다들 냉정하게 생각해 봐."

먼 곳을 바라보며 나도 이유를 잘 모르겠지만, 메마른 목소리로 말했다.

"어째서 속옷은 안 되는데 수영복은 괜찮은 걸까. 천 면적은 똑같잖아? 팬티를 보면 화내는데, 수영복은 빤히 봐도 괜찮다는 건 이상하지 않아?"

"그치이이이이이이이이이이이!"

소리친 카이토가 이쪽을 보았다.

"어? 어쩌지, 무서워지기 시작했어. 보면 서 있을 수가 없을지도 몰라, 아니, 설지도 몰라."

"으음~, 천박하다고 놀리고 싶긴 한데, 나도 웃어넘길 수가 없네."

아니, 그렇잖아?

유우코나 나나세가 속옷 차림으로 눈앞에 서면 흥분하겠지?

응, 할 거야, 반드시.

그게 수영복이라고 해서, 네, 올 그린, 평상심입니다, 할
수가 있나?

안 될 것 같은데?

훗, 카즈키가 그렇게 여유로운 미소를 지었다.

"아직 어린애구나."

나는 발끈하며 입을 열었다.

"뭐야, 너는 전혀 흥미가 없다는 거야?"

거들먹거리는 그 남자는 입술 근처에 집게손가락을 들
어 올리고 쯧쯧, 소리를 내며 좌우로 흔들었다.

"축구에 쓰는 파울 컵을 차고 왔지."

"그런 수가 있었구나?!"

뭐, 농담이긴 하지만, 하고 카즈키가 웃었다.

이 남자도 이러쿵저러쿵하면서도 진정이 안 되는 모양
이다.

온천에서 털어놓았던 이야기가 머릿속에 떠올랐기에 다
른 생각을 하려고 켄타를 보았다.

"김수한무, 거북이와 두루미, 삼천갑자 동방삭, 치치카
포 사리사리센타……."

그래, 고맙다. 좀 냉정해지네.

그런 생각을 하고 있자니.

"사쿠~."

뒤에서 어깨를 두드리는 사람이 있었다.

나도 모르게 꿀꺽, 군침을 삼킨 다음, 남자 녀석들과 눈을 마주 보았다.

몇 번 심호흡을 하고, 각오를 다지며 천천히 돌아보자.

———으으윽.

거기에는 두 여신(유우코와 나나세)이 서 있었다.

유우코가 입고 있는 건 밝은 노란색 꽃이 잔뜩 들어가 있는 비키니.

브래지어 가운데와 하의 옆쪽이 끈으로 망사처럼 되어 있었고, 가슴이 계곡을 넘어 거의 바닥까지 다 드러나 있었다.

뭐라고 해야 하나, 유우코의 몸매는 진짜로 '남자의 이상형을 구현했다'라는 싸구려 같은 표현이 딱 어울린다. 나올 곳이 나오고 들어갈 곳이 들어간 건 물론이고, 그 위에 '여자애'라는 부드러운 베일을 한 장 씌워놓은 것 같다.

손가락으로 피부를 살짝 만지면 분명 녹아내리듯이 살짝 파고들 것이다.

브래지어와 가슴 경계, 그리고 하의 망사 부분은 탱탱하게 살짝 눌려서 그게 또 상상력을 자극했다.

그건 그렇고, 반구형 E컵의 파괴력이 지독하다.

크다는 건 알고 있었고 솔직히 가슴이 슬쩍 보인 적도 있지만, 이렇게 수영복 차림을 보니 빤히 볼 수도 없으면서 눈을 돌릴 수도 없다는 알 수 없는 인력을 흩뿌리고 있다.

"눈이이이이이이이이이이이이이이이이이이이이이이이이이이이이!!"

옆에서 한 명, 어떤 회로가 타버린 모양이다.

"저기, 사쿠, 어때? 어때?!"

"자, 잠깐만, 익숙해질 때까지 더 이상 다가오지 말아줘."

"에~, 그게 무슨 소리야! 사쿠가 기뻐해 줬으면 해서 엄청 고민했는데."

"그게 아니라. 엄청나게 어울리긴 하는데, 남자 고등학생에게는 자극이 너무 강해."

"그럼 두근두근한다는 거야?"

"두근두근이라기보단, 두두두두두두. 심장 고동이 빨라져서 죽을 것 같은데."

"에헤헤~, 그럼 됐어."

유우코가 방긋 웃자 나나세가 슬쩍 앞으로 나섰고.

"그대로 심장이 멈춰버리면 미안."

두 손을 뒤통수에 올리고 그라비아 같은 포즈를 취했다.

그리고 그 모습을 확실하게 보여준 다음, 반쯤 돌아서서 등을 드러냈다.

"────────커어어어어어어억."

이런, 어떤 혈관이 터져버린 것 같은데.

나나세의 수영복은 무늬가 없는 네이비색 브래지어에 화려한 푸른색 히비스커스가 장식된 하의였다. 브래지어가 의외로 심플하다고 생각했지? 그런데 나나세 유즈키는 다르다고요! 대체 난 누구한테 말하고 있는 거지?

브래지어 가운데 부분에서 폭이 넓은 끈이 두 줄기 뻗어서 서로 교차하며 등 쪽으로 돌아갔고, 낮은 위치에 리본으로 묶여 있다.

결국은 브래지어 아래로 끈 두 개가 뻗어 있는 것뿐인데, 이게 말로 표현할 수 없을 정도로 고혹적이다.

그녀는 일부러 다른 한쪽 끈으로 몸을 살짝 가림으로써 상하의, 두 네이비색 사이에 있는 피부의 윤기를 매우 강조하고 있었다.

잘록한 몸매라는 점은 유우코와 마찬가지지만, 인상은 꽤 달랐다.

이쪽은 온몸이 활기차고, 매끄럽고, 날씬하다. 머리끝부터 발끝까지 마치 물의 흐름처럼 아름다운 S라인을 그리고 있어서 왠지 신비롭기까지 했다.

당당하게 펴고 있는 밥그릇 모양 D컵에는 닿으면 튕겨버릴 것 같은 기품이 떠돌지만, 두 팔을 들어 올렸을 때 보인 겨드랑이에는 농구를 통해 적당히 단련된 근육과 부드러운 피부가 쏘옥, 귀엽게 보조개를 만들어내고 있다.

아무리 그래도 그런 곳을 보고 있다고 생각하진 않겠지. 왠지 완벽함을 연기하고 있는 나나세 유즈키의 비밀을 엿보고 있는 것 같은 기분이 들어서, 오싹오싹 솟구치는 배덕감 때문에 어떻게 되어버릴 것만 같았다.

신기하게도 카즈키가 필사적으로 눈을 피하고 있었다.

나나세는 도발적으로 슬쩍 웃으며 입술을 낼름, 핥았다.

"맛도 한번 볼래?"

"부탁이니까 더 이상 자극을 주지 말아주시겠어요?"

"그래서, 감상은?"

"존재 자체가 19금."

"저기……. 뭐, 확실하게 반응한 거면 목적은 달성한 건가?"

"야, 말투 좀?!"

농담이 아니라고, 지금은.

"……색불이공, 공불이색, 색즉시공, 공즉시색."

좋아, 잘한다, 켄타. 계속 그렇게 부탁해.

아무튼 이제 위험물(너무 야한) 두 명은 넘어섰다.

하루하고 유아도 귀엽지만, 수영복 임팩트를 따지면 이 콤비를 넘어설 수는 없을 것이다.

그런 생각을 하고 있자니.

"아, 하루~. 왜 거기 멈춰 서 있어?"

유우코가 폴짝폴짝 뛰면서 손을 마구 흔들었다.

이러니까 천연은 무섭다고.

내 얼굴도 같이 폴짝폴짝 오르락내리락 해버리잖아.

뭐 그건 그렇다 치고, 하루는 어떤 수영복을 입고 왔으려나.

여유를 부리면서 돌아보니.

"──────────커허어어어어어어억?!?!?!"

그것은 설마 하던 오프숄더였다.

어? 어?

이렇게 말하긴 좀 그렇지만, 하루는 방금 본 두 사람과 비교하면 가슴이 그렇게 큰 편은 아니다.

그러니까 그런 부분을 커버할 수 있는 타입을 고를 줄 알았다.

냉정하게 관찰해보면, 아니, 그럴 순 없지만, 그런 디자인이긴 하다.

푸른색에 가까운 투명감을 가진 보라색 바탕의 브래지어와 하의에는 커튼처럼 파도치는 프릴이 빙 둘러서 장식되어 가슴에 약간 볼륨감을 주고 있었다.

하지만 자잘한 부분 같은 건 어찌 되든 상관없다. 그렇게 생각할 정도로 목덜미부터 가슴까지 이어지는 건강한 피부에 눈길이 끌려버렸다.

브래지어라는 건 어깨끈이 없는 것만으로도 이렇게 알몸에 가까워지는 건가?

본인에게는 절대로 말하지 않겠지만, 만약 가슴이 큰 유우코나 나나세가 똑같은 걸 입었다면 이렇게 동요하진 않았을 것이다.

하지만 하루에겐 어쩌다가 벗겨져 버리는 거 아닐까 하는 위험한 느낌, 덧없는 느낌이 있다. 그게 평소의 강하고 듬직한 모습과는 정반대로 한없이 무방비해 보였다.

그런 상태로 개방적인 해변을 돌아다니고 있으니 지금 당장 손을 잡고 누구도 보지 않는 곳까지 끌고 가고 싶어져 버렸다.

　"저기, 치토세, 너무 그렇게 보지 마."

　머뭇거리며 내 이름을 부르는 모습에 다시 가슴속이 찌잉, 울렸다.

　잘 살펴보니 목이나 팔에는 살짝 그을린 흔적이 있어서, 하얀 피부가 평소에는 보이지 않는 부분이라는 걸 의식하게 되어버렸다.

　유우코와 나나세보다 한층 더 날씬한 배에는 복근 선이 드러나 있었다. 예쁘게 생긴 자그마한 배꼽이 장식처럼 살짝 얹혀 있다.

　하루가 다시 입을 열었다.

　"무, 무슨 말이라도 해봐. 놀려도 되니까."

　"……귀, 귀여운데, 하루."

　"……고, 고마워, 형씨."

　"그래."

　그 이상 뭐라고 말하기도 전에 유우코와 나나세가 소리쳤다.

　""잠깐!""

　먼저 유우코가 입을 열었다.

　"내 수영복을 봤을 때랑 반응이 전혀 다르잖아~! 이렇게 진심 같아 보이는 반응을 원했는데!!"

나나세가 호들갑스럽게 주먹을 쥐었다.

"역시 갭인가, 갭이 정답이었나."

어쩌라는 건지.

뭐, 평소 모습과의 차이가 크면 클수록, 이쪽 감정이 흔들리는 폭도 더 커진다는 건 맞는 말 같다.

유우코는 사복 차림으로도 피부를 꽤 드러내는 편이고, 나나세는 평소에도 색기를 뿌리고 다닌다. 후자는 우리 집에서 자고 갔을 때도 이런저런 일이 있었고.

하루도 반바지를 입고 다니는 경우가 많긴 하지만, 여자애 같은 옷은 잘 입지 않으니까 그 차이인지도 모르겠다.

문득 머릿속을 무언가가 스쳐 갔다.

……평소 모습과의, 갭?

"얘들아, 미안해. 제일 늦게 와버렸네."

그렇게 말하며 빠른 걸음으로 달려온 사람은 마지막으로 남은 유아였다.

"─────────────────크허억."

연지색에 고풍스러운 꽃무늬 수영복은 허리에 파레오를 두르고 있어서 그런지 다른 세 사람과 비교하면 노출이 적었다.

하지만 잘 생각해 보자.

유아는 교복을 그렇게까지 고쳐 입는 편이 아니고, 사복도 가슴이 트인 옷이나 기장이 짧은 반바지, 치마 같은 건입는 걸 본 적이 거의 없다.

학교에서는 겨울 내내 검은색 타이츠를 신고 다니는 경우가 많으니까 하복으로 갈아입으면서 맨다리가 된 걸 보기만 해도 꽤 동요해버릴 정도다.

게다가 허벅지를 빤히 볼 수 있는 기회는 거의 없다.

저번에는 가슴 계곡을 잠깐 보기만 한 걸로도 엄청 혼났는데.

그런 유아가 브래지어! 브래지어가 유아!

몸매는 유우코하고 나나세 중간 정도려나.

적당히 굴곡이 있고, 딱 좋은 탄력과 여자애스러운 봉긋함.

언젠가 말했던 이야기는 거짓말이 아니었던 것 같다.

한 발짝 걸을 때마다 복근 끄트머리가 살짝 드러나고, 나나세보다 부드러워 보이는 범종 모양 D컵이 출렁출렁 흔들린다.

대충 보면 다른 세 사람의 특징을 희미하게 만들어서 합친 듯한 인상일지도 모른다.

하지만 유우코나 나나세가 마치 연예인의 사진집을 보는 듯한 느낌을 주는 것과는 달리, 생생하고 평범한 사람들보다 약간 더 잘난 듯한 느낌이 오히려 같은 반의 귀여운 여자애 수영복 차림이라는 실감을 주고 있었다.

"사쿠 군, 잠깐 괜찮겠어?"

유아는 딱히 감상을 요구하지도 않고 옆에 앉았다.

짐을 팝업 텐트 안에 넣으려 하는 모양이었다.

곧바로 상반신을 비틀어서 뒤쪽으로 돌아서자.

————팔랑.

애태우듯 천천히 파레오가 뒤집어졌다.

통통하고 하얀 허벅지가 드러나고, 벌리는 양쪽 다리 안쪽에 숨겨져 있던 부분이 눈에 들어왔다.

그 안쪽에 묻어있던 모래가 후두둑, 떨어져서.

"————————ㅇㅇㅇㅇㅇ으.."

나도 모르게 재빨리 눈을 돌렸다.

배꼽 근처에 달달하게 저리는 느낌이 스쳤다.

짐을 다 정리한 유아가 두 손을 땅에 짚은 채 이상하다는 듯이 이쪽을 들여다보고 있었다.

이번에는 팔 사이에서 뭉클거리며 변형된 가슴이 시야를 가득 채웠다.

"왜 그래? 사쿠 군."

"유아, 잠깐만 힘을 꽉 줘보실래요?"

"진짜 왜 그래? ……아니, 왠지 알 것 같은데, 꽈악."

주위를 둘러보니 카이토도, 켄타도, 그리고 카즈키도, 다들 하나같이 고개를 숙이며 명상에 잠긴 것 같았다.

그런 우리를 왠지 만족스러워하며 힐끔 본 여자애들은 바다 쪽으로 사라져갔다.

*

    곧바로 여자애들과 합류하기에는 아직 동요한 마음이 가라앉지 않았기에 나는 해안을 따라 어슬렁거리고 있었다.

    딱히 짠 건 아니지만, 카즈키 같은 녀석들도 분명히 비슷한 느낌일 것이다.

    우리는 오전에 공부를 하다가 점심 식사를 하고 숨을 돌린 다음 호텔을 나섰기에 벌써 14시가 넘은 시간이었다.

    사각, 사각, 모래사장에 말을 걸었다.

    메마른 부분을 걸으면 샌들 안으로 살랑살랑 놀러 오고, 파도치는 물가를 걸으면 후두둑, 바다로 돌아간다.

    여, 올해 여름은 어때?

    그럭저럭이지. 그쪽은 어때?

    나쁘지 않아. 이렇게 여름방학스러운 여름방학은 초등학교 이후로 처음일지도 모르겠는데.

    친구들의 얼굴을 머릿속에 떠올리며 그러고 보니, 하고 생각했다.

    바다에서는 뭘 하고 놀면 되는 거지?

    비치 발리볼, 바나나 보트, 스노클링……?

    전부 도구를 준비해야 하거나 뭔가 형식이 있는 느낌

이다.

어렸을 때는 어떻게 놀았지?

……아, 그랬지, 모래사장에 성을 쌓거나, 구멍을 파고 바다까지 길을 만들어서 물을 끌어오는 게 정석이었다.

고글을 끼고 발이 닿지 않는 곳까지 가서 바닥에 손을 댈 수 있을지 시험하거나, 잠겨 있던 걸 전리품처럼 줍기도 하고.

그리고 물가에 누워서 밀려왔다가 멀어져가는 파도를 온몸으로 느끼는 것만으로도 전혀 질리지 않았지.

그렇게 별것 아닌 감상에 젖어 있자니.

"겨우 찾았다, 너!"

숏컷 미인이 타박타박 뛰어왔다.

나는 눈앞까지 오는 걸 기다렸다가 쿡쿡 웃으며 입을 열었다.

"왠지 요즘 말이야, 아스 누나하고 우연히 만났을 때의 감동이 희미해지는 것 같아."

"너무해?! 방금 그 말 때문에 누나는 좀 상처 입었어!"

"농담이야, 바다에는 안 올 줄 알았는데."

아스 누나는 기장이 길어서 바지까지 다 가리는 터콰이즈 블루색 바람막이를 입고 있었다.

평소였다면 그 아래로 쭉 뻗은 살얼음처럼 뽀얀 다리에 가슴이 두근거렸겠지만, 좀 전에 받은 자극이 너무 강했다.

별로 상관 없는 이야기이긴 하지만, 다리는 저번에 데이트할 때 잔뜩 구경했고.

아스 누나가 쓴웃음을 지었다.

"사실 그럴 생각이었는데 말이지, 네가 호텔을 나가는 모습이 보이길래."

"……보이길래?"

내가 그렇게 말하자 바람막이 옷깃을 잡고 고개를 숙였다.

"히이라기 양이나, 우치다 양이나, 나나세 양이나, 아오미 양이랑 바다에 가는구나……, 그렇게 생각하니까 멈출 수가 없었어. 친구들이 가자고 할 때를 대비해서 일단 준비해오긴 했거든. 그래서 이번에 만난 건 우연이 아니야."

"혹시 혼자서 왔어?"

아스 누나가 고개를 끄덕였다.

"우리 둘 다 고등학생일 때, 같이 바다를 보고 싶었어."

아~, 진짜, 나는 그렇게 말하며 머리를 긁었다.

이제 겨우 진정이 되기 시작했는데.

나 자신을 속이려는 듯 실실거리며 농담을 했다.

"추억을 만들 거라면 아스 누나의 수영복 차림이 좋은데에."

———지이익.

실실거리는 내 말을 가로막으며 아스 누나가 지퍼를 내렸다.

바람막이를 벗고는.

"———그러니까! 처음은, 너한테 보여주고 싶다구!"

아스 누나답지 않게 큰 소리로 말했다.

입술을 꼬옥 깨물고 이쪽을 바라보는 아스 누나는 마치 한여름 비치에 길을 잃고 들어온 눈의 요정 같았다.

갓난아기처럼 하얀 피부, 심플한 하얀색 브래지어에 하얀색 하의.

하의는 치마가 달린 타입이긴 했지만, 투명감이 있는 레이스 소재라 다리 위쪽까지 확실하게 보였다.

나나세나 유아보다 작고, 하루보다는 큰 가슴 계곡에 밤하늘에 뜬 샛별 같은 점이 하나 떠 있었다.

왠지 중성적인 분위기를 풍기는 아스 누나도 팔과 가슴, 허리와 엉덩이 같은 부분은 역시 여자애스럽게 봉긋하다.

도쿄의 밤이 머릿속에 생생하게 떠올랐다.

만약에 그때.

내가 이 사람을 끌어안았다면.

만약에 언젠가.

다른 누군가가 이 피부를 만진다면.

……그런 생각이 어쩔 수도 없이 떠올랐다.

나도 모르게 손을 뻗으려 하다가 주먹을 꽉 쥐고 말했다.

"정말, 예뻐."

아스 누나가 쑥스럽게 내 표정을 살폈다.

"평소처럼 느끼한 비유는 안 해?"

"말이 안 나왔거든."

"그럼."

정말 예쁜 미소가 슬쩍 드리웠다.

"———오길 잘했네."

그런 표정을 보여주는 게 기뻐서, 기특하고 귀여워서, 슬프고 애절해서, 가슴이 찢어질 것만 같다.

가지 말라고, 어린애처럼 울면서 붙잡을 수 있다면 좋을 텐데.

기다리라고, 솔직하게 말할 수 있다면 좋을 텐데.

지금 내게는 그럴 자격이 없으니까, 형편 좋게 그 무렵으로 돌아간 척하면서———.

둘이서 참방참방, 파도치는 물가를 걷어찼다.

*

아스 누나는 정말로 보여주기 위해서만 빠져나온 모양이라 다음 버스를 타고 바로 호텔로 돌아간다고 했다.

탈의실이 있는 바다의 집까지 데려다주고 친구들이 있는 곳으로 돌아갈까 생각하며 걷다 보니 유아가 주위를 두리번거리며 걸어가고 있었다.

왠지 모르겠지만 어린 여자애와 손을 잡은 상태.

유아도 이쪽을 본 모양이었기에 나는 뛰어가서 입을 열었다.

"유아, 무슨 일이야?"

"그게, 미아가 되어버린 모양이라."

왠지 그럴 것 같다는 예감이 들긴 했는데, 역시 그랬구나.

바가지 머리인 그 여자애는 흑흑 울면서 훌쩍훌쩍 콧소리를 내며 유아의 손을 꼬옥 잡고 있었다.

대충 보기에는 네다섯 살 정도인 것 같은데.

유아가 곤란한 듯이 말했다.

"지구대 같은 곳에 데려다주는 게 나으려나?"

"정 방법이 없으면 그래야겠지만, 버스를 타고 올 때는 안 보이던데. 걸어서 갈 수 있는 곳에 없을지도 몰라."

나는 여자애 앞에 몸을 숙이고 앉아서 방긋 웃었다.

"안녕, 이름이 뭐야?"

"———흐에에에에에에에에엥."

곧바로 말을 걸자 있는 힘껏 울면서 유아 뒤로 숨어버렸다.

"어쩌지! 유아! 여자애인데 치토세 군 스마일이 통하지 않는다니?!"

"아, 어린애들은 어른의 거짓말을 알아본다고 하니까."

"그게 무슨 뜻이야?!"

아니, 농담하고 있을 상황이 아니지.

나는 여자애에게 말했다.

"저기, 낙타 알아?"

"……아라아."

울고 있어서 그런 건지 발음이 아직 미숙한 건지, 약간 어설프게 들리긴 하지만 이야기는 할 수 있는 것 같다.

몇 살 정도부터 말을 할 수 있는 건지 잘 모른단 말이지.

"그럼 잠깐만 보고 있어."

뭔가 하려는 걸 눈치챈 건지, 유아도 앉아서 두 손을 여자애 어깨에 올려놓았다.

나는 오른팔을 수평으로 쭉 뻗었다.

그걸 왼쪽 손으로 가리키며 입을 열었다.

"이게 사막이에요. 알겠어?"

절레절레, 여자애가 고개를 저었다.

"낙타가 사는 곳은 여기보다 모래가 훨씬 많은 곳이야."

끄덕끄덕, 여자애가 고개를 끄덕였다.

"그럼 그 언니하고 같이 '낙타야~'라고 불러줄래?"

내가 그렇게 말하자 유아가 여자애의 얼굴을 들여다보았다.

"언니가 '하나, 둘'이라고 할 테니까 같이 불러볼까?"

"……응!"

"하나, 둘."

""낙타야~!""

낙타 머리처럼 쥔 주먹이 바깥쪽을 향하게끔 팔을 들고 힘을 꽉 주었다.

"히히힝~!"

알통을 만든 상태로 주먹을 이리저리 휘둘렀다.

"대단해~!"

여자애가 짝짝, 박수를 쳤다.

마음을 달래는 데 성공한 모양인지, 어느새 눈물이 멈춰 있다.

"만져 볼래?"

"만지고 싶어!"

유아가 어깨를 받쳐주는 상태로 여자애가 다가와서 알통을 쿡, 찔렀다.

"딱딱해!"

"히히힝~!"

울음소리를 내면서 주먹을 움직이자 여자애가 꺅꺅거리며 즐겁게 떠들었다.

"그건 말 울음소리 아니야?"

"……오빠는 낙타 울음소리를 모르거든."

"어른인데?"

"그치~."

"이상해~!"

여자애가 그렇게 말하며 깔깔 웃었다.

나와 유아도 서로 눈을 마주 보며 살짝 미소지었다.

다시 좀 전에 했던 질문을 했다.

"이름이 뭐야?"

"치이!"

"치이, 귀여운 이름이구나. 엄마하고 왔어?"

"아빠도!"

"그럼 언제부터 엄마하고 아빠가 없어졌어? 좀 전? 아니면 한참 전?"

치이는 집게손가락을 볼에 대고 으음~, 생각에 잠겼다.

"잠깐! 치이가 말이지~, 조개껍질을 찾는데 말이지~, 없어져 버렸어."

그렇다면 적어도 차를 타고 어딘가로 찾으러 가거나 지구대로 갔을 가능성은 별로 없을 것이다.

이 해수욕장은 마음만 먹으면 끝에서 끝까지 걸어갈 수 있을 정도 넓이밖에 안 되고, 휴일만큼 사람이 가득 찬 것도 아니다.

찾다 보면 조만간 발견할 수 있겠지.

유아가 일어서서 입을 열었다.

"그럼 이대로 돌아다니면서 찾아볼까? 사쿠 군, 휘말리게 해서 미안한데, 같이 찾아줄 수 있어?"

"물론이지."

"치이, 아빠나 엄마가 보이면 말해줄래?"

"응!"

치이가 유아의 손을 잡고 반대쪽 손을 내밀었다.

그 자그마한 손을 잡으며 말했다.

"좋아하는 노래 있어?"

"음……, 반짝반짝 작은 별."

"그럼 오빠하고 같이 큰 소리로 불러볼까?"

"응!"

유아가 신기해하는 듯한 표정으로 이쪽을 보았다.

나는 살짝 웃은 다음 유아에게 대답했다.

"우리가 찾아내는 것보다 그쪽이 우리를 찾는 게 더 빠르겠지?"

"……아, 그렇구나!"

겨우 셋이서 정처 없이 이쪽저쪽 돌아다니는 것보다는 치이의 부모님에 눈에 띌 가능성이 클 것이다.

"유아도 노래 불러야 해."

"그, 그건 좀……."

"괜찮아, 괜찮아, 하나, 둘~."

"""반~, 짝~, 반~, 짝~, 작~, 은~, 별~♪ 아~, 름~, 답~, 게~, 비~, 치~, 네~♪"""

나도, 유아도, 치이도, 큰 소리로 노래를 불렀다.

마치 별까지 목소리를 전해주려 하는 것처럼.

문득 치이가 우리를 올려다보았다.

"오빠하고 언니는 결혼했어?"

““안 했어!””

“에~? 어울리는데.”

정말, 이렇게 어린애가 어디서 그런 말을 배워온 건지.

그래도 뭐, 나, 치이, 유아.

셋이서 나란히 손을 잡고 있는 광경은 분명 가족 같다고 생각했다.

유아의 얼굴을 힐끔 엿보았다.

그녀도 마찬가지로 이쪽을 보고 있어서, 둘이서 곤란하다는 듯이 웃었다.

*

예상대로, 5분 정도 돌아다니다 보니 치이의 부모님이 뛰어왔다.

유아가 사정을 설명하자 우리가 미안해질 정도로 몇 번이나 고개를 숙인 다음, 세 가족이 사이좋게 손을 잡고 떠나갔다.

헤어질 때, 치이는 예쁜 조개껍질을 하나씩 주었다.

유아가 그 조개껍질을 바라보며 입을 열었다.

“잘됐네, 찾아서.”

“그렇지.”

“사쿠 군이 있어 줘서 다행이야.”

“아무것도 안 했는데.”

내가 그렇게 대답하자,

"**너는**, 항상 그런 식으로 말하는구나."

유아가 쿡쿡대며 웃었다.

문득 새어 나온 정겨운 말에 왠지 모를 낯간지러움을 느꼈다.

"뭐, 낙타 아이디어는 내가 생각해도 괜찮았지."

"그뿐만이 아니야. 나 혼자였으면 손을 잡은 채 어슬렁거리기만 했을 거야."

"자잘한 건 상관없잖아. 유아가 손을 잡아줘서 나도 알아본 거니까."

"글쎄. 가던 방향이었으니까 사쿠 군은 어차피 알아보지 않았을까?"

너무 띄워주는 것 같은데.

"저기, 유아."

"네."

"수영복 잘 어울려."

"이제 와서?"

"유아에게만은 말하지 않았던 것 같아서."

"고마워. 그런 구석이 사쿠 군답네."

"쑥스러워해도 되는데."

"아니, 누구에게나 그렇게 하는 건 알고 있으니까."

"설마 이 타이밍에 비난당할 줄은 몰랐네……."

"좋은 의미로, 말이야."

정말이야? 나는 그렇게 말하며 쓴웃음을 지었다.

"치이는 행복해 보였지."

"응, 행복해 보였어."

잠시 후 친구들의 모습이 보였기에 이야기는 거기서 끝내게 되었다.

＊

팝업 텐트로 돌아오자 나와 유아를 제외한 모두가 모여 있었다.

유우코, 나나세, 하루……, 약간 적응이 되긴 했지만, 이렇게 수영복 차림이 나란히 있으니 역시 아직 똑바로 바라보는 게 좀 쑥스럽다.

유우코가 목이 빠지게 기다렸다는 듯이 입을 열었다.

"어서 와~. 둘 다 기다리고 있었는데, 너무 늦었어~!"

그러자 유아가 대답했다.

"미안해, 부모님하고 떨어져 버린 여자애가 있어서. 우연히 지나가던 사쿠 군하고 같이 찾아줬어."

"어?! 그래서, 찾았어?"

"응, 무사히."

유우코가 안도한 듯이 말했다.

"그렇구나아, 역시 웃찌하고 사쿠야. 나였으면 같이 아으아으, 하면서 당황했을 거야."

"뭐, 나도 충분히 그랬지만 말이야."

둘이서 쿡쿡 웃고 난 다음, 유아가 이야기를 이어나갔다.

"그래서, 기다렸다고?"

"맞아! 맞아!"

유우코가 손을 탁 치고는 팝업 텐트에 윗몸을 집어넣었다.

탱글한 엉덩이가 튀어나와서 반사적으로 눈을 피하다보니 똑같은 반응을 보인 카이토와 눈이 마주쳐서 미묘하게 껄끄러웠다.

"짜잔~!"

유우코가 그렇게 말하며 꺼내온 것은 동그랗고 커다란 수박이었다.

""오오~.""

나도 모르게 유아와 한목소리로 말했다.

"그건 어디서 났어?"

유우코가 내게 수박을 슬쩍 건넸다.

묵직한 걸 보니 무게가 꽤 나가는 것 같다.

"왠지는 모르겠는데, 쿠라쌤이 슬쩍 두고 갔어. '수박 깨기도 하지 않으면서 바다를 말하지 마라'라면서. 그리고 목도하고 수건도."

"호오? 그거 신기하게도 눈치가 빠르네."

뭐, 그 아저씨니까. 유우코 같은 여자애들의 수영복을 구경하러 오기 위해 적당한 이유가 필요했다는 것도 충분히 생각해볼 수 있지.

잘 살펴보니 수박에는 매직으로 가격이 적혀 있었다. 이 근처에서 사 온 건지도 모르겠다.

유우코가 두 손을 들고 소리쳤다.

"그러니까, 수박 깨기 하자~!!"

""""""""찬성~!!""""""""

우리는 모두 함께 한목소리로 말했다.

인기척이 없는 곳을 골라서 비닐 시트 위에 수박을 내려 놓았다.

나는 목도와 수건을 들어 올리며 말했다.

"그럼 누구부터 할래?"

그러자.

"저요, 저요, 저요~!"

유우코가 제일 먼저 손을 들었다.

"나, 해본 적이 없어서 동경했거든! 해도 돼?"

주위를 둘러보자 다들 왠지 어이없다는 듯한 미소를 드리우고 있었다.

"좋아, 그럼 이쪽으로 와."

수박으로부터 10미터 정도 떨어진 곳에서 손짓해서 부르자 유우코가 타박타박 뛰어왔다.

"눈을 가릴 테니까 잠깐 뒤로 돌아줄래?"

"오케링~."

슬쩍 돌아선 등을 보고 나도 모르게 숨을 들이마시게 되었다.

당연하지만, 브래지어 끈 말고는 등부터 허리까지 예쁘고 부드러운 피부가 아낌없이 드러나고 있었다. 땀 몇 방울이 왠지 도발적으로 스윽, 흘러내렸다.

또 심장이 두두두두두두두두, 뛰면 곤란하니 너무 의식하지 않게끔 주의하면서 수건을 유우코의 눈가에 가져다 댔다.

곧바로 양쪽 끝을 머리 뒤로 가져와서 약간 세게 묶었다.

"유우코, 아프진 않아?"

"괜찮아~!"

"보이지도 않고?"

"아무것도 안 보여~! 사쿠, 어디 있어~?"

유우코가 조심조심, 다시 이쪽을 돌아보았다.

"———윽."

나는 무심코 내 입가를 팔로 가렸다.

눈앞에 있는 것은 수영복 차림으로 눈을 가린 채 불안해하며 손을 뻗는 미녀.

뭐라고 해야 하나, 엄청나게 못된 짓을 하고 있는 것 같은 기분이다.

배덕감이 장난 아니다.

"야~, 사쿠~, 유우코가 눈을 가렸다고 너무 빤히 보지 마라~."

카이토가 소리치며 놀려댔다.

"이 거리에서 그런 짓을 하면 목숨이 위험하다고!"

나는 그렇게 말하며 유우코의 손을 잡고 목도를 쥐여 주었다.

그 모습을 본 카즈키가 말했다.

"그거 한 다음에 하자. 빙글빙글 배트."

"오, 괜찮은데."

유우코는 눈을 가린 채 고개를 살짝 기울였다.

"사쿠, 빙글빙글 배트가 뭐야~?"

"두 손으로 목도 자루를 잡고, 칼끝을 모래사장에 꽂아 줄래?"

"이렇게?"

"그래, 그래. 그런 다음 자루 끝에 자기 이마를 대는 거야."

"음, 이렇게?"

투욱, 올바른 자세를 취한 모습을 보고 나는 계속 말했다.

"오케이~. 그럼 지금부터 10초를 셀 테니까 그동안 자세를 유지하면 주위를 빙글빙글 돌아줘."

"시계바늘 같은 느낌으로?"

"예스, 방향은 어느 쪽이든 상관없어."

그러던 와중에 다른 녀석들도 모이기 시작했다.

나는 모두와 눈을 마주친 다음 입을 열었다.

"간다, 준비————."

"""""""시작!!"""""""

하나~, 두울~.

카운트와 함께 유우코가 엉덩이를 내민 자세로 비틀비틀 돌기 시작했다.

이번에도 또 야한 장면이 되면 어쩌지 했는데, 익숙하지 않은 움직임이라 생각했던 것보다 우스꽝스럽게 비틀거리는 느낌이었다. 좀 안심이 된다.

유우코가 발을 움직이며 소리쳤다.

"저기, 이거, 너무 힘든데?!"

세엣~, 네엣~.

그렇겠지, 실제로 해보면 의외로 대미지가 심하단 말이야.

나나세가 장난스럽게 말했다.

"유우코, 좀 더 우아한 발놀림으로."

"말도 안 되는 소리 하지 마~."

다서엇~, 여서엇~.

하루는 대체 어디서 가지고 온 건지 싸구려 물총을 유우코에게 겨누었다.

조준한 다음, 푸슉푸슉, 방아쇠를 당겼다.

"흐악, 방금 그거 뭐야?!"

일고옵~, 여더얼~.

유아가 방긋 웃었다.

"자, 유우코, 라스트 스퍼트."

"은근히 웃찌가 제일 악마야!!"

아호옵~, 여얼~~~~~~~~~~.

그제야 멈춘 유우코는 목도를 지팡이처럼 짚은 채 비틀거리고 있었다.

"잠깐만, 장난 아닌데! 세계가 흔들리고 있어!"

제일 먼저 내가 말했다.

"좋았어~, 유우코, 그대로 쭉 가."

수박이 있는 방향을 정확하게 가르쳐 주었다.

그걸 들은 카이토가 이어서 말했다.

"유우코, 속지 마라. 오른쪽이야, 오른쪽."

"어? 그대로 쭉? 오른쪽? 어디가 맞는 거야."

카즈키도 씨익 웃었다.

"거기도 아니고, 뒤쪽이야. 사쿠랑 카이토랑 나 중에 누굴 믿을 거야?"

"카즈키까지?!"

우리는 셋이서 마치 미리 짠 것처럼 유아의 얼굴을 보았다.

뭘 기대하고 있는 건지 깨달은 모양이었다.

유아는 정말, 하고 한숨을 쉰 다음 소리쳤다.

"유우코, 수박은 왼쪽에 있어~!"

"알겠습니다~!"

고민하는 시늉도 하지 않고, 유아를 믿기로 결심한 모양이었다.

그렇게 그녀는 오른쪽으로, 왼쪽으로 갈지자 걸음으로 나아간 다음.

————첨벙~.

파도치는 물가에서 화려하게 넘어졌다.

필사적으로 웃음을 참고 있던 우리는 견디지 못하고 푸핫, 터져 버렸다.

유아가 급하게 뛰어가서 수건을 벗겨주었다.

"괜찮아? 유우코."

모래투성이가 된 유우코는 어깨를 부들부들 떨면서.

"웃찌한테! 그런 말 듣고 싶지 않아!!!"

크아~, 소리쳤다.

유아는 껄끄럽다는 듯이 눈을 피하며 대답했다.

"미, 미안해. 모두의 압력을 거역할 수가 없어서."

"너무해! 믿고 있었는데?!"

"그래도 말이지, 이러는 게 좋은 추억이…….."

"으~, 그런 말에 속진 않을 거라고! 웃찌도 길동무야~!!"

유우코가 유아를 꽉 끌어안은 채 첨벙, 물가로 쓰러졌다.

마침 작은 파도가 밀려와서 넘어진 두 사람을 참방참방, 넘어갔다.

잠시 후 몸을 일으킨 두 사람은 마주 보고는, 서로를 향해 깔깔 웃었다.

"진짜, 유우코!"

"먼저 배신한 건 웃찌거든~?"

"머리카락 말릴 수 있는 곳이 있으려나?"

"바다의 집에 코인 샤워장이 있으니까 괜찮아."

"그렇구나, 그럼……."

유아가 의미심장하게 말하고는.

"에잇!"

손바닥으로 뜬 물을 유우코에게 뿌렸다.

"저기, 사실 좀 화난 거야?! 왠지 부조리한데?!"

꺅꺅 떠들고 있는 두 사람을 보며.

""""───고귀해.""""

남자 넷이서 한목소리로 말했다.

나나세와 하루가 어이없다는 표정으로 이쪽을 보고 있다.

카즈키가 입을 열었다.

"그럼, 다음은 사쿠 차례인가?"

"저걸 보고 나서 할 것 같아?"

나나세가 덩달아 나섰다.

"그야 정처분의 실패를 만회하는 건 남편분 역할 아니야?"

하루는 쿡쿡 웃어댔다.

"그렇게 경계할 필요 없다니까. 유우코라면 모를까, 목도를 휘둘러댈 너한테 거짓말로 지시를 내리는 건 너무 위험하잖아. 아니, 수박도 얼른 먹고 싶고."

뭐, 그렇긴 하지.

"알았어~, 한다고."

내가 그렇게 말하자 바닷물을 뚝뚝 떨어뜨리며 돌아온

유우코가 목도를 내밀었다.

"내 원수를 갚아줘, 사쿠."

"흥, 내 비검, 츠바메가에시로 단칼에 베어 주지."

"그거 두 번 베지 않아?"

흠뻑 젖은 수건을 짜면서 태클을 건 사람은 유아였다.

"자, 사쿠 군, 잠깐 앉아봐."

그 말대로 몸을 숙이자 뒤에서 수건이 눈을 가렸다.

지금 머리를 약간만 뒤로 젖히면……, 아니, 아무것도 아닙니다.

꾸욱꾸욱꾸욱, 유아는 왠지 필요 이상으로 세게 묶는 것 같았다.

수분을 머금은 수건이 얼굴에 착 달라붙어서 약간의 틈도 없었다.

카이토의 목소리가 들렸다.

"사쿠는 10초 정도면 쌩쌩할 것 같으니까 30초."

"아무리 그래도 너무 길지 않아?!"

내 항의는 아랑곳하지도 않고 시작 신호가 울렸다.

"간다, 준비———."

""""""시작!!""""""

젠장, 하면 되잖아.

"으랴아아아아아아아아아아!"

나는 소리치며 모래사장을 박찼다.

하나~, 두울…….

유우코의 두 배 정도 속도로 빙글빙글 돌았다.

어렸을 때부터 야구부에서 자주 하던 놀이니까, 이 정도는 익숙하지.

……그렇게 생각하던 시기가 제게도 있었습니다.

겨우 20초 정도까지는 버텼지만, 그 이후로는 내가 오른발을 내민 건지, 왼발을 내민 건지조차 알 수가 없어졌다.

다들 시끌시끌 떠들썩하게 소리치고 있는데, 귓속을 마구 뒤섞어놓은 것 같아서 아무것도 알 수가 없다.

스물아호옵, 서르은~~~~~~~~~~~~~~~~~~~~~~.

나는 겨우 그 소리를 듣고 멈춰 섰다.

아니, 전혀 멈추지 못했다.

솔직히 빙글빙글 배트를 얕보고 있었다.

몸이 엿처럼 흐늘흐늘해지고, 어떻게든 버티려 했지만 그러기도 전에 털썩, 엉덩방아를 찧었다.

머리가 꽝꽝 울렸다.

눈을 가리고 있어서 좌우는커녕, 위아래도 애매하다.

이런, 치토세 사쿠로서 계속 추태를 보일 수는…….

그렇게 생각하고 있자니.

꽈악, 두껍고 근육질인 팔이 내 양 옆구리로 파고들었다.

그 뒤를 이어 가녀린 것 같으면서도 다부진 팔이 양쪽 무릎 근처를 끌어안았다.

마지막으로 손이 엉덩이를 슬쩍 받쳤다.

"잠깐, 뭐냐고, 야."

내 말에는 아무도 대답하지 않았고, 그 대신 영차, 내 몸이 들어 올려졌다.

"장난치지 말라고, 야, 카이토, 카즈키, 켄타!"

기분 나쁜 예감이 들어서 날뛰려 했지만, 몸이 흐느적거려서 힘을 줄 수가 없었다.

어딘가로 들쳐메고 옮기는 모양이었다.

크흡크흡, 쿡쿡, 킉킉, 크큭.

유우코, 유아, 나나세, 하루의 웃음소리가 새어 나왔다.

잠시 후 훌쩍, 나는 벽장에서 꺼낸 낡은 이불처럼 내동댕이쳐졌다.

등에 닿은 모래는 한여름의 비치답지 않게 시원해서 기분이 좋았다.

뭔가 말하려고 하기도 전에.

———스륵, 스륵, 스륵.

아마 모래인 것 같은 무언가가 몸 위로 쌓이기 시작했고.

———툭툭, 탁탁, 꾸욱꾸욱.

위에서 굳혀졌다.

야, 마지막에 그거 누구야, 하루지? 이 자식, 밟지 말라고.

완전히 움직일 수 없게 되자 수건이 풀렸다.

눈 부신 태양에 조금씩 적응할 수 있게끔 눈꺼풀을 살짝 들어보니.

"등 아프지 않아? 사쿠 군."

자상한 말과 함께 출렁거리는 범종 모양 D컵 가슴이 한가득 날아들었다.

아, 나는 지금 유우코의 심정을 이해할 것 같아. 그래서 꼼꼼하게 묶었구나.

"───이 배신자아아!!"

"미, 미안해. 모두의 압력을 거역할 수가 없어서. 좀 전에 미즈시노 군이 귓속말로 말했거든."

"어디서 들어본 듯한 변명거리! 치이네 아빠랑 엄마를 같이 찾아줬는데?!"

"음~, 사쿠 군도 낙타의 마음이 되어보고 싶은 것 같아서……."

"저기, 유아, 무슨 소릴 하는 거야?! 낙타는 사막에 파묻히지 않거든?!"

나는 머리만 내놓은 채 산채로 파묻힌 상태가 되었다.

"그건 그렇고 카즈키 이 자식, 처음부터 노리고 있었구나."

빙글빙글 배트를 제안한 것도, 두 번째로 나를 지명한 것도 이러기 위해서였나.

카즈키는 무릎에 손을 짚고 수상쩍은 미소를 지으며 내

려다보고 있었다.

"늦게 오길래, 다 같이 엄청 큰 구멍을 파두었지."

"아, 어쩐지 모래가 시원하더라니."

직접 햇빛에 닿지 않은 부분이어서 그랬구나.

슬쩍, 유아 옆에 쭈그려 앉은 사람이 시야 구석에 들어왔다.

"유우코오······."

제일 먼저 하겠다고 나선 걸 보면 아마 다른 애들에게는 아무 이야기도 못 들었겠지.

그리고 유우코가 천천히 입을 열었다.

"몰래카메라 대성공~!!"

"어라? 그냥 공범이었네?!"

"에헤헤~."

그럼, 하고 내가 물었다.

"왜 제일 먼저 하겠다고 나선 거야?"

"어? 그냥 나도 수박 깨기를 하고 싶었던 건데?"

"······바보?"

"뭐어!"

그 이야기를 듣고 있던 켄타가 말했다.

"그래서 우리도 초조했었어요. '왜지?!' 하는 식으로. 뭐, 결과적으로 신을 방심하게 만들었으니 다행이지만요."

카이토가 이어서 말했다.

"맞아, 맞아. 그래서 급하게 엉뚱한 방향을 말한 거지."

그렇구나, 그냥 장난친 게 아니라 은근히 그런 이유도 있었구나.

나나세는 내 얼굴 옆에 쭈그려 앉아서 싱글싱글 웃었다.

"자, 치토세는 무슨 컵이 좋아?"

"으으……, 적어도 나나세 거를 모델로 해주세요."

"호오, 그런 걸 좋아하는구나?"

"네, 뭐."

이제 어떻게든 되어버리라는 심정으로 말했다.

나나세 반대쪽에 하루가 앉았다.

은근히 오른쪽을 봐도 왼쪽을 봐도 위쪽을 봐도 럭키 썸 머 스플래시 같은 광경이지만, 이 정도까지 되면 오히려 무섭다.

하루가 싱글거리며 말했다.

"선♡배♡애~♡ 하루를 모델로 삼아도 되는데요♡"

"그림이 약해."

"좋았어~, 가슴 끄트머리에 조개껍질을 올리고, 다리는 인어로 만들어서 사진 찍고 뿌려버려야지♡"

"미안하다고!"

처덕처덕, 사락사락, 툭툭, 꾸욱꾸욱.

……나, 이제 시집 못가.

*

그렇게 모두 함께 수박을 먹고 한참 논 다음, 나는 팝업 텐트에 드러누워서 쉬고 있었다.

어느새 하늘에는 벌써 저녁놀 기운이 떠돌기 시작하고 있었다.

아무리 생각해도 카이토, 하루와 장거리 수영 대결은 하지 말 걸 그랬다.

실제로는 장거리라고 할 정도까진 아니었겠지만, 바다에서 헤엄치는 건 수영장과 비교도 안 될 정도로 체력 소모가 심하다.

게다가 그 녀석들은 지는 걸 싫어하니까, 마지막 순간까지 치열한 경기를 펼쳐버렸다.

아니, 제일 처음에 하루가 내 다리를 잡은 뒤로는 그냥 진흙탕 싸움이었지.

잡아당기거나, 당겨지거나, 뒤에서 안기듯이 붙잡히거나……, 내가 끌어안지는 않았지만.

그동안 유우코와 유아는 둘이서 사이좋게 모래성을 만들었고, 나나세와 카즈키는 모래사장에서 나란히 세련되어 보이는 음료수를 마셨으며, 켄타는 다음 희생자가 되어서 근처에 파묻혔다.

참고로 마지막 얕은 곳에 들어섰을 때 내가 카이토와 하루를 넘어뜨려서 승리를 거두었기에 패배한 두 사람은 지금 바다의 집까지 빙수를 사러 갔다.

축 늘어진 해방감이 온몸을 감싸고 있었다.

너무 만족스러운 시간이라 왠지 비현실적이다. 둥실둥실 떠서 꿈을 꾸는 것만 같았다.

분명히 지금 여기 있는데도, 왠지 새하얀 스크린 앞에 늘어서 있는 의자에 앉은 듯한 느낌.

———우리는 피터팬이 아니다.

어른이 되면 이제 이곳으로는 돌아오지 못하는 게 아닐까. 이 여름으로 통하는 문을 찾아내지 못하는 게 아닐까. 거의 확신에 가까운 예감이 든다.

5년 뒤, 10년 뒤에 이곳에서 보는 바다는 분명 지금 보고 있는 바다와는 다를 것이다.

그런 생각을 하고 있자니.

"나도 들어갈래~!"

유우코가 옆으로 굴러들어 왔다.

"———윽."

그쪽을 보고 나도 모르게 깜짝 놀랐다.

드러누운 유우코의 온몸에는 물방울이 잔뜩 흘러내리고, 윤기 어린 머리카락은 부드러워 보이는 피부에 달라붙어 있었다.

그리고 슬쩍 보이는 가슴 쪽은 여름 축제 때 건져낸 금붕어 주머니를 축제 한구석에 두고 간 것처럼 꾸욱, 눌린 상태였다.

"저기, 사쿠?"

나는 최대한 평소처럼 대답했다.

"왜 그래?"

"……사진, 찍고 싶어."

유우코는 그렇게 말하며 스마트폰을 조작했다.

"뭐, 상관없긴 한데."

"그럼 위쪽을 보고 누워줄래?"

유우코 말대로 텐트 천장을 보았다.

슬쩍, 슬쩍, 유우코가 다가오자 어깨가 닿았다.

셀카 모드로 전환한 스마트폰이 찰칵, 찰칵, 소리를 냈다.

"바깥으로 나가서 찍어도 돼? 졸려?"

"아니, 딱히 상관없긴 한데, 왜 그렇게……."

몸을 일으키며 대답했다.

"사쿠하고 함께 지낸 올해 여름을 잔뜩~, 남겨두고 싶거든. 최대한 많이. 보기만 해도 바로 오늘로 돌아올 수 있을 정도로."

"호들갑 떨기는. 내년에도 다 같이 여름공에 참가하면 되잖아."

아니, 유우코가 그렇게 말하며 고개를 저었다.

"───오늘의 사쿠가 좋아. 오늘의 사쿠는 오늘만 만날 수 있으니까."

그건 신기하게도 의미심장한 말이었다.

뭐, 있는 그대로 받아들이자면 맞는 말일 것이다.

오늘의 유우코도 오늘만 만날 수 있다.

내년의 오늘이 오더라도, 그건 오늘과는 다르다.

그러고 보니 좀 전까지 나도 비슷한 생각을 하고 있었다는 걸 깨달았기에 쓴웃음을 지었다.

같은 식으로 유우코도 조금씩 감성적으로 변한 걸까.

텐트를 나선 우리는 정말 사진을 많이 찍었다.

파라솔 아래에서, 파도치는 물가에서, 얕은 물속에서, 바다의 집에서.

파묻힌 채 잊혀졌던 켄타와 셋이서, 모래성을 등지고 유아와 셋이서, 빙수를 들고 온 하루, 카이토와 넷이서, 나란히 거들먹거리고 있는 나나세, 카즈키와 넷이서.

마치 정말 이 여름방학을 통째로 남겨두려 하는 것처럼.

다 같이 찍자, 라고 유우코가 말했다.

그거 좋은데. 모두가 그렇게 말하며 웃었다.

유아가 근처를 지나가던 여자에게 촬영을 부탁했고, 나나세는 급하게 스마트폰 셀카 화면을 켰고, 하루가 남은 빙수를 단숨에 먹다가 관자놀이를 퍽퍽 때렸다.

카이토와 카즈키가 팔짱을 끼고, 그 옆에 켄타도 끼었다.

멀리서 저물어가는 저녁해가 누군가가 그은 절취선 같은 수평선으로부터 밤을 향해 하늘을 물들이고 있다.

연분홍색으로, 연보라색으로, 보라색으로, 남색으로, 군청색으로, 그날 보았던 불꽃놀이처럼.

유우코에게 스마트폰을 받은 누님이 '찍습니다~'라며 우리에게 렌즈를 향했다.

"자, 치즈~."

"""이예이~!!"""

찰칵, 고등학교 2학년 여름방학이 잘려 나와 빛이 바래지 않게끔 보존되어 간다.

———하지만 언젠가 머나먼 여름.

이 순간을 한없이 정겹게 돌아보았을 때, 추억 속의 우리는 사진보다 훨씬 선명한 색을 띠고 있을 것 같은 기분이 들었다.

*

옷을 갈아입은 뒤 버스를 타고 호텔로 돌아오자 19시 반이었다.
우리는 짐을 방에 가져다 둔 다음, 부지 안에 있는 캠프장으로 이동했다.
그곳에서는 이미 바비큐 준비를 시작하고 있었다.
테이블과 의자, 풍로가 여러 개 늘어서 있었고, 이곳저곳에 매달린 랜턴이 환하게 주위를 비추었다.
우리를 본 쿠라쌤이 소리쳤다.

"이봐~, 너희는 그쪽 테이블하고 풍로를 써라~. 식재료는 미사키 선생님, 숯이나 라이터는 나. 불은 알아서 피워라."

필요한 것들을 받아서 지정된 테이블에 와보니 종이 접시와 젓가락, 불고기 소스 같은 것들이 준비되어 있었다. 식재료인 고기와 어패류, 채소는 이미 썰어둔 상태라 굽기만 하면 되는 손쉬운 바비큐. 밥은 주먹밥이다.

맥이 빠진다고 할 수도 있겠지만, 어디까지나 공부 합숙을 하다가 숨을 돌리는 과정이니 밥을 지어서 카레를 먹을 수는 없을 것이다.

"저기, 저기, 사쿠, 불 피울 수 있어?"

풍로 앞에 서 있던 내게 유우코가 다가왔다.

"착화제까지 있으니까. 뭐, 그냥 하면 되겠지."

나는 그물을 떼어낸 풍로 한가운데에 착화제를 네 개 정도 늘어놓고 그 주위에 숯을 세우기 시작했다.

그 모습을 보고 있던 유우코가 의아하다는 듯이 입을 열었다.

"숯을 착화제 위에 직접 놓는 게 불이 잔뜩 붙을 것 같은데?"

"공기가 지나가는 길을 만드는 게 더 좋대. 나도 들은 이야기이긴 하지만."

그렇게 말하면서 착화제에 불을 붙였다.

"대단해, 대단해~!"

"아니, 불을 붙인 것뿐이잖아."

호들갑을 떠는 유우코를 보고 쓴웃음을 지으면서 집게로 위쪽에 숯을 계속 쌓았다.

곧바로 타닥, 타닥, 메마른 소리가 들리기 시작했다.

이제 이대로 한동안 내버려 두면 될 텐데, 아마도.

"얘들아, 음료수 받아왔어."

그러던 와중에 유아가 차와 사이다 페트병을 끌어안은 채 돌아왔다.

사람 수만큼 종이컵을 늘어놓고, 마시고 싶은 걸 물어보면서 음료수를 따라나갔다.

모두가 잔을 채운 걸 확인한 다음, 내가 '그럼' 하고 말했다.

"마지막 밤에."

""""""""건배~!!""""""""

투둑, 투둑, 모두 함께 컵을 맞댔다.

사이다를 꿀꺽꿀꺽, 단숨에 마셨다.

한나절 동안 바다에서 놀아서 그런지 왠지 몸 전체에 소금기가 밴 것 같은 기분이다.

수분을 꽤 많이 섭취했는데도 목이 바짝 마르는 것이다.

유아가 쿡쿡 웃으며 페트병을 들었다.

"더 따라줄까?"

"부탁드리죠."

쏴아아, 종이컵에 음료수가 차오르기 시작했다.

"매끈매끈 잔뜩으로 해줘."

"그래, 그래."

참고로 '매끈매끈 잔뜩'은 후쿠이 사투리로 표면장력이 발생할 만큼 아슬아슬하게 따라 달라는 뜻이다. 보통은 콸 콸 잔뜩이라거나 아슬아슬하게 잔뜩이라고 하는 모양인 데, 그렇게 말하면 몇 밀리리터 정도 여유가 있는 것 같은 기분이 든다. 컵 가장자리에 음료수가 부풀어 오른 부분이 보일 때까지 따르는 건 역시 매끈매끈 잔뜩이다.

참고로 탄산음료를 그렇게 따르는 건 꽤 힘들다.

"저기저기~, 사쿠! 숯이 딱 좋게 불붙은 것 같아."

사이다를 흘리지 않게끔 마시고 있자니 유우코가 나를 불렀다.

풍로 쪽으로 돌아가 보니 쌓아두었던 숯이 약간 무너져 있었다.

불이 닿은 쪽은 전체적으로 흰색으로 변했고, 군데군데 붉은색으로 타닥거리며 일렁이고 있다.

나는 숯을 집게로 가지런히 펼쳤다.

그건 그렇고, 이런 건 왠지 남자 마음을 자극하는 게 있네.

모닥불을 피우는 곳하고 장작도 있는 것 같으니까 나중 에 도전해 봐야겠다.

망을 설치하자 집게를 들고 의기양양하게 기다리고 있 던 유아가 말했다.

"그럼 우설부터 순서대로 구울게."

나는 그 말을 듣고 푸흡, 웃음을 터뜨렸다.

유아는 분명 고기를 굽거나 나베 요리를 해먹을 때 간섭하는 타입일 거라 생각했다.

유우코와 하루는 먹는 것 전문, 나나세는 적당한 때를 봐서 교대해주겠다고 말하는 타입.

이런 건 평소 성격을 보면 대충 짐작이 되기에 신기하다.

치익, 정말 맛있을 것 같은 소리가 울렸다.

유아가 차례차례 고기를 구우며 말했다.

"테이블 위에 파무침 해두었으니까 다들 우설 먹을 때나 입맛 돋울 때 먹어."

그 말을 들은 나나세가 깜짝 놀란 듯이 입을 열었다.

"어? 언제 했어?"

"미사키 선생님이 있는 곳에 식칼하고 간단한 조미료가 있길래 빌려왔어. 말은 그렇게 했지만, 잘게 썬 파에 소금, 참기름, 레몬즙, 닭고기 수프 양념을 넣고 섞은 것뿐이야."

"난 말이지, 예전부터 이런 걸 할 때 '유즈키는 눈치가 참 빠르네~'라는 말을 듣는 편이었는데, 이렇게까지 할 일이 없었던 적은 처음이야."

"너무 오버하는 거야. 자, 사쿠 군, 접시."

그 말에 따라 접시를 내밀자 딱 좋게 구워진 우설을 얹어주었다.

유즈키, 유우코, 하루, 미즈시노 군, 아사노 군, 야마자키 군.

이거 진짜로 도와줄 틈도 없네.

"얌전히 앉아 있을까? 나나세."

"그래야겠네요."

우리는 아웃도어용 의자를 나란히 놓고 앉았다.

유아가 모처럼 만들어주었으니 파무침을 우설 위에 얹었다.

나나세도 따라 했다.

""잘 먹겠습니다~.""

덥썩, 입에 넣고 씹자 딱 좋은 느낌으로 표면이 바삭하게 구워진 우설에 파와 레몬, 참기름 풍미가 어울려서.

""맛있다~.""

무심코 둘이서 한목소리로 말했다.

"왜 고기는 숯불로 구우면 이렇게 맛있는 걸까."

"이렇게 밖에서 먹는 느낌이 또 좋단 말이지~."

나는 그러고 보니까, 하고 말했다.

"오늘은 신기하게 카즈키하고 같이 있던데."

나나세가 장난기 어린 표정으로 입가를 살짝 치켜올렸다.

"어라? 치토세, 혹시 질투해?"

으, 나도 모르게 말문이 막혔다.

생각 없이 물어본 거긴 하지만, 신경 쓰이지 않았다고 하면 거짓말이 될지도 모르겠다.

그건 단순한 질투와는 좀 다른 것 같지만.

나나세가 이야기를 이어나갔다.

"막 이래. 그럴 리가 없겠지. 아니, 우리는 온 힘을 다해서 수영 대결을 하거나 즐겁게 모래성을 만드는 캐릭터가 아니잖아? 남은 사람들끼리 같이 있었던 것뿐이야."

"둘이서는 무슨 이야기해?"

순수한 흥미로 물어보았다.

솔직히 전혀 상상이 되지 않았다.

"나도 은근히 미즈시노하고 그렇게 오랫동안 이야기한 건 처음이었거든. 뭐, 그냥 평범한 이야기만 했어. 친구들 이야기나 공부 이야기, 클럽 활동 이야기, 그리고 그 이후로 괜찮았는지 같은 거."

그 이후라는 건 그 얀고와 스토커 사건 이야기일 것이다.

카즈키에게는 기분 나쁜 역할을 맡게 해버렸다.

"미즈시노는 1년 내내 거들먹거릴 줄 알았는데, 축구 이야기를 할 때는 엄청 뜨거워지고, 소년 같은 표정으로 웃는단 말이지. 약간 뜻밖인 데다 귀여웠어."

후훗, 나나세가 그렇게 웃으며 천진난만한 표정을 지었다.

마치 신경 쓰이는 남자애 이야기를 하는 여자애처럼.

그 옆얼굴을 본 나는 어라? 하는 생각에 뭔가 마음에 걸렸다.

한순간 마음이 뿌옇게 흐려졌다.

잠깐만, 방금 그건 뭐야.

혹시 싫다고 생각한 건가……?

단순한 질투.

그 사실을 이해한 순간, 갑작스럽게 말로 표현할 수 없는 자기혐오가 솟구쳤다.

어제는 온천에서 카즈키 이야기를 듣고 '눈치채주지 못해서 미안하다'라고 생각한 주제에, 알고 나서는 이렇게 되는 거냐고.

그건 좀 너무하잖아.

아마 마음속 어딘가에 자만심이 있었던 것 같다.

나나세 유즈키가 나나세 유즈키를 연기하지 않는 미소를 끌어낼 수 있는 남자는, 그런 특별한 일을 공유하고 서로 마음에 한 발짝 내디딘 나뿐이라고.

그래서인가? 나는 나 자신의 마음에 물었다.

그래서 너는, 카즈키에게도, 카이토에게도————.

"치토세……?"

"미안, 잠깐 화장실 좀."

나는 반사적으로 일어섰다.

말도 안 돼, 뭐야 그게, 엄청 촌스럽네.

따끔, 따끔, 따끔, 묵직한 통증이 울리고 있었다.

*

화장실에서 첨벙첨벙 세수를 하고 나서야 마음이 가라앉았다.

어느 정도 눈치채고 있긴 했지만, 역시 마주 봐야 할 때가 온 것 같다.

하지만 적어도 즐거운 시간을 보내는 와중에 짬을 내어 생각할 일은 아니다.

나는 좀 전까지 느꼈던 감정에 자물쇠를 채우고 반바지 주머니에 넣었다.

이 여행이 끝나면, 내일이 되면, 집에 가면, 다시 꺼내서 천천히 확인해보면 된다.

긴 여름방학은 아직 절반 이상 남아 있으니까.

친구들이 있는 곳으로 돌아가자 나나세가 왠지 불안한 듯한 표정으로 말을 걸었다.

"저기, 치토세, 나 뭔가……."

나는 그 말을 가로막으려는 듯이 입을 열었다.

"저기, 뭐라고 해야 하나. 옆에 앉았더니 그 수영복 차림이 떠올라서 말이지."

나나세는 멍한 표정을 지은 다음, 숨을 살짝 내쉬고는 도발적인 미소를 지었다.

아무래도 시원찮은 변명이었겠지만, 그런 걸로 하고 넘어가 줄 모양이었다.

아마 그래줄 거라 생각하고 꺼낸 말이기도 했다.

"호오? 치토세가 낚여서 배트를 휘둘러버릴 정도로 괜찮은 공이었어?"

나도 도발을 받아치려는 듯이 입가를 치켜올렸다.

"뭐, 부담 없는 공이긴 했지. 참고로 부담 없는 공이라는 건 투수가 구속이나 각도를 적당히 억제하고서 무난하게 스트라이크를 노린다는 의미야."

"잠깐! 그게 무슨 뜻인데?"

"나나세, 귀여운 계열로 공략할지, 섹시한 계열로 공략할지 망설이다가 중간을 선택했지?"

"……설마 들켰어?!"

"참고로 유우코도."

"전부 보이는 거야?!"

"나나세는 브래지어를 심플한 네이비색으로 고르면서도 특징이 있는 디자인으로 센스가 좋다는 점을 어필했지. 노출을 늘리는 게 아니라 일부러 가려서 우아한 색기를 연출하고 하의 무늬와 리본 매듭으로 귀여움 성분을 보충했어. 역시 올 블랙에 금빛 파츠 같은 식으로 대놓고 섹시한 계열은 피했구나."

"저기, 잠깐만 기다려볼래?!"

"유우코는 밝고 기운 넘치는 무늬와 색으로 귀여운 느낌을 드러내면서 망사 디자인으로 이하생략."

"우리가 몇 시간 동안이나 고뇌한 결과를 해설하지 말아줘……."

푸핫, 우리는 동시에 웃음을 터뜨렸다.

배를 부여잡고 깔깔대며 웃었다.

"그래도 괜찮은 코스로 스트라이크였다고."

괜찮아, 지금은 이걸로 원래대로 돌아간다.

"사쿠 군, 유즈키, 가지러 와~."

""네에~.""

유아의 목소리를 들은 우리는 사이좋게 대답하고 풍로 쪽으로 향했다.

유우코, 하루, 카즈키, 카이토, 켄타.

차례차례 고기와 어패류, 채소를 나누어주고 있다.

"너도 먹고 있어?"

내가 그렇게 말하자.

"나는 괜찮아. 나중에 느긋하게 먹을 거니까."

유아가 웃었다.

"진짜……."

여전하네, 그렇게 생각하며 쓴웃음을 지었다.

집에서 밥을 해줄 때도 '방금 한 게 맛있으니까'라면서 테이블에 차례차례 가져다주고는 자기는 계속 부엌에 서 있다.

원래 그런 성격이겠지만, 이쪽도 그냥 먹기만 하면 마음이 껄끄럽다.

나는 딱 좋게 구워진 우설에 파무침을 얹어서 반쪽으로 접었다.

"자, 우설무침."

유아 입가에 가져다 대자 아기 새처럼 덥썩, 먹었다.

다음은 갈비에 불고기 소스를 묻혔다.

"자, 갈비."

유아가 다시 덥썩 먹고 나서 말했다.

"채소도."

"피망이면 돼?"

"한입에 먹기 편한 게 좋을 것 같은데."

"그럼 당근은 먹을 수 있어?"

"응!"

그 말대로 당근에 소금을 뿌리고 있자니.

"""아니아니아니."""

여러 명의 목소리가 울렸다.

유우코가 선두로 나서서 입을 열었다.

"그러니까 그 정처 같은 느낌은 뭐야?! 내가 끼어들 여지도 없고!"

하루가 이어서 말했다.

"아앙~이라니, 내가 얼마나……."

나나세는.

"……에휴."

아무 말도 하지 않았다.

다른 남자 세 명도 싱글거리며 이쪽을 보고 있었다.

아니, 먹기만 한 녀석들이 그런 표정을 지을 이유가 없을 텐데.

카즈키가 다가와서 말했다.

"있지, 사쿠, 나한테도 아앙~."

"시끄러워, 표고버섯을 처박아줄까?"

"사쿠 군, 미즈시노 군, 먹을 것으로 장난치지 마!"

""네엣!!""

그런 식으로 우리는 계속 시끌시끌 떠들어댔다.

*

어느 정도 배가 불렀기에 캠프장을 어슬렁거리다 보니, 모닥불을 피우는 곳을 둘러싸듯 둥그렇게 늘어선 의자 쪽에서 뜻밖의 두 사람이 눈에 들어왔다.

"오, 치토세, 너도 잠깐 앉았다가 가라."

그렇게 말하며 손짓하는 쿠라쌤 옆에 있던 사람은 아스 누나였다.

아스 누나는 왠지 껄끄러운 듯이 살짝 손을 흔들고 있었다.

내가 아스 누나 옆에 앉자 길쭉한 발포주 캔을 기울이며 꿀꺽꿀꺽 마신 다음 쿠라쌤이 입을 열었다.

"아니~, 여름에 일부러 모닥불! 그리고 맥주! 죽인다!"

"그래도 학생들인데. 앞에서 이래도 되나요."

"매년 단골 행사라고. 오늘은 미사키 선생님조차 마시는데."

"그런 말을 들으니 '그럼 괜찮겠구나'라는 생각이 드는 게 인망의 차이겠지."

그래서, 라며 쿠라쌤이 입을 열었다.

"너희는 진도를 어디까지 나갔냐?"

""쿠라쌤!!""

무심코 아스 누나와 한목소리로 말했다.

요즘 같은 시대에는 고소당한다고, 진짜로.

쿠라쌤은 아랑곳하지 않고 계속 말했다.

"뭐야, 설마 고등학생 남녀가 외박까지 해놓고 진도를 안 뺀 거야?"

"아저씨, 계속 그러면 도진보 절벽에 버리고 간다?"

"닛시도 걱정하던데."

그 말에는 아스 누나가 반응을 보였다.

"잠깐! 아버지하고 무슨 이야기를 한 건데?"

"미리 말해두지만, 굳이 말하자면 내가 잡혀서 이야기를 들은 거거든? '야, 쿠라, 그 애들 결혼하려나~?'라고 술에 떡이 되어서 말이야."

"……너무 창피해."

그런 말을 들으니까 나까지 엄청 껄끄럽잖아.

"그래서 내가 말해줬지. '도쿄로 나가면 시골에 남겨두고 온 남자 같은 건 금방 잊어버리지 않을까? 조만간 표준어를 쓰는 남자친구를 데리고 귀성하겠네'라고 말이야."

타닥, 장작이 튀었다.

쿠라쌤이 싱글싱글 웃으며 이쪽을 보고 있었다.

도발에 넘어가는 건 마음에 들지 않았기에 잠자코 있자니 아스 누나가 당당한 목소리로 말했다.

"───잊지 않을 거야. 태어나서 자란 마을도, 너도."

헷, 쿠라쌤이 웃었다.

"아~, 싫다, 싫어. 이러니까 청춘 중독 꼬맹이들은 안 돼. 그리고 딸바보 같은 교사도 말이지."

아스 누나가 깜짝 놀란 표정을 지었다.

"닛시가 그러던데. '우리 아스카는 그 정도 마음으로 사랑의 도피를 할 여자가 아니야. 치토세 군도 무작정 돌진하는 것 같긴 하지만 요즘은 보기 힘든 기개 있는 남자라고'."

""━━━으으윽.""

뭐라고 해야 하나, 저번에 코토네 씨와 이야기했을 때도 생각한 건데, 부모님은 원래 그런 건가?

예를 들어서, 정말로 예를 들어서 하는 이야기인데, 니시노 씨(아스 누나의 아버지)는 내가 아스 누나와 사귀게 된다면 함께 기뻐해 주고, 떨어지게 된다면 슬퍼할지도 모른다.

뭐, 기쁨과 슬픔이 반대로 작용하는 것도 충분히 생각해 볼 수 있겠지만.

니시노 씨나 코토네 씨는 직접 이야기해본 적이 있는 만큼, 아스 누나와 유우코와 함께 있는 모습을 보고 멋진 가족이라고 생각해버린 만큼, 최대한 모두 함께 웃어줬으면 한다. 오지랖이지만 그런 생각이 들어버렸다.

어쩌면 내 마음속 어딘가에 가족의 따스함을 동경하는 부분이 있는 건지도 모르겠다.

쿠라쌤이 럭키 스트라이크에 슈욱, 불을 붙였다.

"……그래도 뭐, 무엇이든 때가 있는 법이지. 그것만큼은 기억해두는 게 좋을 거다. 자신들이 그런 때를 전부 정하는 건 아니니까."

""때⋯⋯?""

무심코 둘이서 되물었다.

하지만 그 대답을 듣기도 전에.

"아~, 사쿠가 쿠라쌤하고 맥주 마시고 있어~."

유우코가 내 이름을 불렀다.

보아하니 팀 치토세 애들이 이쪽으로 걸어오고 있었다.

쿠라쌤이 크큭, 웃으며 말했다.

"여, 너희들도 마실래?"

"애초에 나는 안 마셨다고."

모두가 제각각 앉았다.

보아하니 셋이서 이야기하는 건 여기까지인 모양이다.

옆으로 온 유우코가 이쪽을 보았다.

"아니~, 여기 더워~."

"이런 계절에 불 앞에 있으니까."

"왜 일부러 이런 곳에서 이야기해?"

푸슉, 새 캔 뚜껑을 딴 쿠라쌤이 그 말에 대답했다.

"흥, 그게 남자의 낭만(로망)이기 때문이지."

""""무슨 소린지 알겠어.""""

남자 넷이서 일제히 맞장구를 쳤다.

나나세가 끼어들었다.

"그건 그렇고, 모닥불은 왠지 좋지. 보고 있으면 마음이 차분해져."

유아가 이어서 말했다.

"난 이 냄새가 좋아. 나중에 옷에 엄청 밸 것 같긴 하지만."

하루가 의기양양하게 집게를 들었다.

"저기, 쿠라쌤, 장작 더 넣어도 돼?"

"그래, 팍팍 넣어라."

"알겠슴다!"

아스 누나가 갑자기 일어서서 모닥불 근처로 다가갔다.

"아오미 양, 나중에 나도 해도 될까?"

"물론이죠! 니시노 선배도 이런 거 좋아하세요?"

"응! **이런 거** 계속 동경했거든."

"좋았어~, 형씨, 장작 팍팍 가져와."

나도 흥, 웃으며 일어섰다.

"오케이~, 유우코도 도와줄래?"

"알겠습니다~!"

타닥, 타닥타닥, 장작이 튀었다.

팔랑, 팔랑팔랑, 불똥이 흩날렸다.

활활 타오르는 모닥불이 매우 즐거운 듯이 우리 그림자를 일렁이게 만들고 있었다.

＊

캠프 뒷정리를 마치고 나, **히이라기 유우코**는 호텔로 돌아가려던 사쿠의 어깨를 툭툭 건드렸다.

"있지~, 있지~, 잠깐 둘이서만 이야기하지 않을래?"

빙글 돌아본 얼굴이 약간 놀란 것 같았다.

"딱히 상관없긴 한데……, 그럴 거면 바다라도 보러 갈까? 근처에 전망이 좋은 곳이 있던데."

"응!"

호텔 부지를 나서서 나란히 걸었다.

1학년 때, 부반장에 입후보한 그날부터 몇 번이나 이렇게 옆얼굴을 훔쳐봤을까.

옆을 보면 시선 끝이 사쿠의 입술 근처에 닿는다.

평소에는 느끼하게 끄트머리만 치켜올리는데, 가끔은 어린애처럼 활짝 웃는다.

나는 어떤 사쿠도 좋다.

저번에 부인 행세를 한다는 말을 들었던 게 생각났다.

처음에는 정말 그런 느낌이었다.

라인 아이디를 물어보면 거절하진 않겠지만 딱히 내가 물어볼 필요는 없겠지, 라고 생각했던 주제에 곧바로 먼저 물어봤다.

착하니까 부탁하면 싫다고 할 수 없다는 걸 알면서도, '집까지 데려다줘~'라고 했었다. 지금 생각해보니 좀, 아니, 꽤 민폐다.

그럼에도 투덜거리면서 데려다주는 사쿠가 좋다.

한참 걷다 보니 자그마한 삼각형 지붕이 보이기 시작했다.

좀 더 다가가자 지붕 아래가 아닌 곳에도 벤치가 잔뜩 늘어서 있었다.

사쿠가 이쪽을 보고 말했다.

"어떻게 할까?"

"모처럼 나왔으니까 지붕이 없는 곳이 좋아. 최대한 바다에 가까운 곳!"

"그래."

사쿠가 쿡쿡 웃으며 걸어가기 시작했다.

그렇게 웃어줄 때마다 항상 내 가슴은 두근거린다.

벤치에 앉은 다음, 손을 짚고 하늘을 보았다.

가로등 같은 게 전혀 없어서 정말 어둡지만, 그만큼 깜짝 놀랄 정도로 별이 예뻤다.

달은 벌써 사라져 버리기 직전처럼 희미한 게 좀 아쉽다.

쏴아~, 쏴아~, 바다 소리가 들린다.

내 옷에는 예상대로 모닥불 냄새가 배었다.

······아~.

이 여행이 끝나면, 내일이 되면, 집에 가면, 이런저런 것들을 한꺼번에, 전부 빨아야지.

"그래서."

사쿠가 바다를 바라보며 말했다.

"할 이야기가 뭔데?"

한순간 말뜻을 이해 못했다가, 이내 쿡쿡 웃었다.

"미안, 미안, 이야기를 하자는 게 그런 뜻이 아니었는데. 마지막으로 사쿠하고 이렇게 이야기 나누고 싶었던 것뿐이야."

"아, 뭐야. 그랬구나."

사쿠가 기지개를 쭉~ 켰다.

티셔츠가 올라가서 배가 보였다.

나는 재빨리 눈을 돌린 다음, 이제 와서 왜 그러냐는 생각에 입가에 미소를 드리웠다.

있지, 사쿠?

앞으로 말할 기회가 없을지도 모르겠지만.

사실 오늘, 계속 가슴이 두근거렸거든?

귀여운 수영복을 자랑할 생각이었는데, 윗도리를 벗고 있는 사쿠를 보니까 머릿속이 새하얘졌어.

아니, 복근 같은 것도 엄청 갈라졌고, 팔도 듬직하고, 등도 우락부락하고.

텐트 안에 누워서 사진 찍었을 때, 심장 소리가 들리진 않았을까?

너무 창피해서 나도 아직 확인 못 했어.

그쪽도 내 수영복을 보고 비슷할 정도로 두근거리지 않았다면 불공평해!

그렇게 생각해 버리는 건 너무 지나친 욕심일까?

사쿠가 천천히 이야기를 이어나갔다.

"눈 깜짝할 새에 지나갔네. 내일이면 벌써 끝인가?"

"그치~. 너무 아쉬워~!"

정말, 정말, 아쉽다.

이번 나흘 동안에 하고 싶은 이야기도, 같이 하고 싶었던 것들도, 훨씬 더 많았을 텐데.

"젠장, 뷔페를 모든 종류 컴플리트하려고 했는데."

"뭐야 그게, 너무 쓸데없는 노력이잖아~."

"무심코 좋아하는 것만 먹어버리게 된단 말이지."

"'사쿠 군, 채소도 챙겨먹어야지?'라고 웃찌한테 혼나겠네."

"벌써 혼났거든……."

푸흡, 둘이서 웃었다.

"고마워, 유우코."

갑자기 사쿠가 말했다.

"흐에?"

고맙다는 인사를 받을 만한 이유를 짐작할 수가 없어서 나도 모르게 이상한 대답을 해버렸다.

"아니, 여름공에 가자고 해줘서 말이야. 사실 참가할 생각이 없었거든. 유우코가 전화했을 때, 처음에는 거절할 생각이었어."

"그랬어?!"

나는 어떻게 할지 아직 망설이고 있는 정도일 줄 알았는데.

"나랑 웃찌 수영복이 보고 싶었던 거야?"

그렇게 약간 놀려보았다.

사쿠가 흥, 웃었다.

"그럴지도 모르지. 정말 맛있었습니다, 잘 먹었습니다."

"그치, 그치~!"

그렇구나, 그렇구나, 그랬구나!

항상 하던 농담이라는 건 알고 있지만, 역시 기쁘다.

수영복을 칭찬해준 게 아니라, 아니, 그것도 나름대로 엄청 기쁘긴 하지만, 뭐든 스스로 정하고 성큼성큼 나아가 버리는 사쿠에게 나도 조금이나마 영향을 줄 수 있었다는 걸 알게 되어서.

내가 가자고 해서 와줘서.

사쿠는 계속 말했다.

"만약 나 혼자 참가하지 않은 상황에 너희가 사진을 보냈다면 분명 후회했을 거야. 같이 지내면서 엄청 즐거웠어."

그런 말, 작년 여름에는 상상하지도 못했어.

그때는 항상 이를 악물고, 괴로워 보이고, 아파 보이고, 하지만 나한테는 아무런 이야기도 해주지 않았잖아.

최근 넉 달 동안, 사쿠는 정말 많이 변했다.

야구를 그만두기 전의 사쿠가 돌아왔다고 하는 게 더 정확할지도 모르겠지만, 역시 그것뿐만은 아니다.

2학년이 되고, 계절이 지나갈 때마다 주위에 덮여있던 유리가 쨍그랑, 쨍그랑, 하고 조금씩 깨져가는 듯한 느낌.

내 벽은 사쿠가 한방에 깨주었지만, 분명히 사쿠 주위를 두르고 있던 유리는 훨씬 더 두꺼웠을 테니까.

사이좋게 지내게 된 직후쯤, 이 사람은 왜 이렇게 나쁜 사람인 척하는 걸까 생각했었다.

카즈키에게도, 카이토에게도, 내게도, 어째서 선을 그어 버리는 걸까 생각했었다.

그렇게 멀리 있으면 손이 닿지 않잖아?

그렇게 멀리 있으면 목소리도 닿지 않잖아?

뭐, 사쿠가 생각하는 어려운 것들은 솔직히 지금도 이해가 잘 안 되지만, 일단 평범하게 좋은 사람으로 보이고 싶진 않았던 것 같다.

뭐, 나도 처음에는 마음에 걸리긴 했지만 말이야.

──**잠깐만 봐도 금방 알 수 있잖아.**

그러니까, 반장을 정하면서 생긴 일이 없었더라도 분명 나는 사쿠를 좋아했을 거다.

왜냐하면, 다음 날도, 그 다음 날도, 그 다다음 날도.

웃찌 때도 그랬고.

켄타찌 때도, 유즈키 때도, 분명히 니시노 선배 때도, 하루 때도.

언제 어떤 순간에도 역시 사쿠는 내 히어로였으니까.

시간의 오차 정도는 있었을지도 모르지만, 이렇게 좋아하게 되지 않았을 미래는 아무리 생각해도 없다.

"유우코……?"

정신을 차리고 보니 사쿠가 이쪽을 들여다보고 있었다.

이런, 이상한 표정을 짓고 있진 않았겠지?

혹시 얼빠진 표정?

그런 게 마지막 추억이 되어버리면 정말 곤란하다.

언젠가 어른이 된 사쿠가 '유우코는 그때 입을 벌리고 있었지~'라든가, '왠지 싱글거리고 있었지~'라고 떠올리게 되면 최악이다.

이왕이면 네게는 귀여운 나를 확실하게 남겨두고 싶으니까.

"미안, 미안~, 잠깐 예전 생각이 나서."

"뭐, 이해는 되네. 여행이 끝나갈 때는 왠지 감성적으로 변하니까."

그렇지.

끝은 슬프다.

이별 같은 건 하고 싶지 않다.

나는 천진난만하게 밝은 목소리로 말했다.

"그래서, 그래서? 나한테 할 말 또 없어?"

"고맙다는 인사는 했잖아."

"어~? 아직 부족한데~! 좀 더 칭찬해줘, 칭~찬~해~줘~."

"평소에도 꽤 칭찬하지 않나?"

"그럴 때보다 막 대하는 경우가 더 많잖아!"

사실 그래주는 게 제일 기쁘긴 하지만.

사쿠는 곤란하다는 듯이 머리를 벅벅 긁고 나서.

"유우코는 말이지, 항상 내게 알지 못하는 경치를 보여주는구나."

활짝, 내가 정말 좋아하는 미소를 지었다.

……아, 사실은.

계속 이대로 있어도 좋겠다.

계속 이대로 있으면 좋겠다.

하지만, 사쿠를 이렇게 웃게 만든 건 내가 아니니까.

유리를 깬 건 내가 아니니까.

아니, 그뿐만이 아니야.

나는 어느새……, 아니, 이렇게 말하는 건 치사하지.

그날부터, 계속, 계속————————.

그러니까 마주 봐야만 하는 거야.

————누군가의 마음과, 나 자신의 마음과.

4장 저녁 무렵의 호수

여름공 마지막 날.

딱히 언급할 만한 일도 없이 **나**와 친구들은 아침부터 저녁까지 제대로 공부에 박차를 가했고, 나흘간의 합숙이 막을 내렸다.

한없이 계속 이어질 것 같기도 했지만, 끝날 때는 의외로 쉽사리 끝난다.

마치 여름방학 그 자체 같다.

17시가 지난 시간. 교복으로 갈아입고 호텔을 떠난 뒤, 지금은 해산 장소인 후지 고등학교로 향하는 대형 버스를 타고 있다.

옆에 앉아 있는 사람은 유우코다.

처음에는 카이토가 앉아있었지만, '바꿔줘~!'라며 거의 강제로 자리를 빼앗았다.

어제는 마지막 밤이라 그런지 친구들과 늦게까지 떠들어댔는지도 모르겠다.

유우코는 버스가 달리기 시작하자마자 눈을 감았고, 잠시 후 내 어깨에 머리를 기댔다.

호텔에 있던 것과는 다른 샴푸 향기가 간지러웠지만, 깨우긴 좀 그랬기에 내버려 두기로 했다.

손은 내 허벅지 위에 올려놓고 있었다.

뭔가 꿈이라도 꾸는 건지, 아까부터 슬랙스를 꼬옥 쥐었다가 놓기를 반복하고 있다. 손가락 끝이 가끔씩 움찔거리며 움직였다.

　주위를 둘러보니 다른 녀석들도 쿨쿨, 기분 좋게 자고 있었다.

　나는 멍하니 지나쳐가는 경치를 바라보았다.

　여름방학에 들어선 뒤의 나날들이 반짝반짝, 바다에 반사되어 떠올랐다.

　아스 누나와 데이트를 하거나, 항상 그랬듯이 유아와 장을 보러 가거나, 그러던 와중에 나나세와 하루가 놀러 오거나, 코토네 씨와 8번에서 밥을 먹거나, 모두 함께 불꽃놀이를 보러 가거나. 물론 이번 나흘 동안도.

　뭐야, 소년 소녀가 아니라도 보물지도를 확실하게 가지고 있잖아.

　구석부터 칠해나가자.

　유우코하고, 유아하고, 나나세하고, 하루하고, 카즈키하고, 카이토하고, 켄타하고, 그리고 아스 누나하고.

　──내일부터 다시 이 친구들하고, 모두 함께.

　점점 내 눈꺼풀도 무거워지기 시작했다.

　꾸벅꾸벅 졸다가 유우코와 고개를 맞대게 되었다.

　아직 귀에 남아 있는 파도 소리에 감싸인 채, 까슬까슬한 모래사장의 감촉에 발을 내디디며 걸어가는 졸음 끝자락. 그곳에서 누군가가 손을 살짝 잡은 것 같은 기분이 들었다.

그 손이, 살짝 떨리는 것 같은 느낌이 들었다.

*

"……쿠, 사쿠~!"

누군가가 어깨를 흔들길래 눈을 떠보니 유우코가 어이없다는 듯이 웃고 있었다.

아, 왠지 안심되네. 잠이 덜 깬 머리로 그렇게 생각했다.

"정말, 아까부터 계속 불렀는데. 사쿠는 절대 안 일어나더라?"

"으아, 미안. 무슨 일인데?"

"무슨 일이고 뭐고, 도착했어, 학교."

그 말을 듣고 창밖을 보니 낯익은 학교 건물이 눈에 들어왔다.

이미 많은 학생들이 버스에서 내려서 기사분에게 짐을 받고 있다.

"사쿠, 정말 피곤했던 모양이네."

"그럴지도 모르지. 뭔가 꿈을 꾼 것 같기도 하고."

"어떤 꿈인데?"

"너희하고 바다에서 노는 꿈? 진짜 즐거웠으니까."

내가 그렇게 말하자 한순간, 유우코가 입술을 꾹 다물었다.

그런 다음에 아무 일도 없었다는 듯이 입을 열었다.

"네~, 네~, 계속 수영복 생각만 하지 말고 내리자!"

"그래~."

버스에서 내리자 이미 집에 갈 준비를 마친 다른 친구들이 기다리고 있었다.

나와 유우코도 짐을 받았다.

조금 떨어진 곳에 있던 쿠라쌤이 큰 소리로 말했다.

"19시까지는 학교에 들어갈 수 있으니까 교실 같은 곳에 볼일이 있으면 그때까지 끝내라~. 이상, 해산. 나흘 동안 고생 많았다."

"""감사합니다~."""

이곳저곳에서 목소리가 들렸다.

나는 기지개를 켜면서 말했다.

"자, 우리도 가볼까."

"앗!"

그렇게 소리친 사람은 유우코였다.

"미안~. 나, 교실에 볼일이 좀 있는데, 갔다가 혼자 가는 건 쓸쓸하니까 혹시 괜찮으면 다들 같이 가줄래?"

우리는 서로 눈을 마주 보며 웃었다.

"그 정도는 괜찮아."

모두가 고개를 끄덕였다.

"정말?! 고마워!"

분명 다들 아쉬운 것이리라.

잠시만, 조금만 더.

이렇게 즐거웠던 나흘 동안의 여운에 잠겨 있고 싶은 것 같다.

어차피 여름방학 동안 몇 번이고 만날 텐데, 그래도.

타박타박 출입구로 향하는 발소리 여러 개가 기쁜 듯이 들떴다.

*

교실에 들어가자 왠지 정겨운 냄새에 감싸였다.

낡은 바닥과 책상, 구석에 종업식 날짜와 당번 이름이 그대로 적혀 있는 칠판, 약간 먼지가 쌓인 사물함.

겨우 2주 정도 안 왔을 뿐인데, 떠도는 분위기는 왠지 서먹서먹한 남 같다.

각자 비슷한 마음을 품은 건지 우리는 자기 자리에 앉지도 않고 조마조마해하며 서 있었다.

"왠지 말이야."

처음 입을 연 사람은 유우코였다.

"여름방학 교실은 잘 알면서도 모르는 곳 같지 않아? 여긴 내 자리인데."

왠지 신이 나서 그렇게 말하며 짐을 자기 책상 위에 올려놓았다.

이유를 알 수 없던 껄끄러움이 사라져 다들 유우코를 따라 했다.

유우코가 한 말에는 나나세가 대답했다.

"그렇긴 하지. 졸업한 학교에 놀러 온 것 같은 느낌?"

"맞아! 맞아! 그런데 말이지, 유즈키하고 하루는 같은 반이 된 지 이제 넉 달이라고. 너무 빠른 거 아니야?! 아니, 너무 느린 거 아니야?! 어라? 이럴 경우에는 어느 쪽이 맞는 걸까?"

쿡쿡, 검은 머리카락이 흔들렸다.

"그러니까, 좀 더 오랫동안 함께 지낸 것처럼 느껴진다는 거야?"

"그거야!"

책상에 걸터앉아 있던 하루가 쿡쿡 웃었다.

"그러고 보니 예전부터 계속 이 멤버들끼리 뭉쳐 다녔던 것 같은 느낌이 들어."

유우코가 기쁜 듯이 대답했다.

"하루도?!"

"이유가 뭘까, 이 넉 달이 너무 찐해서 그런 걸까?"

"알 것 같아! 엄청 찐했어!"

슬쩍, 나나세가 부드러운 표정을 지었다.

"뭐, 나도 동감이야."

조용히 보고 있던 유아가 맞장구를 쳤다.

"이번 나흘 동안도 잔뜩 이야기했고."

그치~, 하고 여자애들 넷이서 의미심장하게 얼굴을 서

로 마주 보았다.

왠지 여름공을 거쳐서 거리가 더욱 가까워진 것 같다.

그래서, 하고 나나세가 말했다.

"결국 유우코가 말한 볼일이 뭔데?"

"아, 맞다, 맞다! 마지막은 모두 함께 지낸 곳이 좋겠다고 생각했거든~."

유우코가 항상 그랬듯이 탁, 탁, 교단으로 올라갔다.

"네, 네, 다들 주목~, 여기 봐, 여기 봐~!"

그리고 오른손을 번쩍 들고는.

"──저, 지금부터 사쿠에게 고백할게요~!!"

아무렇지도 않게 말했다.

나는 무심코 푸흡, 웃음을 터뜨리고는 걸터앉아 있던 책상에서 훌쩍 일어섰다.

평소처럼 농담을 하며 태클을 걸려는 생각에 교단을 향해 한 발짝 내디뎠다.

문득, 발치를 보았다.

실내화, 꽤 많이 늘어졌네.

이왕 본 거, 가지고 가서 깨끗하게 빨까?

그건 그렇고, 유우코가 또 영문 모를 소리, 를……?

휘잉, 교실이 침묵으로 가득 차 있다.

어라, 뭐야, 지금은 웃을 상황이잖아.

나나세가 '이제 와서 무슨 소리야?'라고 하고, 하루가 '뭐? 진짜 그게 다야?! 나 엄청 배고픈데, 집 갈 때 8번에서 쏴~'라면서 어이없어하고, 유아가 '자자. 일단 이야기를 들어주자'라고 정리한다.

지금까지 몇 번이나 반복해와서 익숙해진 이야기다.

그러니까 좀 더 활기차게 가자고.

이런 건, 마치······.

나는 확인하려는 듯이 천천히, 그리고 도망치려는 듯이 조심조심, 고개를 들었다.

―――응.

그리고 한눈에 이해해버렸다.

두 손을 내밀고 깍지를 낀 채 치마를 꼬옥 잡고는, 입술 양쪽 끄트머리를 살짝 치켜올리면서 부드럽게 미소를 드리우고, 나를 똑바로 바라보는 그 눈은.

한없이 진지했다.

아, 정말로 고백이구나.

응······, 어째, 서.

나도 모르게 그런 말이 머릿속을 스쳐 갔다.

언젠가 이런 순간이 찾아올지도 모른다는 생각은 했다.

그날부터, 마음속 어딘가로는 각오하고 있었다.

그래도 어째서……, 지금, 여기인 건데.

모두 함께 농담처럼 즐거웠던 추억을 떠안고 여름방학을 절반쯤 지나서, 내년에도 똑같은 곳에서 불꽃놀이를 볼, 또 모두 함께 바다를 볼, 그런, 모두 앞에서.

『———오늘의 사쿠가 좋아. 오늘의 사쿠는 오늘만 만날 수 있으니까.』

그런, 의미였나.

각오를 다졌던 건가.

모르겠어.

있지, 유우코.

"있지, 사쿠?"

마치 내 마음에 대답하는 것처럼, 한없이 부드러운 목소리가 울렸다.

"1학년 때, 반장을 정했던 HR, 기억나?"

결코 멈춰주지 않는 시간에게, 유우코에게.

나는 주먹을 꽉 쥐고, 입술을 꽉 깨물고, 겨우 입을 열었다.

"······유우코가 엉엉 울었던가?"

처음에는 정말 덜렁이 같은 애구나라고 생각했다.

누가 어떻게 보더라도 공주님 같으면서, 마치 나는 평범한 여자애예요라고 말하는 것처럼, 그것도 일부러 그러는 게 아닌 것처럼 자연스럽게 행동하니까, 좀 위태로워 보였다고.

사실 친하게 지낼 생각도 없었다.

운동부라서 마음이 맞았던 카즈키, 카이토와 사이가 좋았기에 엮이게 될 수밖에 없었지만, 항상 그랬듯이 나는 경박하게 잘난 척만 해대고 있었으니까.

그때는 유우코도 그냥 나를 멀리했다.

HR 때 울리고 나서는 아〜, 이거 완벽하게 미움받겠네, 라고 생각했는데.

왠지 모르겠지만 그날부터 태도가 완전히 바뀌었던가?

유우코가 계속 부드러운 미소를 보이며 고개를 끄덕였다.

"그럼, 사쿠가 나한테 뭐라고 말해줬는지, 기억해?"

"어………?"

뭐라고 말해줬는지?

딱히 겸손 떨거나 그런 게 아니라, 특별한 말을 한 기억 자체가 없다.

그냥 유아까지 포함한 셋이서 이야기를 주고받은 다음, 갑자기 울음을 터뜨린 것만 인상에 또렷하게 남아있다.

내 반응을 본 유우코의 미소가 슬픈 듯이 어두워졌다.

그 모습을 보니 가슴이 꽈악 조였다.

유우코가 이런 표정을 짓지 않았으면 하는데.

"그렇구나, 그렇겠지. 그래도……."

스읍, 숨을 들이마시고, 다시 활짝 웃으면서.

"———그때, 나는 사쿠에게 사랑에 빠졌어."

이제 돌이킬 수 없는 말을 말했다.

———으으윽.

고백을 받은 적은 셀 수 없이 많다.

하지만, 이런 식으로 계기에 대해 들은 적은 처음이다.

그렇게, 일찍부터, 그랬구나.

입학하고 며칠 뒤, 사이좋게 지내기 시작하게 된 계기가 사랑의 계기였구나.

마치⋯⋯⋯⋯.

머릿속이 마구 헤집어지고, 숨이 차기 시작했다.

예전부터 다가온 사람들은 멋대로 환상을 품고, 멋대로 실망해서 떠나가는 여자애들뿐.

딱히 그래도 상관없다고, 원래 그런 거라고 생각했다.

그러니까 또 시작이네라고.

이번에는 몇 주 만에 손바닥을 뒤집을까하고.

그런데 유우코는 내가 아무리 막 대해봐도, 하찮은 농담만 지껄여도, 껄렁대며 믿을 수 없는 남자인 척해봐도.

⋯⋯몇 번을 그렇게 반복해봐도.

『사쿠가 있으니까 마지막에는 반드시 해결되겠지?』

『사쿠는 어떤 일이 있더라도 마지막까지 저버리지 않을 거야.』

『진짜 자상한 마음은 본인에게는 보이지 않게 되어 있는 법이야.』

『내 히어로니까.』

아무런 망설임도 없이 그렇게 딱 잘라 말한다.

그게 따스하고, 기쁘고, 낯간지럽고, 하지만, **사실은 계속 무서웠던 거다.**

……어째서.

어째서 좋아해주는 걸까.
어째서 믿어주는 걸까.
어째서 히어로 취급을 하는 걸까.
어째서 그렇게 미화하는 걸까.

지금, 그런 마음은 더욱 강해졌다.
왜냐하면.

───**나는 아무것도 한 게 없고**, 마치 **첫눈에 반한 사랑** 같은데.

조용히, 추억을 더듬는 듯이 유우코가 계속 말했다.

"그 이후로 계속 사쿠를 봐왔어.
곁에 있는 걸 허락해주었으니까.
꼬리를 흔들면서 다가서는 나를 귀찮다는 듯이 쓰다듬어 주었으니까.
이름을 부르기만 해도 기뻤어.

이름을 불러주면 더 기뻐졌어.

칭찬해주면 행복했어.

혼내주면 더 행복해졌어.

사쿠를 생각하면서 잠들고, 아침에 일어나면 제일 먼저 사쿠의 미소를 떠올렸어.

손이 닿으면 두근거리고, 근처에서 냄새를 맡으면 현기증이 나버려."

그런 건, 그런 건————.

나도 당연히 마찬가지지.

매일 아침, 교실에서 유우코를 보면 왠지 마음이 놓였다.

아무리 다른 사람들에게 미움을 산다고 해도 그 미소만큼은 사라지지 않을 것 같았으니까.

집에 가다가 잠깐 공원에 들러서 이야기하는 시간이 좋았다.

거기에는 아무런 타산도 없었으니까.

쇼핑을 하러 가서 입어보며 하나하나 감상을 묻는 것도 사실은 싫지 않았다.

좀 더 다양한 유우코를 보여줬으면 했으니까.

마음을 빤히 들여다본 듯 걸려오는 전화를 통해 가끔씩 찾아오는 쓸쓸한 밤을 몇 번이나 넘길 수 있었다.

고마워, 그렇게 생각했다.

찌잉찌잉, 유우코의 목소리가 울렸다.

"사실은 말이지, 이래도 되는 건지 좀 불안했어.
　하지만, 내 마음하고 마주해보니까 답 같은 건 처음부터 가지고 있었어.
　그날 싹튼 마음은 점점 부풀어 올라서, 어느새 두 손으로는 끌어안을 수도 없을 정도로 커다란 꽃다발이 되었으니까…….
　역시, 당당하게 말할 수 있는 거야."

　부탁이야, 이렇게 부탁할 테니까.
　기다려, 기다리라고, 유우코.
　나도 확실하게 마주하기로 결심했어.
　이 여행이 끝나면, 집에 가면, 여름방학은 아직 남아 있으니까.
　두고 가지 말아줘.
　먼저 혼자 답을 내놓지 말아줘.
　조금만, 조금만 더———.

　아, 어째서 그렇게.
　무슨 일이 있더라도 흔들리지 않겠다는 듯이, 천진난만하고 올곧은 눈으로.

"있지, 내 사랑은 아무것도 잘못되지 않았어."

나를 보는 거야.

그러니까, 라고 유우코가 말했다.
숨을 크게 들이마신 다음, 내뱉었다.

유우코의 목소리가 좋았다.
잔뜩 부풀려 하늘에 날릴 풍선처럼 삐익, 밝고 활기차고, 가볍고, 컬러풀하고. 폴짝폴짝 뛰는 것처럼 올라갔다 내려갔다, 시시각각 분위기가 바뀐다.
언제나 유우코의 좋은 아침~이 아침의 시작이었다.
사쿠~, 하고 멀리서 부를 때마다 어이없어하면서도 입가에 미소를 드리웠다.
야구를 그만두고 풀 죽었을 때도 날마다 기운을 나누어 주는 것 같았다.
하지만, 싫어, 듣고 싶지 않아.
부탁이니까, 이렇게 부탁할 테니까, 지금만큼은, 더 이상———.

그렇게 마치 마지막 불꽃놀이처럼, 그 커다란 수양버들 불꽃처럼.

"사쿠를 좋아해, 정말 좋아해요. 저를 당신의 특별함으로 삼아주세요."

그녀는 활짝 웃는 미소를 피어냈다.

창문으로 스며든 저녁놀이 칠판에 깔끔한 삼각형을 그리고 있었다.
"잠깐———."
뭔가 말하려던 하루가 입술을 깨물며 고개를 숙이고는 필사적으로 견디듯 주먹을 쥐었다.

들었다, 들어버렸다.
유우코의 마음을, 말을, 받아버렸다.
……답을, 내놓아야만 한다.
욱신, 묵직한 통증이 가슴 한가운데를 꿰뚫었다.
우득우득, 우득우득, 심장을 꽉 잡힌 것 같아서 숨을 제대로 쉴 수가 없다.
넥타이를 쥐어뜯듯이 느슨하게 풀었다.
마음이 갈기갈기 찢어지는 것처럼 아파서, 달라붙는 것처럼 애처로워서, 슬퍼서, 괴로워서, 무섭고 겁나서, 어떻게 되어버릴 것 같다.

『그렇게 말해주는 치토세 군이 곁에 있어 준다면 나도 안심할 텐데 말이지~.』

『있을 수 있는 동안은 있을 거예요.』

유우코는 이걸 코토네 씨에게 의논했을까.

그 사람은 그 이야기를 듣고 웃으면서 유우코의 등을 떠밀어 줬을까.

내 대답에 따라서, 쉽사리 보내준 자신을 원망하며 슬퍼할까.

나도 녹아들고 싶다는 생각까지 했던 행복한 풍경을 빼앗는 건 나일까?

친구들의 얼굴을 보았다.

『둘이서, 보고 싶었어.』

나나세는 입술을 꽉 다문 채 눈을 돌리고 있었다.

『――――신경 써줬으면 좋겠어어어어!!!!!!』

하루는 불안해하면서 당장에라도 울음을 터뜨릴 것 같은 표정으로 이쪽을 보고 있다.

『그럼 다음에 유카타를 제대로 입고 축제 가자.』

유아는 그저 조용히, 나와 유우코를 지켜보고 있었다.

『———오길 잘했네.』
여기에는 없는 아스 누나의 미소가 떠올랐다.

『———예를 들어서 누군가에게 연인이 생기기라도 하면, 내년에는 이런 식으로 모이지 못할지도 모르지.』
카즈키는 감정이 담기지 않은 눈으로 창밖을 바라보았고.

『뭐, 이해가 안 되는 건 아니야.』
카이토는 왠지 기대감으로 가득 찬 듯한 표정으로 슬쩍 웃고 있었다.

그리고 당황한 켄타의 얼굴을 보고 문득 떠올렸다.

———짊어질 수 있는 짐에는 중량 제한이 있다. 만나는 사람 모두를 등에 업다 보면 언젠가 제일 먼저 업었던 소중한 것이 굴러떨어질지도 모른다.

알고 있었다. 눈치채고 있었다. 그런 건 예전에.
이건 전부 나 자신이 초래한 일이다.
두근, 두근, 심장 고동 소리가 시끄럽다.
아예 멈춰버리면 좋을 텐데.
몇 번이나 입을 열려다가 다시 이를 악물었다.

부들부들 떨리며 당장에라도 문 쪽으로 뛰쳐나갈 것 같은 다리를 이곳에 잡아두기 위해 블레이저 옷자락을 찢어질 듯이 세게 잡았다.

싫다, 싫다, 싫다.

그래, 라고도 아니, 라고도 대답하고 싶지 않다.

모든 것이 바뀌어버린다, 모든 것이 끝나버린다.

내년 불꽃놀이도, 합숙도, 이 여름방학도, 지금부터 이어질 나날도, 새하얗게━━━.

『있지? 부탁할 게 딱 하나 있어.』

유우코가 말했다.

『━━━사쿠는 언제나 내가 정말 좋아하게 된 사쿠인 채로 있어 줬으면 좋겠어.』

딸랑, 모든 소리가 들리지 않게 되었다.

언젠가 들었던 유우코의 목소리만 머릿속을 빙글빙글 맴돌고 있었다.

아, 정말.

언제나 **그런 식으로** 내 등을 떠밀어주는구나.

뭐가 정답인지는 모르겠다.

어떤 치토세 사쿠(히어로)로서로 보이고 있었는지는 알 방법이 없다.

그저, 함께 지내온 나날처럼.

분명히 이게 유우코가 좋아해준 나로서 존재하는 거라고 믿으면서.

솔직하게, 말하자.

거짓 하나 없는, 내 마음을.

나는 유우코를 똑바로 바라보았다.

한없이 순수하고 맑고, 누구나 차별하지 않고 바라보는 시선이, 좋다.

신이 나서 새로운 어레인지를 보여주는 긴 머리카락이, 좋다.

항상 꼼꼼하게 손질하는 예쁜 손톱이, 좋다.

시시각각 바뀌는 목소리가, 표정이, 좋다.

기운을 주위에 흩뿌리는 미소가, 좋다.

큼직한 가슴도, 정말 좋다.

그래서 나는 그런 마음을 전부 담아서———.

"미안, 유우코의 마음을 받아줄 수는 없어.
내 마음속에는 다른 여자애가 있어."

있는 힘껏, 최대한 노력해서, 활짝 웃어 보였다.

왜냐하면 눈앞에 있는 건.

계속 이대로 있으면 좋겠다.
그렇게 원했던 친구(사람)니까.

짧은 침묵이 지나가고, 유우코가 방긋 웃었다.

"그치~!"

그녀는 뒤통수에 손을 대고 아하하, 밝은 목소리로 계속 말했다.

"각오하고 있긴 했는데, 실패했네~. 사쿠는 기세에 휩쓸려서 누군가를 고르진 않을 테니까. 슬슬 진짜 정처가 되고 싶었는데. 아~, 내일부터 다시 좋아할 수 있게 될 남자애를 찾아야겠네."

아무렇지도 않은 표정으로 자기 짐을 들고 앞쪽 문을 향해 걸어가기 시작했다.

"아쉽네, 아쉬워, 내일 또 봐요~ ♪"

마치 콧노래를 흥얼거리는 것처럼.

룰루랄라, 쇼핑이라도 하러 가는 것처럼.

잠시 후 문 앞에 도착했을 때, 그 발걸음이 딱 멈춰 섰다.

털썩, 보스턴 백이 바닥을 두들겼다.

자그마한 어깨가 조금씩 떨렸고, 두 주먹은 꽉 쥐고 있었다.

"……그래도, 역시."

그렇게 돌아본 유우코는.

"사쿠가 아니면, 싫은데."

입가만은 필사적으로 웃으려 하면서, 얼굴을 마구 찡그린 채 울고 있었다.
———빠악.

먼저 묵직한 소리가 머리에 울렸고, 정신을 차리고 보니 나는 책상을 휩쓸면서 바닥에 넘어져 있었다.

눈앞에 지우개 가루가 마구 흩어져 있었다. 쓰러진 의자 다리에는 먼지 덩어리가 묻어 있었다.

몇 초 뒤에 왼쪽 볼이 뜨겁다는 걸 느꼈다.

"이 자식, 사쿠!!"

그렇게 외치는 목소리에 아, 그렇구나, 미안해, 하고 생각했다.

카이토는 옆으로 쓰러진 내 어깨를 붙잡고 억지로 하늘을 보게 만든 다음, 그 위에 올라타서 내 멱살을 잡고 들어 올렸다.

"뭐냐고, 그게 뭐냐고. 계속 네 곁에 있었던 건 유우코

잖아!"

따스한 말의 비가 아파서, 눈앞에 있는 친한 친구로부터 눈을 돌렸다.

"이쪽 보라고! 이 자식아!"

콰당, 등이 바닥에 부딪혔다.

""카이토!""

나나세와 하루가 소리쳤다.

"시끄러워!!"

눈에 살짝 눈물을 머금은 채, 카이토가 애원하는 듯이 다시 이쪽을 보았다.

"사쿠, 그런 거지? 항상 하던 농담 같은 거지? 나도 반사적으로 발끈해서 미안해. 그런데 말이지, 아무리 그래도 너무 썰렁하다고, 방금 그건 말이야."

떨리는 목소리에 나는 조용히 고개를 저었다.

"야, 거짓말이지? 거짓말이라고 해줘. 어째서냐고, 네가 유우코를 행복하게 해주지 않으면 어쩔 건데. 자, 항상 그랬듯이 '진짜, 뇌까지 근육이 붙은 녀석에게는 내 농담이 통하질 않네'라고 하라고. 그 뒤로 이어지는 이야기가 있는 거지? 너니까 해피 엔딩도 확실하게 마련해 두었겠지? 그러면 나도 '너무하잖아?!'라고 대답할 테니까. 때린 걸 몇 번이든 사과할 테니까. 8번에서 마음대로 주문해도 되니까 말이야······."

"······미안하다, 카이토."

"장난치지 말라고오오오오오오오오오오오오오오오오!!"

카이토가 내 몸을 끌어당긴 다음 다시 바닥에 콰당, 부딪혔다.

"야, 남자의 약속이라는 게 그렇게 얄팍한 거였냐? 내가 말했지? 부탁했지? 방금 그 껄렁대던 대답이 약속에 대한 답이야?! 나하고 너는 친한 친구 아니었냐고오오오!!"

"……미안."

"적당히 사과하지 마!!"

카이토의 절규가 가슴 안쪽을 찢어발겼다.

"적어도 생각은 하라고. 집에 가서 잠을 못 잘 정도로 고민하라고. 너한테 유우코가 10초 만에 내칠 만한 존재였냐고. 쉽사리 다른 여자를 고를 수 있냐고, 안 그래!!"

셔츠가 뿌득뿌득 잡아당겨진다.

"나는, 너니까, 사쿠니까! 맡길 수 있을 거라 생각했어. 어쩔 수 없다고 생각했다고. 반드시 행복하게 해줄 거라 믿었다고. 유우코에게 제일 큰 행복을 줄 수 있는 건 내가 아니라고———."

다시 들어 올린 주먹을 보고 조용히 눈을 감으려고 하자 카즈키가 그 주먹을 잡았다.

"놔, 이 녀석은, 이 녀석은! 유우코의 마음을 알면서, 딱히 싫지 않은 태도를 취하면서, 그러면서 몰래 다른 여자한테도."

"———그만해애애애애!!"

카이토의 말을 가로막은 건 유우코의 외침이었다.

그녀는 팔을 들어서 억지로 눈물을 닦고는.

"……카이토, 그건 아니야.
좋아하는 사람에게만 자상하게 대해줘야 한다면, 친구 같은 건 생길 수 없잖아.
나도, 웃찌도, 유즈키도 하루도, 사쿠의 그런 자상한 마음 덕분에 구원받았거든?
거절당해버린 건, 내가 사쿠의 마음에 드는 여자가 되지 못한 것뿐이잖아.
적어도 나는 자상하게 대해준 사쿠가 잘못했다고 생각하지 않아."

한없이, 한없이 부드럽게 미소지었다.

———으으윽.

나와 카이토가 거의 동시에 숨을 삼켰다.
그 모습을 보고 있던 카즈키가 잡고 있던 손을 놓았다.
"뭐, 그런 거지."

평소처럼 거들먹거리는 표정으로 나를 내려다보면서.

"그렇다고 해서 사쿠를 감쌀 생각도 없지만 말이야. 언젠가 이렇게 될 것 정도는 처음부터 알고 있었을 테고."

메마른 목소리로 말했다.

털썩, 넋이 나간 듯이 카이토가 내 몸에서 내려왔다.

나는 블레이저를 털면서 일어난 다음, 굴러다니던 내 가방을 들었다.

유우코가 있는 곳 반대쪽 문을 향해 걸어가기 시작했다.

누구 한 명 움직이려고도, 입을 열려고도 하지 않았다.

그렇게 문을 지나치기 전에 돌아보고.

"바이바이, 애들아. **2학기 때 또 보자.**"

방긋, 웃어 보였다.

*

———얼른, 집에, 가자.

학교를 뛰쳐나온 뒤, 큰길에서 조금 떨어진 공원에서 한동안 넋이 나간 채 웅크리고 있던 나는 그제야 수돗물로 세수를 하고, 마구 구겨진 교복을 바로잡고, 내 몸이라고는 믿기지 않을 정도로 무거운 몸을 질질 끌 듯이 걸어가기 시작했다.

카이토에게 맞은 볼은 거울로 보니 새빨갛게 물들어 있었고, 입술 끄트머리에는 피가 흘러내렸다.

쿠웅쿠웅, 쿠웅쿠웅, 심장 고동에 맞추는 듯이 묵직한 통증이 이어졌다.

너 때문이야, 너 때문이야, 그렇게 귓가에 연달아 속삭이는 것 같다.

그런 건 굳이 말하지 않아도 알아.

오른쪽, 왼쪽, 오른쪽, 왼쪽.

그저 기계적으로 발을 내디뎠다.

이게 악몽이라면 좋겠다.

현실에서는 버스 안에서 유우코가 내 어깨를 흔들고 있고, 깨어보니 여행 뒤풀이로 모두 함께 8번에 와 있고.

나흘간의 피로가 단숨에 몰려왔고, 배도 엄청 고프다.

호텔의 고급스러운 뷔페도 좀 식상해진 느낌.

오늘은 당면 두 덩어리에 파를 추가한 것과 교자 더블, 볶음밥도 추가할까?

어차피 절반 정도는 카이토하고 하루에게 뺏기겠지만.

유아가 버릇 나쁜 두 사람을 혼내고, 나나세와 카즈키는 어이없다는 듯이 그 모습을 보고 있다.

그리고 유우코가…………

무슨.

그런 나날은 이제 오지 않는다.

방금 끝난 참이다.

아무리 재주 좋게 다시 쌓으려 해도 두 번 다시 똑같은 경치는 볼 수가 없다.

스륵, 스륵, 스륵, 스탠스미스 신발이 소리 내어 울었다.

군데군데 이음매에는 아직 아쉽다는 듯이 바다의 모래가 끼어 있다.

토옥, 투욱, 투욱, 발끝을 땅바닥에 부딪혀도 쉽사리 사라질 것 같지 않다.

아, 실내화를 챙겨오는 걸 깜빡했네.

이대로 여름방학이 끝날 때까지 덩그러니 남겨두고 오다니, 미안하네.

평소에 걷던 강가를 평소보다 풀 죽은 채 걸어간다.

문득 그 사람의 얼굴이 떠올랐다.

항상 여기서 이야기를 들어주던 그 사람이.

———따악.

그렇게 생각한 순간, 카이토에게 맞은 쪽 볼을 스스로 때리고 있었다.

이런 상황에서, 이렇게 비열할 수가.

너는 끝까지 유우코가 믿었던 치토세 사쿠로 있기로 결심했잖아.

그렇다면 적어도 그 긍지 정도는 지켜내라고.

상처를 준 녀석이 상처 입은 듯한 행세하지 말란 말이야.

그렇게 앞을 보려던 참에.

"———다행이야, 아직 있었구나."

화악, 부드러운 목소리가 울렸다.

어……?

천천히, 고개를 들어보니.

"사쿠 군, 같이 갈까?"

저녁놀을 등진 채 유아가 노란 민들레처럼 웃고 있었다.

"어째, 서…….."

잠깐 옷매무새를 고치긴 했지만, 곧바로 학교를 나섰다.
지금 여기 있는 거면 내가 교실을 나선 다음, 다른 친구들을, **유우코를 돌아보지도 않고** 쫓아왔어야만 한다.

잘 살펴보니 어깨와 가슴이 살짝 오르락내리락 움직이고 있었다. 마치 그 모습을 들키지 않으려는 듯이 살짝 벌린 입술에서 짧은 숨소리가 천천히 반복해서 새어 나왔다.

그럼에도 불구하고 유아는 조용히 말했다.

"유우코가 좋아, 유즈키가 좋아, 하루가 좋아. 미즈시노 군도, 아사노 군도, 야마자키 군도, 모두와 함께 지내는 시간이 정말 좋아."

그녀가 한 발짝 앞으로 나섰다.

"하지만, 만약 언젠가 무언가를 골라야만 하게 될 때는.
내게 제일 소중한 것을 고르기로 예전부터 정해두었거든."

부드럽게 말이 이어졌다.

"나를 찾아내 준 사쿠 군의 마음속에 있는 게 유우코든, 유즈키든, 니시노 선배든, 하루든 상관없다고 생각했어……."

살짝 감겼던 눈이, 다시 나를 보았다.

"하지만, 만약 네가 혼자서 고개를 숙이고 있다면.
그때 내가 그랬던 것처럼 목소리를 억누른 채 떨고 있다면.
……달이 보이지 않는 밤에 길을 헤매고 있다면."

그리고 한없이 부드러운 목소리로.

"———그때는 누구보다 사쿠 군 곁에 있을 테니까."

힘차게, 내 손을 잡았다.

이리 와, 라고 말한 유아가 걸어가기 시작했다.

둑 한가운데에 나 있는 사람이 한 명 지나갈 수 있을 만한 좁은 길까지 내려간 다음, 유아가 말하는 대로 수문 근처에 앉았다.

"부실까지 가지러 다녀와서 아슬아슬했어."

어느새 메고 있던 케이스에서 색소폰을 꺼낸 유아가 내 앞에 섰다.

"유아, 저기……."

"괜찮아, 괜찮아."

빙글, 등을 돌렸다.

"잠깐 시끄럽게(연습) 할 건데, 미안해?"

가녀린 어깨가 살짝 올라가고, 루루루, 알토 색소폰의 그윽한 소리가 울렸다.

저녁 무렵의 강가에, 그늘진 누군가의 마음에.

울다가 웃는 듯한 저녁놀이 아쉬운 듯이 저물어간다.

뚝뚝 끊어진 구름이 떠 있는 하늘이, 졸졸 흘러가는 수면이, 또 보자는 말이 되지 못하고 작별인사가 되어 그 모습을 배웅하고 있었다.

마치 최후의 등불처럼, 주위가 새빨갛게 물들었다.

"━━━으으윽."

타악, 반 발짝 앞으로 내디디고 몸을 앞으로 숙인 유아
가 힘찬 소리를 냈다.

"윽, 아아, 으윽……"

축축한 분위기를 가르듯, 나약한 녀석의 오열을 묻어버
리려는 듯, 연주는 거세졌다.
나는 두 팔에 얼굴을 파묻고는 마치 어린아이처럼 계속
울어대고 있었다.

후기

오랜만에 뵙습니다, 히로무입니다.

이번에는 꽤 오랫동안 기다리게 해드려 죄송합니다.

그겁니다, 뭐라 해야 하나, 예측하지 못한 사태가 벌어져서요…….

그렇습니다, '이 라이트노벨이 대단해! 2021'에서 『치토세 군은 라무네 병 속에』가 종합 1위를 했습니다!!!!!!

저도, 담당 편집자인 이와아사 씨도, 정말 뜻밖이었기에 연락을 받고 나서 발표될 때까지 인터뷰를 하거나, 새로운 PV와 굿즈를 제작하는 등, 날마다 이리저리 뛰어다니느라 도저히 원고에 손을 댈 수 없는 상황이었습니다……, 용서해 주세요.

결과를 들었을 때의 기분이나 작품에 대한 생각 같은 건 '이 라이트노벨이 대단해'의 인터뷰에서 잔뜩 말씀드렸으니 여기서는 생략하겠습니다. 부디 구입해서 읽어봐 주세요!

지금까지는 발매일에도 한 권만 책장에 꽂혀 있던 근처 서점에 치라무네가 전권, 산더미처럼 쌓여 있는 걸 보았을 때는 눈물이 좀 났습니다(웃음).

그리고 이번에는 시리즈 최초로 특장판이 나왔습니다!

존재를 모르셨던 분이 추가로 사주시면 좋겠다는 흑심으로 잠깐 설명을 드리자면, 특장판은 raemz(램즈) 씨께서 새로 그리신 '유즈키 X 하루' 커버이고, 130페이지에 달하는 SS(쇼트 스토리) 책자가 딸려 있습니다. 이 SS라는 건 신간 발매 때 애니메이트나 토라노아나 같은 가게에서 구입하신 분들게 드리는 특전으로 쓴 것이고, 하나하나는 짧은 이야기지만 본편에서는 다루지 않았던 무대 뒷이야기 등을 묘사하였습니다. 예를 들어 3권에서 아스 누나와 도쿄에서 돌아온 사쿠를 사실 유즈키가 기다리고 있었고……, 이런 느낌이죠.

그리고 1학년 시절의 유즈키 X 하루를 묘사한 신규 집필 장편도 수록되어 있습니다!

이번에는 본편의 여운을 망가뜨리지 않게끔 장난기를 줄여서 곧바로 감사의 말씀으로 넘어가겠습니다.

raemz 씨, 커버를 보았을 때는 진짜로 몸이 떨렸습니다. 멜론북스의 유료 특전 태피스트리용 일러스트도 몸이 떨렸습니다. 특장판의 하루 X 유즈키도 몸이 떨렸고, 유아도 당연히 몸이 떨렸습니다. 이제 알코올 중독이 아니라 램즈 중독입니다. 얼른 또 새로운 일러스트를 그리실 수 있게끔 노력하겠습니다.

이와아사 씨는 그림책, 『두꺼비 군과 개구리 군』 기획전에서 편집자는 'I love this'를 전하며 작가의 의욕을 키워준다는 기술을 배우셨다고 하는데, 바로 실천하시는 게 대단했습니다. 다음부터는 후기용으로 '농담이니 상처받지 말아주세요'라고 주의사항을 넣어서 매정한 수정을 해주셨으면 더 기특할 것 같습니다. 그리고 까발릴 때는 개그라는 부분은 숨길 겁니다.

그 이외에 선전, 교열 등, 치라무네에 힘써주신 모든 분들, 무엇보다 '이 라이트노벨이 대단해' 1위라는 최고의 결과를 만들어주신 독자 여러분께 진심으로 감사드립니다. 5권에서 이렇게 마무리해놓고 또 오래 끌면 폭동이 일어날 것 같으니 다음 권은 좀 더 빨리……, 낼 수 있으면 좋겠네요?

히로무

역자 후기

　안녕하세요, 천선필입니다.
　『치토세 군은 라무네 병 속에』 5권, 재미있게 읽으셨는지 모르겠습니다.

　이번 5권은 여름이라면 빼놓을 수 없는 합숙 이벤트를 중심으로 이야기가 처음부터 끝까지 진행되었습니다. 사회인이 된 이후로도 마찬가지이긴 하지만, 집과 학교를 오가는 게 하루의 대부분을 차지하는 학생들에게 있어서 익숙한 곳을 떠나서 다른 곳으로, 항상 함께 지내던 가족 곁을 떠나서 친구들과 함께, 이렇게 낯선 경험을 하게 되는 건 정말 귀중한 경험일 겁니다. 요즘은 교육과정도 많이 바뀌기도 했으니 중학교, 고등학교에서 어떤 행사가 진행되는지 궁금하기도 하네요.

　그렇게 즐거운 분위기로 이어진 초반, 중반을 지나 후반에는 지금까지 이어져온 시리즈 5권을 통틀어 가장 큰 변화라고 할 수 있는 내용이 전개되었습니다. 지금껏 모두들 대충 눈치채고 있으면서도 애써 눈을 돌리고 있었던 사실, 어렴풋하게 결말을 짐작하면서도 용기를 쥐어 짜낸 고백, 그리고 그동안 소중히 여겨왔던 관계가 망가질 수도 있다는 걸 알면서도 상대방이 원하는 자신을 위해 솔직하게 내놓은 대답. 이 모든 것들이 후반에 몰아쳐서 마무리되고 나니 진한 여운 같은 게 후기를 쓰고 있는 지금도 남아 있는 것 같은 느낌입니다.

과연 다음 권에서 작가분이 이 내용을 어떻게 풀어나가게 될지, 유우코의 고백은? 팀 치토세의 관계는? 마지막까지 치토세 곁에 남은 유아는? 무슨 상황인지 전혀 모르고 있는 아스 누나는? 정말 궁금해서 견딜 수가 없네요. 항상 작품 한 권을 마무리하고 나면 다음 내용이 기대되긴 합니다만, 이번 5권이 1위를 갱신한 것 같습니다. 아직 다음 권이 나오지도 않았으니 미리 읽어볼 수도 없다는 게 아쉽네요.

이런 생각을 하면서 이번 『치토세 군은 라무네 병 속에』 5권을 번역하였습니다. 매번 그랬듯이 감사의 말씀 드리고 후기를 마치려 합니다.

항상 신경을 많이 써주시는 담당 편집자분, 그리고 책을 내는 데 도움을 많이 주신 소미미디어 관계자 여러분, 그리고 가족 여러분. 감사합니다.

그 누구보다 감사드리고 싶은 분은 독자 여러분입니다. 제가 이렇게 무사히 번역을 마치고 후기를 쓸 수 있는 것도 독자 여러분 덕분이라 생각합니다. 진심으로 감사드립니다.

다시 찾아뵙게 될 때까지 행복한 하루 보내시길 바랍니다.
감사합니다.

CHITOSE-KUN WA RAMUNEBIN NO NAKA Vol.5
by Hiromu
©2019 Hiromu Illustrated by raemz
All rights reserved.
Original Japanese edition published by SHOGAKUKAN.
Korean translation rights in Korea arranged with SHOGAKUKAN
through Shinwon Agency Co.

치토세 군은 라무네 병 속에 5

2023년 7월 15일 1판 1쇄 발행

저   자 히로무
일 러 스 트 raemz
옮 긴 이 천선필
발 행 인 유재옥
본 부 장 조병권
담당편집 박치우
편집 1 팀 김준규, 김혜연
편집 2 팀 정영길, 조찬희, 박치우, 정지원
편집 3 팀 오준영, 이해빈, 이소의
편집 4 팀 전태영, 박소연
미   술 김보라, 박민솔
라이츠담당 김정미 맹미영 이윤서
디 지 털 박상섭, 김지연, 윤희진
인쇄제작처 코리아피앤피
발 행 처 ㈜소미미디어
등   록 제2015-000008호
주   소 서울 마포구 토정로 222, 403호 (신수동, 한국출판콘텐츠센터)
판   매 ㈜소미미디어
마 케 팅 한민지, 최원석, 최정연
영   업 박종욱
물   류 허석용, 백철기
전   화 (02)567-3388, Fax (02)322-7665

ISBN 979-11-384-7931-8 04830
ISBN 979-11-6507-918-5 (세트)